中国政府出版品国际营销平台精选图书·文学书系　　王昕朋 主编

照 见

Reflectors

草 白 著

中国言实出版社

图书在版编目（CIP）数据

照见 / 草白著 . -- 北京：中国言实出版社，
2021.1
（中国政府出版品国际营销平台精选图书·文学书系 /
王昕朋主编）
ISBN 978-7-5171-3615-6

Ⅰ. ①照… Ⅱ. ①草… Ⅲ. ①短篇小说—小说集—中
国—当代 Ⅳ. ①I247.7

中国版本图书馆 CIP 数据核字（2020）第 239549 号

出 版 人　王昕朋
责任编辑　张国旗　李昌鹏
责任校对　代青霞

出版发行　**中国言实出版社**
　　　　　地　　址：北京市朝阳区北苑路 180 号加利大厦 5 号楼 105 室
　　　　　邮　　编：100101
　　　　　编辑部：北京市海淀区花园路 6 号院 B 座 6 层
　　　　　邮　　编：100088
　　　　　电　　话：64924853（总编室）　64924716（发行部）
　　　　　网　　址：www.zgyscbs.cn
　　　　　E-mail：zgyscbs@263.net
经　　销　新华书店
印　　刷　阳谷毕升印务有限公司
版　　次　2021 年 1 月第 1 版　　2021 年 1 月第 1 次印刷
规　　格　880 毫米 × 1230 毫米　1/32　8.75 印张
字　　数　175 千字
定　　价　58.00 元　　ISBN ISBN 978-7-5171-3615-6

有风骨讲美学接通全球

——"中国政府出版品国际营销平台精选图书·文学书系"总序

王昕朋

中国言实出版社是国务院研究室主管主办的国家级出版单位，出版定位是：主要出版党和国家重大政策的研究成果以及相关的辅导读物。1995年成立以来，我们一直坚持这一出版定位，围绕党和国家中心工作开展出版活动，因而，国内外读者很少见到由中国言实出版社出版的文学类图书。但是，近几年文学界对中国言实出版社已不陌生。这源于出版理念的一次变革。习近平总书记在文艺工作座谈会上的重要讲话指出："一部小说，一篇散文，一首诗，一幅画，一张照片，一部电影，一部电视剧，一曲音乐，都能给外国人了解中国提供一个独特的视角，都能以各自的魅力去吸引人、感染人、打动人。"这给了我们启示、启迪，文学也是讲好中国故事、传播中国好声音的重要途径。所以，我们也用心、用功、用力打造文学板块，并将它推向世界。2018年8月，由中国言实出版社出版的李春雷报告文学作品《朋友——习近平与贾大山交往纪事》获第七届鲁迅文学奖，同时入选"丝路书香"出版工程在国外出版，于是文学界发现，中国言实出版社在文学出版领域同样有不俗的表现。中国言实出版社的文学图书品种少而精，中国文学的声音在通过中国言实出版社持续传播到海外，承载着文化和文学信息的《温文尔雅》翻译成英文、日文、俄文、德文、法文、意大利文、西班牙文、葡萄牙文、阿拉伯文等多种语言向全球推介，英文版、中文繁体版荣获第十三届"输出版引进版优秀图书"奖，长篇小说《京西胭脂铺》一举登榜"中国图书世界馆藏影响力图书20强"。付秀莹、金仁顺、乔叶、魏微、滕肖澜、叶弥、戴来、阿袁等8位"当代中国最具实力女作家"的作品集同时推出，之所以在名称中冠以"中国"二字，是出于对外推介的考量，其中付秀莹、魏微、戴来等人的小说集后来入选"经典中国"项目在美国出版，产生良好反响。

近年来，中国言实出版社加快国际出版步伐，与英、美、日等多家国外出版单位建立战略合作关系，近百名当代中青年作家的作品陆续推介到美国纽约、日本东京、德国法兰克福等多个国际书展，被多个国家的图书馆收藏，图书受到国外图书界关注，连续6年入选中国图书世界馆藏影响力百强出版单位。2015年经财政部批准立项，中国言实出版社建设并主办中国政府出版品国际营销平台，为推动"文化走出去"提供支持。2020年，有感于体量庞大的中国当代文学无法快捷地被全球关注所带来的传播学遗憾，有感于年度文学选本出版周期较长，有感于众多具有潜力、实力、影响力的青年作家的作品没有很好的对外传播渠道，中国言实出版社整合资源，决定专门为中国政府出版品国际营销平台的文学板块打造出一种比年度选本出版周期短、对当代文学创作反应更为灵敏的季度文学选本。《中国当代文学选本》应运而生，书名由王蒙题写，选稿编委梁鸿鹰、李少君、王干、付秀莹、古耜皆为业内名家行家，所选作品为国内新近发表的文质兼美的力作。作为一种有公信力的季度文学选本，《中国当代文学选本》因"让国外读者快捷阅读当代中国文学精品"的窗口作用，以及"为中国作家走向世界铺筑交流合作桥梁"的桥梁作用，受到作家、汉学家、国内外读者一致好评。《中国当代文学选本》传播中国声音，讲述中国故事，产生良好社会效益。有鉴于此，中国言实出版社决定打造这套"中国政府出版品国际营销平台精选图书·文学书系"。

出版社并不承担培养作家的使命，但是这套"中国政府出版品国际营销平台精选图书·文学书系"的入选作品多是出自青年作家之手，原因在于，我们始终关注着中国当代文学最具活力与实力的鲜活部分，求取风骨与审美的统一，始终在精心遴选极具当代性的中国文学好声音，始终把推动中国当代文学与全球接通作为出版人的责任，这套"中国政府出版品国际营销平台精选图书·文学书系"的入选作家和作品便是如此。有风骨、讲美学，是选取这套丛书的思考维度。"有风骨"是要对民族精神有所反映，要为人民而文学，要关怀民生，帮助读者把无病呻吟、凌空蹈虚的作品以独特筛选眼光来淘汰掉；而"讲美学"是指中国言实出版社遴选书稿时看重作品的文本质量，内容和形式互为表里，是为美。美为作品飞向全世界插上翅膀，中国言实出版社人始终认为，美是全人类可通融的共同语言，有风骨、讲美学才能接通全球，成为文学精品。这些优秀作品里，都跳动着时代的脉搏，展现着当代中国日新月异的面貌，蕴含着深厚的文化自信。出版是文学生产的终端，对于中国言实出版社而言是文学传播的开始。中国言实出版社将始终秉持"好作品主义"，重视名家不薄新人，盘点、整合中国文学资源，积极开展对外译介和推广工作，自觉地将有风骨、讲美学的文学精品作为永不改变的出版追求。

2020 年 12 月

目 录
CONTENTS

欢乐岛

　　她又坐到那车子上。此前，他们已经很少说话，彼此都无法想象曾有过连续交谈数小时以上的时候。

　　那天午后，他给她发了一条微信："我们去虞山吧。"

　　此刻，他们就在通往虞山的路上。车子开出城区，开到一条乡间小道上，那道路居然有名字，路边竖立的杆子上写着"幸福小径"几个字。小径两旁各有一排简陋的棕色花箱，那上面开着那种紫色、黄色的角堇花，蝴蝶形状，艳丽而欢快，与那条道路的名字一样，给人一种俗气的喜感。沿途还有一堵灰色水泥背景墙，上面嵌着几扇中式花格窗，两排飘逸的红灯笼，是时下流行的混搭风。最后，他们的车子穿过长长的"幸福小径"，拐过一道坡地，驶到那条平整、宽阔的柏油大路上，速度加快。

郊区的冬天是一片单调的苍黄色，江南冬季特有的灰蒙感，房屋、树木都一个色调，暗沉，肮脏，含混不清。她微侧着脑袋，略有些拘谨地坐在副驾驶座上。他则像往常那样，专注于前方的道路，两人并没有说话。

空调出风口就近放射出热气，喷在她脸上，暖烘烘、热乎乎。她目光慵懒地扫过车窗右侧及前方大部分区域，却无任何聚焦。时间久了，甚至有种饱腹后的昏睡感，但她知道此刻绝无入睡的可能。她闭上眼睛，努力想要理出个头绪来，究竟是什么原因促使她坐到这车子上。刚才一上车，她就对那个人宣布，她累了，能不说话最好别说。她的不耐烦表现得如此理直气壮，那个人居然也一声不吭地接受了。

他们都有些反常，但彼此都不以为意，或者说还没有意识到这种反常是何种原因导致的。尤其是她，动作神态比往常更多了一份骄横和跋扈，她原本不是这样的人，她从来也不允许自己这样，那男人比谁都更清楚这一点。

外面温度很低，车子里面却闷热不堪。她的身体越来越热，那些热在不断地积聚、扩散，包裹着她，表面上她仍然无动于衷，哪怕汗流浃背，也不会做出任何反应；好似她的身体与意识是分离的。她看着窗外，想要从那些灰暗的景物中获得一些清冷的感觉，一种真实感，哪怕是一种强烈的不适感，也好过此刻。自从坐到这车上后，她一直处于恍惚之中。她试图想要回忆一些什么，好像那些往事中的某些部分正与此刻发生关联，一种深刻而致命的联系，可车里太热了，搞得她头晕，想吐，让她什么也想不起来。

车子一直在柏油大路上行驶，如同停驶一样悄无声息。途中，大概是意识到什么，男人问她要不要脱掉件衣服。车里太热了，他又没办法开窗。他的神情有些迟疑，似乎张口说话时才忽然想起她初上车时的声明，她要安静，不想说话。

她只略微点了点头，双手摆弄了几下纽扣，随即放弃了。

她实在不想动，甚至不愿让车子停下。此行，他们要去一个叫"虞山"的地方。两年前，他们去过那里。也是冬天，天气也这么冷。她还记得那个地方，那间农家乐饭馆，那些胖乎乎、圆滚滚的鳗鱼，放了很多酱油的汤汁——她似乎吃了不少。

他们去的那天，饭馆里很冷清，几乎没有别的顾客。他们坐在二楼包厢里，包厢对着清澄、碧绿的太湖水。那些鳗鱼，在放了红糖、大蒜、黄酒、生抽、老姜和葱丝后，几乎尝不出鳗鱼本身的滋味。他用她的筷子给她搛了河鳗。他一共给她搛了三次河鳗。对他的这种行为，她虽谈不上反感，但也没有被感动。

此后，他多次提及那趟虞山之行和那些鳗鱼，她知道它们的滋味大概是很不错的，但此刻完全想不起来。曾经吃过的鲈鱼、鲑鱼什么的，也一概忘却了。不用说鱼，太多人，那些浮动的面孔，都让她无从记忆。可有一样她是记得的。她记得那个房间，农家乐饭馆里的房间，就像她老家的房间一样简陋而昏暗。那张轮廓丑陋的床，白色而来历不明的床上用品，那种被过度漂洗过的白，那些白色里藏着的黑色和灰色，它们丧失了织物本身的光泽，只是一堆冷冰冰、硬邦邦的东西。在此之前，她并不知道那种地方还会有供人休息的"房间"。在那个房间里，他踌躇满志地对她说："明年五月我们再来吧。"那时候，她并不明白他想说什么，为什么是五月而不是别的月份。

后来，下楼的时候，她看见了那些枇杷树。她不知道他是不是想说那些树，也没有问。当然，那年五月，他们并没有再去那里。他们去了西山、菰城、古堰，还有别的地方。

现在，那些地方她一个也想不起来了。好像都差不多。不是山上，就是水边，要么就是些简陋的小餐馆，稀稀落落的外乡人。他们总是去那些人少的地方，那种荒郊野外，没有人爱去的地方。

她从口袋里摸出一粒东西，发现是一枚皱缩的山楂果，早已由艳红转为深褐色，变得像石子一样硬了。她捏在手里，细细地打量着，想不起来是哪次出游的"馈赠"，居然还留在口袋里。她无意识而反复地揉搓着它，嘴里喃喃着什么，好似对着幻想中的某个人说着话。

你没事吧？男人关切地问道。

她瞥了那男人一眼（似乎已不再认识他），流露出小动物似的哀婉而忧伤的表情，像是抱怨他打破了她的清静，或是发现了她的秘密。直到车子驶离省界，沿着湖岸开了许久，抵达那个露天停车场，她还沉浸在那种表情里。那种强烈而奇特的表情，被某种东西带走的表情——这让她身边的男人感到棘手。

她从汽车上下来。那间农家乐饭馆，苍茫的湖水，以及那些芦苇丛，灰白色的弥漫的穗花，似乎让她想起了什么。直到那一刻，她才想起了一切。那天午后，她从那个"房间"里出来，浑身软绵绵、轻飘飘。她看见端坐在门厅椅子上的老板娘，似笑非笑地瞥了她一眼。那颇富意味的一眼，好似在谴责什么，又好似在提醒她一些事。

她在河边洗衣，奶奶托人带话来说要打她。她既惊惧又不解，不知自己犯下什么错误，要遭受怎样的惩罚。当走在通往家中的路上，做了一半的梦醒了。此后，她一直等待命运将她再次带入那个梦境，但从未如愿。

走进饭馆，她毫无征兆地忽然想起这个童年时做过的梦。昏暗的厅堂，桌子椅子乌央央堆了一屋子，因为是阴天，那些颜色更显得暗沉。她开始头晕，浑身颤抖不已，她似乎已经知道自己为什么要来这里了。

时间仿佛在后退。他们再次点了河鳗，所不同的是，这回他们坐在二楼外面的露天平台上。太湖水就在眼底，如此之近，好像随时可能漫浸上来。她心里起了莫名的悸动，甚至还有点害怕。随着时间流逝，那种感觉变得强烈。鳗鱼上桌了，她再次闻到那股黏稠的鱼香，泪水一下子溢满整个眼眶。她低着头，专注而谨慎地剔除那鱼肉里的骨头，似乎忘记了一切。

那个坐在她对面的男人，缓慢而赞许地说，河鳗的味道一点也没变！——他的眼睛里带着微妙的笑意。她看见了，点点头。男人继续说，简直可以说是鲜美！她再次附和地点头。他的神情、语气忽然变得夸张，带着邀功的意味，好像那些河鳗是他亲自捕捞上来的。他又要往她的碗里搛鱼了。她想阻止他，可已经来不及了。这回，他用的是自己的筷子，兴奋之下没来得及纠正过来。

她在心里发出惊叫，可男人什么也没有听见，还在往她的碗里搛鱼，眼看着就要"堆积如山"了，她急得干瞪眼，却说不出任何话。鱼肉在她嘴里嚼动着，逐渐融化，缓缓下沉，堕入胃囊深处。一项机械的唇齿运动，完全不知其味。她想着那个"房间"，那张简陋的床，白色床单，荒野一样寒冷。

鱼还未吃完，她就已经快震缩成一团了。恐惧逼近，寒冷从身体内部源源不断地释放出来。那个"房间"在向她招手。他一定会带她去那里，俗气的化纤窗帘，肮脏的白色床单，轮廓丑陋的床，散发出一股橙红色的铁锈的气息。

男人早早搁了碗筷，剔着牙，一副气定神闲的模样。这时候，那个老板娘进来了。她一眼就认出了她（还是那种似笑非笑的表情），身体一软，险些滑至餐桌底下。男人起身，不明所以地望了她一眼，随着老板娘走到里屋，下楼去了。大概是去结账了，或许还会把那个"房间"的钱也一块付掉，她如此想道。

男人回来的时候，她已经不再吃鱼，她再也咽不下那些鱼肉，它们塞满了她的口腔、食管、胃囊，让她说不出话来。男人站在那里，充满期待地望着她。为了避开那目光，她仓皇地往远处眺望。那圈水泥栅栏外就是太湖水了，今天没有阳光，近处之水暗绿沉沉，还有些微波轻漾的感觉，再远些，那一大片深暗、凝滞的水好似铁板一块，被焊接成一起，永不分开。她的脑袋又开始痛起来。那些小而细微的痛意，*丝丝缕缕*，薄如蝉翼，好像是过去那些大痛苦的碎片和残留，是一些顽固而难缠的疼痛的卷土重来。

她如愿移步到露台上喝茶，但心底的焦灼并没有得到缓解，那个"房间"还在那里，它张开大口等在那里，等着从他嘴里吐出来。迟早，他会这么做的。她目光游移，东张西望，气息咻咻，好似有什么大事要发生。那因疼痛而涨大的脑袋，变得重如磐石。

再次抬头，她似乎看见了树，宛如长在水中央，而不是岛上。其实，她并不确定那就是树，它们只是一些苍黄而模糊的绿，一些驳杂的色块。她的目光全方位扫射，唯独没有在他身上停留，似乎对方身上的某个按钮会因自己的凝视而随时启动。

茶水很快喝完了，连热水瓶里的水也被倒空了，服务员一直没有出现。这里不是茶馆，她们本没有续茶的义务。她们在闲聊，或许还在"观察"他们，说不定还会悄声议论几句，反正饭馆里也没别的顾客。无疑，那个老板娘也在其中。

她想对他说，我们快走吧。哪怕去湖边散步也好。她不怕冷，现在，她什么也不怕了。

男人明显按捺不住了，他微微扭动身躯，揉搓双手，游移的眼神已经泄露了一切。某一瞬间，他体内那架紧绷的弹簧似乎弹了起来，就那么一下，让他猛地站立起来；好像不是他自己要站立起来，而是那架弹簧的主意。那句话简直脱口而出，因为酝酿了太久，几乎丧失了所有的热情，只带着一股恍惚而冰冷的气息。他说那些话的时候，甚至都没有看她的脸。

那一刻，她也站了起来。

有一刹那，她感到自己也是想去那个"房间"的，尽管是同一个房间，尽管会遭遇同样的事，可有不一样的东西也说不定。她甚至安慰自己，就算那个女人认出她，也不会知道她是谁，叫什么名，来自哪里。

他显得过于迫切了，他肯定以为她已经同意了，她怎么会不同意呢，这是求之不得的事。于是，他眼神里那种胶状的物质硬生生地全倒了出来，要去黏住她。那个女人听见自己嘀咕了一声，可今天不方便呢。

连她自己都吃了一惊。居然真的说出口了，而且是那么自然而然地说出，就像是真的。她低着头，自说完那些话后，她一直低着头，偶或抬头望一眼湖景，又立刻将眼神收回，她脸上是那种迫切的想要转移话题的表情，同时又极力掩饰着——这只会让人感到更愤怒。他站在那里，脸涨得通红，双手紧紧攥着，握成拳，好似遭遇了某种奇耻大辱，马上又谈笑自如了。

男人提议去湖心岛，她似乎长舒一口气，马上从饭桌前站立起来。终于可以离开了。那一刻，她感到有某种力量即将引她进入多年前那个被中断的梦境里。

他们在下午一点半左右上了我的船，好像是从对面那间农家乐饭馆里出来。男的穿一身黑色衣裤，帽子也是黑的，脚下穿的是布鞋。帽子和衣服的款式我记不清楚了，我特地留意了下那双鞋子。现在，很少有男人穿布鞋出门了，连我这个划船的也开始穿皮鞋了。后来，我才知道那个男人的鞋子并不是布做的。

待他俩上了船，我才问，老板你这布鞋多少钱一双，改天我也去买一双穿穿，看着很暖和呀！

没错，我就是喜欢主动和客人聊天。聊着聊着，就把钱给赚了，多好的事啊。再说，摆渡这活儿生意清淡，一天也接不了几单，冬天更是淡季，天寒地冻的，没事谁会去岛上吹风啊。当然，对谈恋爱的男女来讲，找个地方躲清净也是有的。一开始，我以为这一对也是这情况。

再接着刚才讲那鞋子的事。男人见我注意到他的鞋子，显得很高兴。他笑眯眯地说，老人家您可看仔细了，我这鞋子是牛皮鞋，和你一样的，它是牛皮做的，货真价实的牛皮鞋。我凑近了，仔仔细细地研究了那鞋子半天，确实不是那种廉价的布鞋，原来它是皮鞋，是看着像布鞋的皮鞋。

男人大概被我的表情给逗乐了，马上说他脚上的鞋还没有我的高级，愿意跟我换着穿。我一看那女人在边上皱眉，就知道他说笑了。我再一瞧，女人也穿着那种款式的鞋子。不同的是，男人穿的是黑鞋，女人的鞋子是灰色的，鞋帮也比男的略高些。它们无疑是同一家店生产的。

哦，我忘了给你们描述那女人的相貌了。她长得很白，高鼻梁，大眼睛，也戴帽子。灰帽子。女人身上也是清一色的灰，没有别的颜色，一点也不好看，可她的眼睛好看。女人有一双好看的眼睛，看上去就像一个小姑娘。况且，她长得也不高，足足矮那个男人一个头，就像是那个男人的女儿，如果那男人再老上十岁就更像了。

我一看就明白他们是什么关系。我见过不少这样的男女，他们坐到我的船上来，都有些遮遮掩掩的，不太自然。当然，那男的还算大方，和我也说说笑笑的，女人则一声不吭。无论那男的说什么，女人就是不搭腔。起先，我还以为是女人害羞，在我这个外人面前不好意思说话。

后来，我才发现那女人在偷偷地抹眼泪。显然，那男人什么都看见了，可他就像什么也没看见一样，继续和我扯闲篇，问我岛上好不好玩？我说好不好玩，那要看跟谁一起玩了。男人笑了，又问今天有多少人上岛。我说，一个也没有。男人诧异地说，这么冷的天，那你还等着啊。我说，我必须得等着啊。等就是我的工作嘛。你看，我不是等来了你们吗？要是没有我，谁为你们服务呀？说完这话，我得意地笑了。要是我死去的老伴知道我这么会说话，肯定会夸我的。毕竟撑了那么多年的船，我也开始学乖了。人与人之间的交往，不就是为了互相取暖吗？说点让彼此都开心的话，没那么难呀。再说，我也喜欢和客人聊天，什么样严肃的客人一坐到我的船上，离开的时候都是欢欢喜喜的。

可那个女人一直不吭声，哪怕我费尽口舌，她还是老样子，更不用说赔个笑脸啥的。不知道为什么，她越是皱着眉，越是不说话，我就越想听她说。我想听听她的声音，我想知道她会有什么样的嗓音。在船上，我听过许多女人的声音，绝大多数人的相貌我已经记不得了，只有她们的声音还存在我的脑子里。我也搞不清楚那种奇怪的感觉是怎么来的。一直觉得，只有听过一个人的声音才算是真正认识了这个人。船已经开出一半水路了，那女人还是不吭声。当然，她已经不抹眼泪了，可还是那副哭唧唧的样子，好像不是去岛上玩，而是去受难。我要是那个男人，干脆掉头回去算了，去那荒岛上干吗呀？除了风，那里什么也没有。

我估摸着，他们可能刚刚起过口角，可看着男人笑眯眯的样子，也不像。我就没话找话问那个男人以前去岛上玩过没有，男人说这是他们第一次上岛，以前每次来都只在岸上看看，觉得那岛挺神秘，也不知道上面有些啥，今天恰巧有空，就想着去瞅一眼。

男人望了那女人一眼。这是上船之后，男人第一次关注那女人的存在。男人继续谈论那个岛，从他的谈论中，我知道他对那里一无所知。男人忽然问我，那岛有名字吗？我愣了愣，马上说当然有啊。既然人都有名字，岛怎么会没有呢？男人就问我，那个岛叫什么名？我说，它叫欢乐岛。我几乎脱口而出。说真的，我还挺喜欢这个名字。这当然是我瞎编的。可那个女人似乎被这个名字吸引住了。自上船后，她第一次露出倾听的表情。她在偷听我们谈话。

男人也察觉到了，马上不再聊岛上的事情，好像那是一种禁忌，特别是不能在女人面前提及。男人拉拉扯扯，跟我说起了别的。他说自己是自由职业，没有单位，没有固定工作，年轻的时候就放弃了工作，因此获得了自由。他说自己享受这份自由已经十几年了，有时候也会觉得无聊，不知道自己到底想干什么。男人说这些话的时候有些扬扬自得。我思忖着，他应该是个有钱人吧，有钱人才会这么说话，有钱人才穿那种鞋子，那种像布鞋一样的皮鞋，肯定很贵的。男人的这些话，我并不爱听。我敢说谁都不会喜欢听那种话。我就没有吭声。男人也不在意，掏出手机对着天空、湖水和岛上的树，上下左右地移动着。他在拍照。男人一边拍照，一边还要和我说话。我还从来没有见过这么喜欢说话的男人。但让我纳闷的是这个活泼的男人怎么会喜欢这种木头一样的女人呢，就算是一块木头，你拿东西去敲，它还会发出点声响的，这女人完全是……怎么说呢，反正没有一个正常的男人会喜欢这样的女人。看得出来，那男人急切地想要和那个女人说话，他好像有什么非说不可的话，而那女人完全无动于衷。自从不聊岛上的事，她就什么都不要听，什么都不在乎了。她好像不是坐在我的船上，而是独自坐在自家屋子里。她的嘴巴紧紧地闭着，不知道是怕风吹进去，还是怕露出她的牙齿，或者是怕那藏在牙齿缝里的舌头会自己搅动着说话。

你们一直问我那个女人到底说过什么，我实在想不起来。大概是船快要靠岸的时候，她嘀咕了一句，这就到了呀。也有可能那只是我的幻觉，我老是想着让她说句话，哪怕是一句也成。

下船的时候，男人掏出两百块钱递给我，跟我说这船他们包了，叫我不要再去对岸接客人过来了。我乐得同意了，反正这种大冷天也不会有什么人来。那时候，已经是下午两点了。我问男人大概几点可以回去。男人愣了愣，反问了我一句，你有急事吗？我说那倒没有。男人就说他们兜一圈就出来，很快的。

警察同志，我信了他的话，就在那里一直一直等，等到五点钟，连一个影子、一片树叶也没等到。我想我已经等了三个小时，这两百块钱差不多也该花完了。如果要走，那也是可以的。可是，我眼前老是浮现出那女人的模样，尽管她没和我说过一句话，也没正眼瞧过我，可我心软，想着那女人的模样，特别是那对眼睛。我说不出那种感受。

就这样，我的船划到一半，又划回去了。回去的时候，我还挺高兴的，觉得自己做了一件正确的事。那是一个孤岛，如果没有船是出不去的，即使长了翅膀也飞不出去。总不能让他们在岛上过夜吧，那是要冻死人的。

还有一件事情，我觉得应该讲出来。那女人的意识好像是不清醒的，为什么这么说，因为她下船的时候被绊了一下，差点摔倒了。你问我有什么凭据？我能有什么凭据啊，我只是瞎猜的。他们又没有跟我说什么，女人连一句话也没有跟我说过。

我把船划到原地，左等右等不见他们来，天快黑了，怎么办呢？我想着还是去岛上看一看吧。其实，我早就想上去了，又怕他们忽然出现，一下子找不到我。说起来，那岛我也上过几次。没想到，这次居然迷路了。一踏上那条路，我就感到自己好像被什么东西吸进去了。沿途没有任何蛛丝马迹，什么也没有发现。我本以为风大，岛上会很冷，也没有什么风景好看的，他们没有理由逗留那么久。

我错了。我完全没想到那岛上的树会那么茂密、高大。人走进那树丛里，就好像走进温暖的屋子里，什么都忘了，什么都看不见了。看不见湖水，看不见堤岸，你只能看见那些大树。人在低头、抬头时，看见的都是树。那时候，我还想他们可能躲在某个树丛里玩，忘了时间。

我就是没有想到他们会出事，一男一女能出什么事呢，这岛上又没有别人。根本没有人。我就没往那上面想。那男的肯定是个有钱的主，模样也不错，人也开朗周正，好端端的，怎么会做出那种事来？我还是不信，打死我也不信。

警察同志，这到底是怎么回事？我要是知道那男人是这种人，怎么也不会让他上我的船。我是有原则的，坏人我不载，给再多的钱也没用！

对。是我发现了那两双鞋，一灰一黑，整齐地摆在那块大石头上。一看到那鞋子，我的心就凉了半截，完了完了，我掉头就跑，一口气跑到船上，将船划到湖中心，才给你们打的电话。打完电话后，我扔了手机，那桨差点也丢进水里。上岸后，我还在发抖。我整个人抖得不行，双腿就像折断了似的，怎么也站不直。

我已经说过了，除了那两双鞋，我什么也没有看见，什么都不知道，你们别问我。老天啊，太可怕了！居然会发生这样的事——

唉，是我把那女的害死的。是我把她送上岛。下船的时候她被绳索绊了一下，老天原本是要阻止她上去的，可我没有阻止，我还扶了她一把。那一把是我扶的。她在我的搀扶下才上了岛。

警察同志，你们是不是搞错了。那个男人，我认识的那个男人在我船上的时候一直笑眯眯的。他有钱，有很多很多钱，不可能做出那种事。他有那么多钱。下船的时候，他跟我说，他是做古董生意的，他一说古董，我就想到了鸡缸杯。我在电视上看见过，那么一个喝酒的杯子居然要卖两个多亿。

所以，他不可能做那种事。我没有亲眼看见。我不信。他对那女人不错，我敢说天底下没有一个男人能对她这么好。他是带她出来玩，想让她散散心的。这个女人看上去太忧郁了，会不会是得了抑郁症？我没有见过得那种病的女人，所以一点也看不出来。他们只是出来玩一趟，马上就要回去的。或许还是偷偷摸摸跑出来的呢。我知道，他只是想让那个女人开心开心。老天哪！

——那船夫一屁股坐在地上，抽抽噎噎地哭了起来。

等这个夜晚过去

　　像往常那样，齐亚睁开眼睛，环顾着这个简陋而不失温馨的小屋，一张书桌、一把椅子、一张单人床和一个三门衣柜，都是单数，都是眼下的她正使用着的。很快，她就要离开这里，再也用不着这些东西了。

　　当最后的日子临近——越来越近，齐亚有一种回到当年大学毕业前夕的错觉，也是这样慌张、错乱、晕晕乎乎，整个人好似被无边的醉意击中。好多个黄昏，她独自一人在医院对面的小树林里散步，直到深夜来临，露水漫上草叶。

　　这天黄昏，齐亚走累了，斜靠在那棵大树上。她收到孔南的短信。孔南告诉她，他快要回去了，或许就在这几天。不知她今晚是否有空。他想请她去他母校，或许他们可以在那里吃晚饭。最后，他又为自己的唐突道歉——如果她另有安排的话，那也没关系。

她当然有空。

她当然没有别的安排。

另外，他当然不知道，她也快要离开了。收到短信的刹那，心底的欢喜和忧伤竟如此强烈，连齐亚自己都感到吃惊。一个礼拜前——他们不过才认识一个礼拜——他们在朋友书店的开业活动上认识。结束后，彼此加了微信。他送她到地铁口。回宿舍后，还收到他的问候短信。他们泛泛地聊过一些，知道他是来这里出差，马上就要回去。他的母校就是那座著名学府，他在那里读了四年书，仅此而已。

关于那座知名学府，齐亚去过不止一次，但不曾在夜里光顾过。

现在，他邀请她去那里。他们约好了见面时间和地点。来首都后，那些夜里，齐亚总要写废掉两三张 A4 纸才肯入睡。那天晚上从书店回来，她便开始在白纸上写那个名字，重复的、密密麻麻的字，越看越觉得陌生，甚至有种莫名的恐惧。这是谁的名字？为什么拥有这个名字的人是他而不是别人，这其中到底是什么样的机缘巧合？

齐亚的脑海里慢慢浮现出那张肤色深黝的脸，浓黑的眉毛，过分明亮的眼睛，像某种穴居动物。事实上，孔南酷爱户外运动，懂得野外生存技巧，惯于在便携式燃气灶上烹煮食物。他的微信朋友圈里尽是些深山密林里的风景照，给人一种随时可能从人群中消失、退隐山林的感觉。

一年前，齐亚被单位派到此地进修，初来乍到的那个秋天，她被瘙痒症折磨得形销骨立。北地气候干燥，雨水稀少，鼻腔和牙龈经常性出血，连加湿器也无济于事，而每天拥堵的地铁六号线更是让她近乎崩溃。待到十一月中旬开始供暖，瘙痒症渐趋消失后，她才慢慢适应并喜欢上了这里。尤其是当从寒风呼啸的室外来到暖意融融的屋内，随之而来的一个人的漫漫长夜，无所事事，让她有种近乎避世的感觉。待天气转暖、春天来临后，她才去医大校园里散步，或者到学校附近的胡同口转悠，街角落摆放的剃头担子和地铁里那些穿梭往来的男女都让她感到好奇。

在这里，齐亚坐的最多的便是地铁。某些时候，她感到过去的生活正逐渐远离，尤其是当坐在地铁里，耳边轰轰的声响，车窗外转瞬即逝的风景，加深了这种感觉。只有深夜梦醒，她才惊觉一切都还等在那里，什么也没变。

他们约在七点半，学院路地铁 B 口碰头。

天还亮着，正值下班高峰，齐亚挤在人群中间，陌生人的身体和气味离得如此之近，让她喘不过气来。她告诉自己过了安检口，上了车，找到座位就好办了。这一天，她很幸运，只过了两站路便安逸地坐下了。她没有以阅读打发时间，也没有玩手机，想到那个即将见面的人，她怎么也无法集中注意力。

人群在她身边聚集，来来往往，但鸦雀无声。她眯眼望着他们，想到此行的目的地，忽然有种置身事外的感觉。与车厢里大部分人不同的是，她不是回家，也不去一个固定的地点，她是一个人，孤单，却也自在。其实，除了那个人的眼神——那种长时间在阳光和绿草地里奔跑过的人才有的眼神，她什么也想不起来。换乘时，她走出车门，随着人群和指示牌，涌向下一列地铁。之前好几次，她坐反了方向，还浑然不觉，可今天没有。

她要去那里，赶去与他会合，这个见面的念头牢牢地指引着她，让她穿过长而曲折的通道，沿着上行的电梯，走出地铁口。不用说，过去一个小时里，外面已经暮色四合了。

黑暗里，齐亚不安地站立，眯着眼睛，前后左右张望着，似乎看见那个模糊的人影正分开车辆和人流，向她走来。她暂时看不见那个人，但知道那个人马上就会出现。她看了一眼手机，时间差不多了。环顾四周，凝望着每一个从路口那边过来的人，但都不是他——黑暗中，她不能确定是不是他。

某一刻，齐亚微闭着眼睛想了一会儿，怎么也想不起他的样子来。她索性不再想，也不再张望。另一种情绪随之涌上心头，居然为此刻的自己可能落在他人眼里的模样莫名地担忧起来——尽管从她身边经过的人并没有一个注意她，或许，她真正担忧的是被他看见。他随时可能看到她。后来，她干脆站到那棵孤零零的树（附近并没有别的树）下，这样当他望见她的时候，大概就不会觉得她是孤单一人了。

他终于出现在她面前，是须臾现身的，并没有经历由远及近的过程。闪亮的眼眸，笑意盈盈地望着她，好像那是他漫长一天中第一次见到人。她不说话，羞涩地别过脸去。他的声音在耳畔响起，让她生出一种轻微的诧异感。他们朝着他来的方向走去，彼此并排走着，隔着几步路的距离，也没有什么可说的。她不想说话。他笃定地走在前面，引导着她，似乎根本用不着征求她的意见。

他们进入他的母校，很多从外地来首都的人都会去那里参观，而夜晚到这里来，在她，这是第一次。她居然感到新鲜、有趣，有一种不知会碰到什么的隐隐的欢乐与兴奋。她跟在他后头，偶尔并行时，他便向她介绍斯地斯景，带着回忆中人特有的恍惚而迷离的语调。

他的这种语气一度让她感到吃惊，好像这个人忽然被什么东西附体，不再是平常的样子了。很快，齐亚的注意力便被别的东西吸引了。有个声音仿佛在告诉她这里并非寻常之地，其实，自双脚踏入校门的那一刻起，她就感觉到了。夜晚的校园让她感到极不真实，没有穿梭的人群，也没有喧嚣的声响，偶尔听到灌木丛里传出的断续而尖锐的虫鸣声，好像来自森林。

齐亚闻到雨后树林里才有的气味，幽微的、清新的、欢快的，是植物和土壤散发出的气味，来自最底部的气味。在首都，她还从来没有闻到过这种气味。她欣喜而迫切地走在他身后，他们走过一些低矮的树枝和灌木丛，一些似乎无人居住的平房，走到散发出更多好闻气味的地方。

他径自往前走着，在那些黑暗里走着，在光亮与阴影的缝隙里走着，并不顾及她的流连与迟疑。

最后，他将她带到一间灯火通明的餐厅。

就是这里了。我们以前常来这里吃饭。他坐在她对面，第一次用那种眼神打量着她。她神情恍惚，还没有从刚才的气味里走出来。

他开始点菜，没有任何迟疑，从接过菜单，到递交出去，不过短短几分钟。她想和他聊点什么，说一说刚才穿过校园时的感受，不知他有没有闻到那些气味，多么好闻的气味啊。但她迟疑着，什么也没说。从他的神情中，齐亚知道那是不可能的，他不会对那些东西感兴趣。再说他们坐的是大堂的卡座，端着餐盘的侍者在餐桌前穿梭往来，杯盘碗碟的碰撞声不时传来——他忽然也冲着她说了一句什么，她摇摇头，没有听清。

齐亚还在想着那片林子，想那里的气味，有多少人曾在这初夏的夜里走过那些地方，如今，那些留下名姓的人都去了哪里呢，另有一些不为人知者更没有被人知晓的可能了吧。她的思绪跑远了。当饭菜上桌时，她才感到饿了。他点的是宫保鸡丁、咸蛋黄焗南瓜、浓汤胡萝卜煮鲈鱼，他大快朵颐，说它们还是过去的味道，一点也没变。

齐亚谨慎地撷取盘中食物，一点点、小心翼翼地品尝着，那是一些让她感到陌生的味道，辛香、浓郁、微辣，还未来得及回味，便被快速地吞咽而下。他似乎在说，这是十年来，他第一次回到这里。他的语气中流露出暧昧、感伤的意味，模棱两可。她也想起十年前，即将告别校园生活，整日整夜沿着运河之畔游荡，伤感得好似下一刻钟就会死掉。

那天夜里，她从书店出来，看见他站在灯光下，用那种眼神望着她。因为那个笑容，她来到这个夜晚，坐在他对面的餐桌前。吃饭的时候，她仍想着那些气味，泥土的气味，来自土壤和植物根部的气味……一种近乎神游的感觉。她体验到一种莫名的感动，似乎过去了的一切仍保存在那气味里。

她迫切地想要去接近它们。

他忽然说，你别走。

他拿出手机，对着她的身影快速照了一张。她感到诧异，不知道他想干什么。从餐厅出来，他们再次回到幽暗的角落里，丝丝缕缕的气味又回来了，还是那么好闻，那么——沁人心脾。他带领着她，在教学楼、餐厅与宿舍楼之间穿行，都是小路，路道两旁错落地生长着低矮的灌木和高的树，但暮色中这两者都看不真切。如果没有他，她肯定会迷路的。

后来，他们去了湖边。

她早就知道那个湖。在湖边，不仅有塔，还有芦苇丛。但夜里什么都看不见。当走到有水的地方，那种凉飕气不仅附黏在皮肤表面，还被她的呼吸带入体内，简直沁人心脾——她第一次感到这个成语所蕴含的妙义。

时间流逝，她逐渐感到自己走在一个不一样的地方。是夜晚带给她这种感觉，还是因为那些气味，或仅仅是因为这个人在她身边——她无暇去想这些。月光下，泛着亮光的湖水显得格外幽深，让她想起小时候在池塘边走的经历。那些水在白天是流动的液体，到了夜里就成了光，照亮着夜行人的路。小时候，祖母给她讲过一个故事：荒野里，当夜晚来临，十六个小脸颊、红肩膀的小人儿就会跑出来，他们手挽手，蹦蹦跳跳地，连成一片，为大地守夜。

她既渴望看见那十六个跳舞的小人，又感到害怕：那些红肩膀的人，是因为流了很多血才变红的吗？还是他们身上藏着什么秘密？

她的思绪被打断了。

——他站在坡地上，向她招手，说很高兴她也喜欢这里，那个晚上第一次见面，就想请她到这里来了。他的声音有些奇怪，带着一种并不明朗的、干巴巴的气息。但她是高兴的，有一种发自肺腑的喜悦。她走到他身边，想要听他说更多的话，而那个人忽然闭了嘴，只顾着加快步伐。即使在过一段陡坡时，他也没有回头，或停下来等她。

那一刻，她忽然明白过来，他为什么邀请自己到这里来。她从没有想过这一点——她在自己的世界里待得太久了。渐渐地，那种温柔而恍惚的情愫消退了。她竭力掩饰自己的失落，不让他看出来，当然，他什么也没看出来。

餐桌前说过的话又回到他的唇边。这一次，它们引起了她的注意。即便如此，她也没有觉得那会是一件多么重要的事，无非是青春期的离愁别绪，还会有什么特别的呢。

湖上有风刮过。月亮就在那里，很大的月亮，非常圆，好像是瞬间生成，又随时可能消失。她感到吃惊。也不知是什么原因，她总觉得今晚看到的月亮比别处要圆满一些。走过湖泊，走到一些树和另一些树之间，青草和土壤的气息又回来了，那种沁人心脾的感觉，做梦一般的感觉。

六月了，白日里尚有些闷热，夜里却是凉快的。校园里一片幽寂。他们走过一座爬满青藤的院落，四周植满绿树，灯光恍惚地亮着，给人一种隐隐的随时可能被彻底照亮的感觉。

他告诉她，他们以前就在那里面上课。

——那是他们的教室。

她点点头，一个绿树环绕的地方，多么美。在那样的地方上课，大概一切也都是完美的吧。这样想着，她笑了，嘲笑起自己的幼稚来。那一刻，她也想起自己的母校，那座散发出刺鼻的福尔马林气味的解剖楼，每次进去都被熏得泪眼汪汪。那时候，她应该也是快乐的，除了学业，并无生活上的烦愁。

如果这个夜晚到此结束，戛然而止，她仍是愉快的，他们在一起度过了一个可以称之为愉快的夜晚——但她很快就会忘掉它，不留一丝痕迹，直到什么也想不起来。可……事情并没有就此结束。

她叫小童，你俩长得可真像呢。他忽然这么说，好像只是随口说出，下一秒钟就会将此遗忘。

她愣了愣，证实了自己的猜测。

在别的场合，她也听过类似的话，说她和谁长得像。说话者和聆听者都不会太在意。唯有当他这么说时，她除了吃惊，还有一种幽微的伤感，心底某处好像被什么东西蜇了一下。

书店门口，看到你的第一眼，我就想起她来。

你们实在太像了。

——他的声音和语气都更为明朗和清晰了，不会再引起她的误解了。月光下，他们穿过银杏园，那些模糊而庞大的银杏树的树枝组成了一些虚幻的影子，而星光从枝叶间渗漏出来。她身上披拂着那微弱的光，在林间树下行走，想要永远走下去，哪怕眼前这个人马上就要离开这里，或许今晚之后再也不会见面了。

好像，在他说出那个女孩的时候，他们之间就已建立起某种隐秘的联系。她的心就此被置换成一颗全新的，可以接受任何遭遇和变故了。她对自己的变化感到吃惊。

在胡同口的小酒馆里，午夜来临之前，他讲述了自己的故事。灯光下，蓝紫色绣球花散发出影影绰绰的光。胡同口一片昏暗，她似乎看见一位年轻的姑娘从夜色中走来，步态轻盈地走过他们身边，往黑暗深处走去。

他说，今晚和十年前一模一样，逝去的时光又回来了。那个晚上，他和那名叫小童的姑娘一起吃饭、散步、聊天，午夜来临之前送她回家。第二天，她没有回到校园。过了一个礼拜，她还是没有回来。一个月后，他们都毕业了，要回家了，她仍然没有出现。

他去找她，等在所有她可能出现的地方，但一无所获。

——他絮絮叨叨地说了许多，停不下来。他眼睛发红，嘴唇哆嗦着，好像这件事情不是发生在十年前，而是昨天。

她并没有搞清楚到底发生了什么，小童去了哪里？这一切是怎么回事？

她想起很多年前看过的一则新闻，一名十五岁的少女在外出游玩的火车上遇见一位巧舌如簧的中年妇女——那是一个人贩子，少女因此被拐卖到穷乡僻壤，成为哑巴的妻子，生下两个孩子，十二年之后才被解救出来。

每次想到这个，她的手心总是出冷汗。

难道，那名叫小童的姑娘也遭遇了这样的事？可从他的语气中，她感到事情似乎并非如此。

这么多年了，我不知道她为什么躲起来。——坐在她对面的那个人忽然激动起来，睁着通红的眼睛，目光愠怒地瞪视着她，好像是在质问她。

她诧异地望着他，简直不敢相信，这世上有一个和她长得很像的人不见了，不是因为那个人不见了，而是因为她们长得像，这就是眼前的这个人来找她的原因。

几年之后，有同学在外地碰到过她，她变得太厉害，那人都不敢认了。所以，直到现在，谁也不知道那个人是不是她，她是否还活在这个世上。

——他目光迟钝，没了刚才的咄咄逼人。

之前，她也听说过类似的事，有些人一夜之间消失了。那时候，她还想，人又不是一粒尘埃，一朵浮云，一片树叶，怎么说没就没了呢。失踪者的形象慢慢进入她的脑海，那个长得很像她的女孩不知为了什么原因，在人前消失了——她忽然明白自己流泪的原因了。泪水瞬间盈满她的眼眶，趁他不备时，她偷偷地擦去。

那你呢，学校毕业后去了哪里？她问他。

他眼神迷离，一副醉酒者的嗓音，那外乡人的普通话更显得含混不清了。

——回老家后，我去了邻县一所乡镇中学教书。

——我在那里待了八年。

——那时候，我已经心灰意冷，觉得去哪里都一样，到哪里都无所谓。那个镇子很小，只有两条大街，一座电影院，一个菜市场，一家银行，年轻人都出门打工去了，只有老人和小孩留在家里，他们坐在门槛上，看日出日落，看所有经过家门口的人，实在没什么可看的时候，他们就闭上眼睛，听风的声音。

——到了晚上，镇上人家早早地关门闭户，除了电线杆子，连个影子都见不到。实在没事情做了，我就读书，不停地从网上买书。十年下来，除了留下一屋子书，什么都没有。我能坚持下来，全是因为那些书，是书里那些伟大的灵魂拯救了我。

如果不是借着酒意，她相信他什么也不会说。此刻，他还想说更多，好像要把内心深处所有的东西都掏出来，说给她听。

他好不容易才遇见她。

这是十年里，他唯一的机会。

他的眼角不自觉地往上瞟，似乎想起了什么。果然，他说到养鸽子的事，在那所偏僻的乡镇中学里，他养了一只信鸽，给它取名叫阿诺克斯。每天早晨放它出门，傍晚它会自己飞回来。有时候，它没有当天返回，而是过了三天，一个礼拜，最长的一次是一个多月——在他以为它不会回来的时候，它却飞回来了，翅膀上带着伤，身体各处伤痕累累，鸽子不会告诉他外面发生的事。

在学校后面的荒山上，他给他的阿诺克斯搭了一间很大的鸽舍，足可以躺进去一个人。当阿诺克斯飞在外面的时候，他会爬到后山的山顶上，在那里，他似乎看见在遥远的山峦的尽头，大海露出模糊的暗蓝色的一角。

——当说起这些，他的目光不由得往酒馆的天花板上瞟去，可那里什么也没有。她忽然想起他的眼睛如此明亮，如洞穴般幽深，如雨后的湖水般洁净，或许是因为阿诺克斯的关系。尽管如此，她还是没有办法想象那只信鸽的存在，这个时代并没有人需要它来传递信件，那实在是毫无用处啊。

夜深了，酒馆里四下无人了。

他终于安静下来，不再说话。他静静地望着她，只是那样望着，眼神有些涣散，还有些不知所措。信鸽并没有驱散她内心的恐惧，失踪者还在路上，或许明天就能回来，或许永远也回不来了。

她不想结束这个夜晚，尽管夜深了，快要打烊了，侍者在身边走来走去，发出杯盘碰撞的声响，似乎在催促他们离开。

她不想结束，不想离开。

最后，他望了她一眼，身体摇晃着从座位上起身，跌跌撞撞地站起来，往门口走去。那一瞬间，从他的眼神里她似乎看见那只叫阿诺克斯的信鸽，在无目的的人间一次次远行，又一次次返回。

他们互相搀扶着，从酒馆里出来，走出胡同口，走到午夜的大街上。他们上了一辆出租车。他含糊地吐出一个地名，说自己要去那里。司机在一番搜索之后理智地告诉他，这个城市并没有那个地方。他再次将那个地名重复了一遍。无疑，那不是酒店的名字，也不是培训机构的名字，而是属于某个住宅区——或许是他在那个镇上的家。

司机一再说，这个城市并没有那个地方。可他充耳不闻。一路上，愤怒的司机狂踩油门，将车子开得飞快。他闭着眼睛，将脑袋枕在她肩上，右手紧拽她的左侧胳膊——这是第一次他们的身体靠得如此之近，她感觉他的眉梢和嘴角都浮现出微笑的表情，那微笑所引起的震颤在她身体里蔓延开来。她不由得被此感动，内心有种近乎荒唐的、久别重逢的喜悦，似乎她本人就是多年前他所寻找的那个女孩。

她希望自己就是。

出租车在午夜空荡的大街上奔驰，除了红绿灯，没有什么能阻止它。她闻着他身体里散发出的气味，一种烟草与阳光相混杂的气息，好像彼此已经认识多年。此刻，她感到自己是安全的。她想起小时候经常躲进衣柜里，四肢收拢，额头顶着板壁，嘴唇紧闭着，大人们找不到她，她在柜子里面睡着了。那时候，她也是安全的。

车窗半敞开着，一路上不断有风送进来，拂在脸庞上——她闭了眼睛，去握他的手。他们的脑袋碰在一起，额头相触带给她异样感。她听着他的呼吸声，呼吸着他嘴里呼出的酒气。她被他身体所散发的气息完完全全地包裹着。即使和前夫在一起时，她也没有过那种亲密感。本来，她对那段婚姻几乎是满意的，两人商量好过几年再要小孩，双方家庭也都应允了。事情发生在结婚三年之后，他在毫无征兆的情况下离家出走了。两个礼拜后，某天深夜他回来了。他始终没有告诉她自己去了哪里，甚至只字不提，当作什么事情也未发生。后来有一次，两人一起在朋友家消夜，聚会进行到一半，他不声不响地出去了，一个礼拜后，又若无其事地回到他们共同居住的房子里。一年后，她提出分居。离婚时，他要把大房子留给她，自己搬到小房子里去住，理由是他的工资比她高，以后还有买大房子的机会——那时候，连他的善良都让她厌恶，认为这是别有用心。

其实，她真正不能容忍的是，自己居然不知道他去了哪里，她对此一无所知，被剥夺了知情权。

这个夜晚，当再次想起此事，她已经没了当年的羞辱感。甚至，内心深处忽然涌起另一种情感，她感到自己能够理解他了——就像理解一个与己无关的陌生人，既不同情，也不感到高兴。她意识到这件事情终于过去了，完完全全地被翻过去了，没想到会在这样的夜晚，以如此奇怪的方式。

很多年后，当回想起这个夜里的相遇，齐亚或许很难相信这是一次真实存在的邂逅，它一度改变了她的人生轨迹。

花语

陶金走出办公楼，走过操场边上的网球场，阳光直泻，毫无遮挡，一时间他感到头昏眼花。那人是她吗？听声音好像是的。可电话挂得太快，他甚至没来得及反应过来，耳朵里就传来嘟嘟嘟的忙音。此刻，路边场地上静悄悄的，没有一丝风。阳光猛烈、嘈杂，网球场上的红色塑胶场地好像要被晒化了。有一刹那，陶金甚至产生了错觉，那个电话是真的吗？是不是午睡时做的梦？耳边反复回荡着这几个字：福安路，古城墙。

接到那个电话的瞬间，他就想到她。因为那个声音。那么多年过去，她的声音依然没变。干净、纯粹，带着微微的颤音。

其实他很少想她，几乎忘了她。

街面上，车辆往来稀疏，两边店铺门口空空荡荡。一个女人撑着遮阳伞孤零零地站在对面公交站台上。陶金这才意识到自己太过急切，离那个声音所约定的时间还早。推开"雕刻时光"咖啡馆的蓝色木门，陶金像往常那样选了一个临窗的位置坐下。他对这地方颇为熟悉，常常光顾。他刚在窗边位置上坐下，便有身材高挑、穿着酒红套裙的领班娉婷而来。

陶老师，小洁不在我们这里做了。陶金点点头。领班又说，她跳槽了，人往高处走，我不能拦着她。她还叫我向您问好呢。陶金还是点头，还是没有说话。说完这些，领班轻盈地鞠了一躬，便走开了。陶金之所以经常到这地方来，一是离学校近，二是因为那个叫小洁的女服务员。一个陌生人了解并记住他的喜好，给了他一种贵宾般的礼遇和感动。他自己根本不是这样的人，连学生的名字都记不住，常常张冠李戴，闹笑话。近几年尤甚，好像老母亲的痴呆症提前传到他这里来了。

陶金还没有反应过来，便有一位胖姑娘站在面前，双手交叉放在下腹部，笑意盈盈地望着他。一份烫金菜单搁在橡木桌上，示意他可以先看。陶金的手微微抖动着，眼神游移不定。胖姑娘努嘴一笑，仍示意他看菜单。姑娘的玫色口红已经化开，唇部显得异常肥厚，有种热乎感。

陶金点了一份焦糖玛奇朵，却没有要抹茶或酸奶慕斯。要是在之前他肯定会点，不是抹茶口味，就是酸奶口味。请问先生还需要别的吗？胖姑娘望着桌上那原封不动的烫金菜单，讪讪地问道。陶金皱了皱眉，没有说话。胖姑娘慢吞吞地将菜单收回，大大咧咧地朝服务台方向走去。本能告诉陶金这个姑娘不可能记住什么，她绝不是那种容易上心的人。人群中有些人别人说什么，马上就能记住，可这个姑娘不是。

咖啡端上桌，陶金尝了一口，这才想起忘了交代焦糖浆不需要搁两大勺，一勺半就够了。这些小洁都知道，可这个姑娘不知道。等候咖啡变凉的间隙，陶金环顾四周，墙上所悬的达利的油画复制品《记忆的永恒》一片灰蒙。荒凉的海湾上，三个停止行走的时钟像柔软的面饼那样耷拉下来，好像马上就会被融化掉。

屋内，木制护墙板裂隙处藏污纳垢，枝形吊灯蒙尘暗淡。循环音乐里正轻声播放着卡伦·卡彭特的 *Yesterday Once More*。

此刻，那个声音又回到他的脑海，而名字始终无法想起。挂断电话后，他以为自己马上就能想起来，好几次只差那么一点点了。一种随时可能想起什么来的感觉让他抓狂。记忆力的衰退是近几年的事，其实只是记不住名字，其他方面并没有太大问题。值得庆幸的是他马上就要退休了，这份难堪不会让更多人知道。三年前，妻子朱冬女就从一家医院的内科诊室里退下来，如今在海南和女儿一家住在一起，明确表示不打算回到这个夏天闷热如炉、冬天阴冷难挨的鬼地方受罪。一家人只在过年时团聚。去年除夕，全家第一次分开过。朱冬女留在海南，他在家中照顾患重感冒的寡母，她的老年痴呆症已然到了晚期，常把他认作死去的弟弟。他以为母亲想弟弟了，可表面看来，母亲神情平淡，一如既往，并不知道那个叫陶秀的人已经不在人世多年；也有可能，根本就不知道陶秀何许人也。

你回来了，每次回家母亲都是这一句。他的名字很少被母亲提及。有好几次，他差点想问她，你知道我是谁吗？

母亲叫陶秀是在一个夜里。上厕所发现拖鞋不见，哇哇大叫。陶金听闻响动，急急钻出被窝下床疾奔过去，帮她将鞋子从床底之下移出。谢谢你啊，陶秀。从那之后，陶秀这个名字时不时地从她的嘴里冒出来。有时候是喃喃自语时，有时候是需要帮助时。母亲那种随意而谨慎的语气，让陶金以为她并没有完全丧失掉记忆，当然这只是他的猜测。

从"雕刻时光"咖啡馆出门，陶金沿着少年路往前，身体忽儿移至树荫底下，忽儿从那树底下钻出。他的身躯在日影和光亮之间缓慢地移动。路边杂货铺门口有人贩卖太阳镜，小女孩蹲在树底下逗引蚂蚁，一位肤色深黯的男子嘴里喊着什么口号快速从他身旁骑过，这些都没有引起陶金的注意。

几个星期前，陶金收到云南女孩杜樱的信。这名农家女是学院里分派给他的资助对象。多年来，除了给她寄各类学习及生活用品，他们还通信。最近的信里，女孩谈到职校毕业后打算回乡种植花卉。她喜欢花，在种满薰衣草或勿忘我的花田上工作是她的梦想。信末，女孩宣布下次要送他一份世上最珍贵的礼物，以此感谢多年来的解囊相助。看到"珍贵"和"礼物"这些字眼，陶金一阵苦笑。这个世上，对他这样的人来说，还有什么可称是"珍贵的礼物"呢。

福安路是一条整洁、安静的柏油路。这些年，别处都在整修、拓宽，大兴土木，唯有这里没有太大改变。这路，还是那么窄小、局促。因为毗邻东湖，树木比别处更显葱郁、繁茂，湿漉漉的，水汽淋漓。陶金最后一次来这里还是五六年前，去派出所更换二代身份证，一个下雨天打车过来，完事后匆忙离开。

他的记忆还停留在多年前。那几年，他经常走在这条路上。那时候，他还年轻，不过三十几岁。刚刚买了新房，欠下许多钱。他的妻子还在原先的单位上班。他忽然全都想起来了。刚才电话里那个声音说福安路和城墙的时候，他都没有像现在这样头脑清晰、恍然大悟。

那是一段轰烈而短暂的行医生涯。他把广告登在报纸夹缝里，豆腐干似的一小块。电线杆及闹市区的白粉墙上也有它们的踪迹，那是他雇人张贴的。作为临床理论教师，学校偶尔也派他去附属医院上班，每周一两次，相当于客串。他总觉得与医院里的人格格不入，每次去都只为了完成考核任务。

这边的广告零星铺散出去后，慢慢地，他的客厅成了小诊所，黄昏前后病人们络绎抵达。最忙的时候他连吃饭都顾不上。他专治一种疑难症，有一定治愈率，却不做任何担保。好在医生不必向病人解释诊治原则，他不过是几种进口抗生素联合使用，双管或三管齐下，一般人很难搞到，但他有亲戚在那个药品代理公司做头头。

那些年进进出出的病人太多，有些连续来一两个月，哪一天忽然不来了。此后再也没有出现过。有一天，陶金的妻子朱冬女发现客厅茶几上一对陶制虎皮鹦鹉不见了一只，这是一位多年好友去非洲旅行回来送给他们的纪念品，两人都异常珍视。肯定是哪个病人顺手牵羊拿走的！朱冬女气吼吼地叫道。

一旦想到这些病人恶作剧背后的动机，陶金内心的愧疚感即刻减少许多。没错，他的药不是万能的。这个世界上本来就没有什么万能的药。可为了钱，他来者不拒。

他只对那个女人说过，你的病我治不了。女人幽幽地望着他，说，我知道。她当然不知道。在福安路光线昏暗的公寓楼上，那个女人的家里，陶金决定不再给她注射多种抗生素，猛烈的药性对这个脸色苍白、弱不禁风的女人是种摧残。她从不上门，每次都是陶金出诊。当然，在诊金上她向来很大方，也不在乎。

一路上，陶金使劲想那女人的名字却一无所获。随即，一张苍白瘦削、颧骨高耸的脸浮现于陶金的脑海。女人穿一件宽大的墨绿连衫裙，裙摆垂荡至脚踝上方，一头鬈发披散在肩，从屋的这头走到那头，啪嗒啪嗒的拖鞋声，动作迟慢，举止娇弱，好像一阵风刮来就会随之飘走。

你应该出去透透气。

我一个没有气的人，要透什么气呢，女人说。

我陪你逛逛吧，在家里待久了不好。

要逛，就在福安路上逛，女人说。

女人说话的样子像叹息。陶金还是想不起那个女人的名字。

尽管她的脸已经很清晰了，可她的名字仍无影无踪，无可捕捉。

这次，她是回来探亲，还是永久地留下？那么多年了，她可是一个电话也没有给他打过，就像人间蒸发了一样。回想当年，每个周三下午，陶金都没有课。他就在那个下午陪女人逛福安路。他们仔仔细细地逛遍那条路上的每个角落。一处清代某学者的故居，大门开在僻静处，门扉两侧摆放着石狮子，左侧雄狮两爪之间的绣球滑落不见，右侧雌狮的眼珠子被剜碎裂；另一处是一座无主的宅院，环堵萧然，窗棂、门板瘫倒在地，院中荒草离离。除了这两处他们没进去过，其他如某幼儿园栅栏前、某消防站门口、某处逼仄的转角，他们都曾长久地逗留过。

陶金忽然想起一个地方，那正是他此行的必经之路。在那里，或许能将女人遗忘已久的名字重新打捞上来也未可知。如此想着，他万分急迫，恨不得马上飞奔过去。不多久，他已站在福安路 69 号门口。眼前所见与记忆中的很不同。陶金一阵惶惑，感觉走错了地方。进门处，一块崭新的黄石上刻着朱红毛体"英雄园"三个大字，周围休憩花坛上遍植各色菊花，肥硕而艳丽，远远看着就像是假的。花坛两侧植有成排龙柏。灰色花岗石一直铺向陵园深处，直抵那座白色纪念碑脚下。

他进入一个完全陌生的空间，直闯直撞地往前走。在纪念碑后面，他找到了那些名字，王今天、郭玉停、卜森林、于乃义、许丹池、陈英雄……它们还在。他的手指在最后一个名字上抚过，往事忽然变得鲜活，向着陶金流淌而来。

当年，女人穿着墨绿绸裙的身体清风般飘过一座座墓碑，她的目光在碑石上流连，凝望，似乎在寻找什么蛛丝马迹。可阴冷的碑石上除了隐隐生长的青苔，什么也没有。角落里有一座新墓，上面的墨汁还新鲜。女人蹲下身子，用脸庞去贴近它。他眼前浮现出女人苔藓一样湿漉而清新的眼睛。

现在，那个男人的名字仍刻在上面。这二十几年来，不断有新的添加进来。陈英雄，英雄……这真是一个让人倍感痛心的名字。那个女人说，是那个名字害了他，命该如此啊。

那是个冬夜，市郊一家纺织厂起火，他们赶去救火。

当初，她想不通一个怕火的人，为什么要进这个行当；更想不通的是，当现场人员都已疏离，火势也得以控制，为什么他还第二次进入火场。这么多年过去，不知她想通了没有。

陶金四顾张望，没有墓地，没有碑石，什么都没有。周围绿树成荫，松柏流翠，水泥路面通向里面的花园，那里还是树，到处都是树。有人在树下打太极拳，音乐轻盈，他们的动作也轻逸、飘忽。一个男人打着电话走过他身边。一个推婴儿车的中年女人回头望了他一眼。没想到，墓地成了公园。或许只有当清明前后这里才会变得庄重起来。陶金上学的时候就被老师们领着来过这里，排着长队，人人手持一朵白菊花，将它献于英雄墓前，鞠躬告别。回去后将这些写进作文里，好像每年的这一祭奠行为只为了增加写作素材，是枯燥的学校生活的点缀，而与真正的悼念无关。他当然没有因此记住任何一个英雄的名字。

现在，就连那个女人的名字也变得模糊了，好像它成了一片绿叶消失在整座森林中。陶金眼前闪现出女人蹲在墓碑前的情景。女人的目光在碑上流连，上面刻着那个人的生卒年月，两个日子挨得太近，中间那一横杠，是被挤压的薄薄的一生。

陶金记得日报追踪报道过这个事件。或许，报纸上还提到那个女人的名字。可那些报纸早已无法寻觅了。

只有那些阶石还在，一级级通向上面，毗邻山崖一侧因加固了铁栅栏，让人无端地觉得安全。陶金好像看见那女人仍坐在阶石上，人人都在往上爬，只有她安然不动，高高在上的脸显得清冷、寡淡。上面是古城墙，站在城墙上可以看见灵江水，以及江边垂钓的人。

有一回，陶金指着那顶上说，你不上去看看吗？她"哦"了一声，目光仍在原地停滞。那些不断地从底下上来的人喘息着经过他们身边。他们的目标在上面。那些个闲暇无事的下午，陶金坐在烈士陵园的台阶上，而那个女人坐在他身边。时间好像灌满泥浆的河床。一度，陶金感到这样的日子再也不会结束。他无法回到妻子朱冬女身边，他们那个家成了牢笼，总有一天他会窒息而死的。

女人告诉陶金，就算他不死，他们的日子也长不了，他一直想回北方老家去，而她不愿离开故乡。

是啊，没有人愿意离开自己的故乡，陶金说。

可有一天，女人还是离开了。福安路上的公寓人去楼空，他蹲在那道油漆剥离的铁门前，默默抽完一包烟，其间有一只硕大的黑鼠从上面楼道里奔窜而下，两相对照，惊惶而逃。天黑了，楼道变得更黑，他慢慢走下去，扶着栏杆，双腿颤抖着，几乎不能直立。他不敢相信事情这么容易就解决了，她已经不在了，像一阵青烟一样溜走了。

而那个北方男人的身体和名字怕是要永远地留在这里了。那几年，陶金在烈士陵园里四处瞎逛，兴致起时也会爬到古城墙上，默默站上半天，耗掉一些辰光。天气好的时候，可以望见远处的灵江水，水面泛着白光，船只在那上面悄无声息地滑过。后来，他把家搬到城市的另一头，就不再到这里来了。

他的遗忘如此之快，连自己也始料未及。生命中不断有人进进出出，也够他忙活的。之后，他当然也遇见过别的烦恼，但无一例外全都解决了。只要时间仍在流逝，就没有什么是不可能的。

当电话里那个声音说出福安路和古城墙这几个字的时候，陶金想，她回来了。除了她，还会有谁呢？

陶金举目四望，却不见她的身影。可能，就算她站在他面前，也认不出来了。他寻找着疑似她的面庞，如果来了，她肯定会到墓地找他。陶金发现镌刻着逝者名字的碑石几乎平躺于地，而略高于碑身的圆柱状矮松环伺左右，远远地根本看不见墓碑，而墓地周边，修剪成几何形体的植株密集排列着，让人们根本无法进入。他再次踮起脚尖，仍只看见灰黑色的、平躺着的大理石碑身紧贴地面。名字下边刻着生卒年月，有的则是一个问号，甚至两个。

不用说，这些逝者的名字尽管都被刻在坚固耐久的大理石碑身上，每年清明节也有那么多素不相识之人前来祭奠，可是他们早已彻底死去，遭人遗忘。记录他们英雄事件的书籍迟早会成为下一次造纸的原料，而那些纸张泛黄、字迹模糊的报纸早被扔进故纸堆里，无人问津。任何对死亡的褒奖和装饰行为都无法改变这个事实。那些刻在碑身上的名字，不过是一个个符号，与医院候诊室里滚动播放的患者姓名没什么两样。

陶金绕过这块方形绿地，沿着阶石一格格攀爬而上。他感到行走的艰难，双腿像是注满了铅水，根本提不起来。

往事纷至沓来。有一年，陶金的客厅里来了一个女孩。她是所有病人中年龄最小的，短发，圆脸庞，印象最深的是那一对大眼睛，黑亮、清澈。每次完事后出门，必要毕恭毕敬地喊一声，陶医生，再见。那是初秋，当女孩在客厅黑色真皮沙发上留下两个窄小汗湿的手印后离开，妻子朱冬女便跨出房门，手里拿着一瓶酒精棉球。"那女孩可真瘦啊，胳膊细得像根稻草，而脸那么白，眼睛那么大。"她边消毒，边问陶金女孩在哪里上学。

女孩没有上学，学校让她把病治好了再去。

有一天，陶金正收拾着注射用品，听见门外那女孩在问一个病人："阿姨，你来这里打针多久了？去医院化验了吗？"

可她从来不问他"我的病到底能不能好"。谁都知道这病难治，可万一陶医生本事大将其治好了呢？概率肯定是存在的。每次注射完毕，女孩都要遵医嘱在那沙发上再坐好一会儿，好像非常害怕进针口在赶回去的路上再度出血致无法收场。

女孩家在很远的乡下，陶金替她在城里租了房子，与一个医学院的实习生同住。黄昏，女孩到他家里打针，"不要告诉别人你是来我这里治病的。"陶金告诫道。出租房在一个裁缝铺楼上。有一次，陶金路过那里，看见女孩蹲在楼下水泥地上搓洗衣服。肥皂水淌到脏兮兮的街面上，流入下水道。另有一次，陶金骑车路过那附近一家书店，意外发现她的身影在书架前伫立。

有一天，女孩母亲打电话来，问他医药费能不能月底再结。以前有过病人拖延药费，然后不声不响走掉的情况，他当然不能为她破例。他记得最清楚的还是自己的精明，因为后来那个女孩果然悄悄回去了，连个招呼都没有打。

这些事情忽然浮现眼前，清清楚楚，让陶金一阵战栗。不要想了，都过去那么久了，忘了它们吧。其实，陶金已经忘了它们，如果不是这些陡峭的阶石。当年，那赁屋而住的女孩也在这些台阶上走过。她的同龄人都坐在教室里，而她却无所事事，有那么多时间需要打发。台阶很长，一直延升至山顶，古城墙就像一条苍老的巨龙，盘旋在山体之上，也像陶金手腕上的那道疤。

他终于爬了上去，脚步忽然变得轻飘起来，整个身体摇晃不安，极不适应这骤然而至的坦途。脚下青砖浸染出时间的青苔色，垛上弹痕依稀，墙体颜色古旧斑驳，无一处相同。远处，灵江水绸带似的一窄条，似乎随时可能飘忽而去。在他四周，游客们东张西望，不时按着快门，嘴里发出惊讶声，好像发现了什么天大的秘密。陶金留意着每一个走过他身边的人，那些看上去与众不同的人，有可能是她的人。

在他心目中，她始终是个与众不同的女人。连她的消失，也是如此。毫无预兆。他想象她在北方的日子——不知为什么，他认定她是去了那里——风沙扑面，气候干燥，她的皮肤也变得粗糙了吧。当然，她也可能变得强壮，换了一个人，不再弱柳扶风。

他觉得自己可能认不出她来。他认识的只是二十年前的她，黑白照片里的那个人，永远被定格，无法得到更新。

有一段时间，他的身边无人走过，好像这截城墙成了他的地盘，一个加长版的阁楼阳台。这个空间里发生的一切都由他说了算。他站在垛口处张望，似乎看见远处行走着她的身影。他决定不再走动，原地等她来。他等着。这等待的过程加重了他的焦灼，同时也让他好奇。他忽然觉得这一切极不真实，自己怎么会在这里，他等的那个人会来吗？似乎那个电话不是来自几个小时前，而是非常久远的事。

终于，一个头戴蓝色阔边帽的女人缓步而来，女人的半边脸被帽檐所遮，看不清楚。她白色裙衫飘逸，黑发垂荡，有种卓尔不群的风度，同时又暗示着少女时曾有过的幽闭岁月。女人在那个与他邻近的垛口处停下。她的脑袋恰好嵌进那个凹槽里，就像一幅画镶进画框里。陶金一直等着那女人转过头，他把所有希望都寄托在她身上。

女人离开的时候，望了陶金一眼，她的泰然自若让他吃惊。

女人帽檐所遮的脸庞白皙温润，那对明亮的大眼睛不可抑制地走向暗淡，却不曾完全消失掉它曾经的光芒。女人走远了，尚显窈窕的身影慢慢汇入黄昏的光影之中。无疑，女人会老去，优雅而与众不同地老去。人群中，这样的女人实属凤毛麟角。陶金一阵心悸。可有人永远没有机会变成凤凰身上的羽毛、麒麟头上的犄角。那个短发、圆脸、大眼睛的女孩，二十年前在他家客厅里出现过的女孩，她就没有这样的机会。

治疗进行到一半的时候，女孩去医院抽血，拿来化验单给陶金看。其实不必陶金亲自看，那上面的数值、箭头都标得清清楚楚的。

女孩依然每天黄昏准时出现在陶金的客厅里。她越来越瘦，身板还是那么单薄，十七岁了，仍没有明显的发育迹象。

她不再说"陶医生再见"，而是每次出门前，将酒精棉球扔进垃圾桶里，悄悄将门带上，再轻手轻脚地下楼。

有时候，饭桌上，两人会忽然说起她，在哪里吃饭，白天的时候做什么，以后怎么办啊。

这个病如果治不好，学校是不会要她的，陶金说。

其实，这些规定很没有道理，不是吗？她完全可以正常上学的，朱冬女说。

没办法，有些学校就是这么规定的。

……

女孩连续三天没来，陶金这才意识到并打电话给她母亲。学校已经同意女孩回去读书，只是她这个体质能上学吗？女孩的母亲在高兴之余也深感忧虑。陶金马上说，没事的，这个病只要平时注意休息不熬夜，上学是可以的。真的可以。让她去上吧。陶金很高兴，好像这也属于他多种抗生素联合治疗的成果之一。

半年之后，陶金从一个熟人口里获悉意外。有人在城市的道路上飙车，而女孩要急着横穿马路，把信投进对面的邮筒里。

也有人说是女孩的自行车不慎骑入轿车的车轮底下。

女孩留下的最后一句话是，好难受啊。

微风袭来，暮色四起；城墙之上，游客寥寥。尖锐的刹车声也随之远去。陶金好似打了个盹，往事淡去，尘土与柏油混杂的气息也逐渐淡去。她不会来了，或许被什么事情耽搁了。或许一切只是他的错觉。总之，她不会来了。

陶金向城墙的豁口处走去。一级级，沉默的阶石在他脚下无尽地延伸，他完全失去了耐心，只想一步跨到底。回家。躺到床上。闭上眼睛。到了晚上，这个世界就只剩下他和母亲了。那个连他是谁都不知道的老人，却是这个世界上他最亲的人。

回家的公交车上，陶金想起了那个女孩的名字。同时，他还想起弟弟陶秀。现在，这两个名字躺在一起了。弟弟是六岁那年走的。那年暑假，陶金拎着弟弟的凉鞋，赤脚从河埠头走回家。弟弟躺在门板上。姨母在张罗后事。母亲躲在房间里哭。李叔叔蹲在院子外面的土坑上抽烟。父亲还在从外地砖窑厂赶回家的路上。

那年暑假在陶金的记忆里一片惨淡。父亲把自己关在那个烟雾腾腾的房间里。母亲蹲在夏日酷热的田野上割草。兔子房里草叶堆积如山，一股惨烈的腐烂的草腥气，好似要从墙壁砖缝里渗透出去。弟弟出事的时候，母亲和李叔叔在屋子里聊兔毛多少钱一斤。那个李叔叔去过上海，给陶金吃过大白兔奶糖。

有一天，陶金问母亲李叔叔为什么不来了，那些大白兔奶糖呢？

陶金推开房门，看见母亲坐在饭桌前，右手撑着下巴，正在打盹。饭菜已经准备好，保姆走了。母亲听见响动，睁开眼睛，看看他，嘴唇翕动着。他一阵胆战，怕她说出那个名字。他不希望接下来的晚餐时间，被那个名字打搅。

母亲却说，茶几那边，有你的东西。

陶金一脸狐疑。他走过去，看到一只很大的纸盒子，是标准的易碎物品的过度包装。陶金从那个纸盒子里不停地往外掏东西，塑料气泡膜、报纸什么的，足足堆了一地。最后出现一个火柴盒大小的纸盒子。是一粒粒种子，形状略长，深褐色，表面有纵脊状突起。

他摊开那张皱巴巴的纸条，只见上面写着：

陶老师：

这是勿忘我种子。它的花语是：浓情厚谊，永远的回忆。我把它们寄给您，以此表达我的心意。我永远也不会忘记您的恩情。同样，请您也不要忘了我哦！

祝您幸福！

杜樱

他忽然笑了。一种愉悦在身体里荡漾，难以名状，无法解释。他将纸条折了折，塞进口袋里，同时还有那包花籽。或许，明年，在他家露台上，将开出那种浅蓝色的像星星一样的花朵。

想到这些，陶金抬起头，对着餐桌那边的母亲微笑。

回归

　　睡梦中庄莉又听到那声响。剪刀与橙子皮不断触碰的脆响，一点一点，由断续的点，连成一条省略的线，给人一种时间无尽蔓延、永不终止的感觉。而那些橙皮在碎成粒状物后，会流溢出浓郁、黏稠的汁液，好似某种黄色涂液。

　　出门上班之前，母亲会把它们埋到院子里。

　　几年了，自从搬到这个带院子的底层公寓后，母亲一直做着此事。起先是枯枝败叶、瓜皮果壳，这个冬天则是橙子皮。前几天，母亲告诉她那些厨余已经发挥作用，泥土变得黑而湿润，好似河底的淤泥。

你去闻闻看呀，还带着香味呢。

除了橙子皮，母亲再也不把鱼肉、剩菜等埋到那里面去。那些东西她从前埋过的，最后统统发酵成一股子腥臭味，浊液横流。

母亲走了，橙皮散逸出的气味仍在屋子里盘旋。她感到冷。手术后，她身体制造热量的能力便急剧下降，好像有什么东西被一刀剪碎了。

午后的公园，阳光在庄莉身上聚集。她微闭着眼，思绪在过往时空里穿梭。枯草、腐泥、萎黄的灌木丛，砖石缝里潜藏的气味，墙角的甜腥气，林林总总，在她的脑海里搅作一团。

晴朗无风的日子，她会走远一些。去芦苇丛、河边和田埂上漫步，寻找草丛中蝴蝶干巴的羽翅、冻结的虫卵，单调而枯燥的脚下运动使得她的脸上呈现出某种罕见的、接近安宁的表情。

那天午后，她闯进一片朴树林。枝上一片光秃，落叶层叠地堆积在脚下，她谨慎地踩在上面，轻微的惶然和不确定后，即刻有一种返回自然深处的欢欣促使她继续前行，不想有一片沼泽地就藏在这落叶掩覆的底下，幸好被及时发现了。

几天过去，她仍惊魂未定。

母亲在一家户外用品店上班，冬天虽是淡季，但每次回家，通常天都黑了。

她不能让母亲知道她去那种地方。那些没有人的地方，荒僻的郊外、乱坟岗、树、河水、废弃的小屋——它们让她感到自在。可现在，连这样的野地也难以找到。他们不是想在上面盖房子，就是造了乱七八糟的房子后，弃而走之。

她们从前的家也不见了，被建设成物流园，也有可能是垃圾处理中心，与过去的时间一刀两断。

那天，庄莉意外寻觅到一块荒地。短暂的惊喜后却发现有施工队已经进入，他们开着铲车将道路拓宽，在泥泞的路面上铺设石板，河流之上丑陋的水泥桥梁已初具雏形。

在那个慌乱的现场，她看见成片的芦苇荡、残荷，一切都那么美，充满生机。回来后，她和母亲说起那个地方，却发现怎么也说不清楚具体的位置。母亲让她以后别去那种地方。天气冷，你就好好在家待着吧。

冬天开始下雨，给人阴郁凄惨的感觉，她被隔绝在人群之外。

那天也是阴雨天气——那是春天，在豆蔻山下的农舍里，庄莉准备进行一场三十公里的徒步旅行。

之前，大雨连下三天，她和宗炳在农舍的阁楼里被困三天。她被鸡粪、鸭臭、茅厕以及乡下人身上的气味，熏得几乎昏死过去。农舍脏腻、潮湿而冷，山里比别处更冷，不充分燃烧的木头冒着青烟，呛得人泪水直流。饭食里有股可疑的气味，难以下咽。可没有回头路，只有顺利翻过豆蔻山，他们才能搭车回城。

那天清晨，天刚亮，睡袋里的庄莉就已彻底醒来。窗外此起彼伏的鸟叫声，好似在播报一个激动人心的消息。宗炳仍在酣睡中，男性罕见的浓密而整齐的眼睫毛，鼻型挺拔，嘴唇微微闭合着，嘴角似有笑意流露——成年后的宗炳仍葆有少年的纯真之气，一种坦荡而无所畏惧的神情。

没有听见雨声，难道雨已停歇？

梦里，他们翻越豆蔻山，一路都是藤蔓缠绕的古树，他们以登山杖分开灌木，或以此作为支撑点绕开障碍物，向下一块阶石迈进。蝴蝶出现得很突然，从树身里飞出，一阵闪烁的亮光，呼啦啦的羽翅的拍击声。香气喷薄而出，黏稠，恍惚，宛如爆炸物产生的余波。

梦醒后，庄莉试图回想那种气味，却怎么也想不起来。

窗外，天已亮透。雨歇了，层叠的雨云仍在游走，远山笼罩在雨雾之中，略显刺眼的亮光从云层里透射出来。雨水使得屋外杂草疯长。他们在农舍主人刺耳的方言声中收拾完行李，迫不及待地登山。

豆蔻山回来三个月后，庄莉开始不明原因地头疼。阴雨天气尤甚。他们说她的脑子里长了东西，一个礼拜后，她被推进手术室。剧烈的、持续数秒钟的眩晕之后，她很快失去知觉。醒来的刹那，有个声音在耳边说（是持续的说话声进行到尾部的一种总结性陈词），"这辈子在别人的脑子里动来动去，真是厌烦透了"。紧接着是一阵疲倦而无力的附和声——那一刻，她想自己的脑壳已经被人打开过了，那里面到底长了什么？

戴蓝色口罩的护士把那个割下的、血肉模糊的东西，搁在医用盘子上，端至手术室外等待的母亲跟前。庄莉问她那个东西看起来像什么？

母亲直摇头，什么也不说。

我没有看清楚，他们就拿走了。真的。我什么也没有看到。

有点像两把打开的扇子吧……也不是特别像，那东西很薄，上面有密布的血管……母亲吞吞吐吐说了一些，再问，就不愿意讲了。她很好奇那个东西到底长什么样。他们不会给她看那个东西，只给她的母亲看。

后来，当她恢复正常，母亲舒了口气，高兴地说，你看起来完全好了。没有一点问题了。

她恍惚地点头，好似认同了母亲的判断。她看上去完全好了，一点问题也没有了。——她知道事情并非如此。

每当黄昏暮色降临，或者阴雨天气，当她们的屋子笼罩在一种昏昧不明的气氛里，她便会想母亲到底看见了什么？那个从她脑子里长出的东西，到底是什么样的？

有一天晚上，庄莉回到豆蔻山的营地，宗炳站在一棵松树下，向她招手，腼腆地笑，叫她快过去。庄莉慢慢走过去，走到那棵松树边上，宗炳就不见了。梦醒之前，她去抓宗炳的手。手心里只留下破碎的衣物。悬崖边的树，掉进滔天的洪流里被卷走了。宗炳的脸像一片树叶，在泛着泡沫的水流中，载浮载沉，很快也消失不见了。

几天之后，庄莉开车去了城外的西山。冬天的山脉，色调暗沉，是褐色、深绿、枯黄等颜色的杂糅，少了别的季节里燥热、蓬松、郁勃的气息。每个季节，山色都会做一些调整。当人们发现的时候，它们通常已经完成了这种改变。

山路通向草丛和杂树林的尽头，不断有新的尽头出现，又不断地被抛在身后。有些坡段极陡，有些甚至是下行的——不断有下行的道路出现，庄莉很快弄明白自己在翻越群山。坐佛在哪里？

这山上原有一座唐朝的寺庙，后被山火焚毁，只剩一尊石头坐佛，因为体积庞大搬动不易，而留在这深山老林里。

庄莉熟悉芒刺和灌木的气味，即使在冬天，植物的体内也充满着温热。在爬过一座陡坡后，她喘息着站在一处平缓的地面上，群山远近高低，越远越虚无缥缈。

她想起春天的豆蔻山，宗炳的脸宛如绿色植物出现在水边。那一刻，昏暗的树林里，一种奇怪的感觉忽然产生，她感到自己的身边站着一个人，就站在她的左手边，只要一侧身，她就能看见他，握着他的手。

他的形象一点也没有变，没有更年轻，也没有变老。一路上，他们并肩而行，听着彼此衣物摩擦发出的窸窣声——久违的暖意在她身体里荡漾。

随后，她轻松地穿越杂树林，翻过矮山，来到一片开阔的坡地上。远处群山绵延，蓝色烟岚隐在树丛后面，近处则是一座紫褐色的小山丘，局部光秃秃的，岩石嶙峋。在这两者之间则是云雾、尘埃与浩荡无涯的时空。

"沧海月明珠有泪，蓝田日暖玉生烟。"没来由地，庄莉的脑海里忽然冒出这一句。眼前慢慢浮现出阳光、玉石、田地和蓝色的雾岚，一个消失已久的世界。或许，宗炳就住在那个世界里，他化作一棵树、一阵烟、一只蝴蝶，可没有人能找到那棵树、那阵烟、那只蝴蝶，他的存在并不是要被人看见，要让人找到。

那天夜里，她被人从豆蔻山上抬下来，而另一个人，却永远地留在那里。之前，她一直想不明白"永远地留下"到底意味着什么。现在，她或许知道一点什么了。

庄莉意识到自己在山上走了太久，山林的气息进到她的身体里，把她与云雾、松涛、无尽的光阴包裹在一起。有一刻，她再次感受到那个人的存在，他与她步态一致，好似同一生命体的不同部分，互为依存、不可分离。他们行走着，以单调的动作来呼应彼此的存在。

那只黄羊是庄莉走累了席地而坐时，出现在松树林的尽头。它前蹄触地，站在那块山石后面，露出大半个身体。褐红色毛发，干枯、板结。头部圆钝，耳朵长而尖，肚腹破袋般垂荡着，脊背上骨头支棱着，像凸出海面的礁石。那对疲倦、迷茫的眼睛，人类少年一般的眼睛，充满着小动物的警觉。最引人注目的是额骨上竖琴状的角，像是某种神秘的域外接收器。它是在寻找食物的途中遇见这一个孤独的人类，远远地，它就看见了她，看着她走近。它在想什么？

当然，庄莉也马上发现了它——那只奇怪的老羊，有一对竖琴状的角，少年般的眼神，她在山下从来没有见过这类品种的羊。庄莉站起身，专注地望着它，好似望着另一类陌生的物种。

　　她感到了它的孤单，一种怜悯的情感从心底涌起，是一个孤独的人类对另一只深山里的羊所能拥有的情感。黄羊在一阵短暂的凝视之后，轻轻扬起蹄脚，撒腿跑入松林深处，不见了。

　　之后，很多个梦中醒来，庄莉都以为自己听见了黄羊的叫声，它怯生生地对着灌木丛叫，在草径上奔跑着无依无靠地叫。

　　羊的叫声根本不像是动物所能发出的，它不像鸡鸭鹅猪这类家禽，叫出的只是动物世界杂乱无章的本能；羊有着非常人性化的啼叫，很凄异，颇富感染力，让她惊诧。小时候，她就知道那种叫声——那羊是由村里一名弱智的孩童放养，每天早晨牵出羊圈，傍晚太阳落山后归来，进出村子之际，它那哀怜、颤巍巍的叫声像是羊儿在替主人向上苍乞求怜悯和智慧。它的模样那么老，一张狭长的瘦脸，白色胡子，眼圈周边有旋涡般的皱纹。

　　那天从西山上下来后，庄莉在梦里又见过它几次。每次从那样的梦中醒来，她都感到自己还躺在豆蔻山的农家阁楼上，看着屋顶上方黑黝黝的瓦片，雨水随时会从那缝隙里漏出滴进她嘴里。睡袋里一股潮湿的霉味。一夜雨声淅沥，那一刻已经停歇。那只羊就站在门外湿漉漉的庭院里，嘴里衔着青草，不紧不慢地嚼着，眨着眼，望着黑暗中逐渐发出光亮的门厅，犹豫着却没有迈开步子。

　　那天傍晚，母亲从店里回来，带回一个故事。她的顾客中，有一对顾姓夫妇在试图攀登尼泊尔的鱼尾峰时不幸失踪。

母亲说，他们甚至还算不上是资深驴友，就算是资深驴友也不会去爬那种山，这等于去送死嘛。

庄莉在手机上查了鱼尾峰的资料。它属于安纳普尔纳峰群，主峰6993米，位于尼泊尔境内，因形状酷似鱼尾而得名。山上有濒临灭绝的野生动物，如雪豹、麝香鹿、岩羊等。

——当地政府严禁攀登此山。

庄莉也知道那对顾姓夫妇，男人沉稳儒雅，女人文静秀气，经营家族企业，家底颇厚。

唉，没想到他们会去那里。现在，他们可是永远留在那里喽。母亲叹了口气，意味深长地望了庄莉一眼。

三天之后，庄莉驱车去了宗炳老家。那是阴天，高速上大雾弥漫，她走的是省道，车窗外道路两旁的树木在白色雾气中缓慢地后退，退到一个更大更虚无的空间里。一切喧嚣都在大雾中被定格了。

穿过漫长的陆路，她的车子开上一座新修的跨湖大桥，两边是白茫茫的湖水，天空低垂到那白色里去，与湖水呈一样的质地和颜色，分不清界限。车子始终匀速前行，她几乎感觉不到车身移动的轨迹。车窗的前边以及左右两边都是一片白，一个白茫茫的世界。

那个村庄，就在这道路的两旁，藏在这水雾氤氲的世界里。她曾去过的。庄莉脑海中浮现出一个村庄的布局，其中有房屋、古树、村街和蜿蜒的河道。——那或许是她过往岁月里所造访过的某个村庄在脑海里的残余影像，也有可能是许多个村庄影像的杂糅。让她觉得奇异的是，这些村庄一直在变，每次看见都不一样，好像它们知道自己应该变成什么样。

当然，这种印象可能缘于她已经多年不在村子里生活了。此刻那里面居住着的人绝不会有这种感觉，直到有一天他们中的某些人搬到村庄之外的地方居住，并且永远也不用回去——类似的感觉才有可能出现。

宗炳就在离开那个村庄多年之后，在城市的美术馆里遇见她。他们在明末清初龚贤的那幅《空谷足音》前逗留许久。空荡荡的美术馆的过道里，他们宛如走进一个黑色的梦境里。

画的边上题有"入山唯恐不深，谁闻空谷之足音"，可是墨云般浓厚的山水好似要被大风卷走，哪里可闻足音？

透过画面，他们不仅感到画者内心的挣扎与痛苦，还被隐藏在深沉雄厚笔墨背后的生机所感动。

后来，他们一起上山，躺在深夜的草甸上看星星，在溪渠边烹煮食物，像野蛮人那样爬上爬下。秋冬季节的山林，比别的时节蕴藏着更多的机趣，它不是靠万物的绽放表现，而是靠衰败和凋零来呈现。

他们领会到这一点，已是很久之后的事了。

村庄就在路边。从前的晒谷场变为停车场，被仔细地划分了区域。远远地，庄莉看到两位白发老妪隔渠而坐，一位手里拿着一只咬了一半的馒头，另一位手握搪瓷杯，不时地仰头喝上一口，后者很像她过世多年的外祖母。老妪干瘪的嘴唇一张一合，像是酒后掩饰不住的兴奋。橘子林里，觅食的鸭群发出嘎嘎的叫声，殷红的橘果在土层里静静地腐烂。

那些墙很白，显得瓦片愈加黑。新修的道路嵌以鹅卵石。砖瓦结构的房子被装了层层叠叠的防盗窗。一种属于过渡状态的气息在这里随处可见。

庄莉不知道自己为什么要来这里，好像仅仅是为了做个比较，七八年前，他们刚认识的时候，宗炳曾带她来过一次。那时候，他家里就已经没什么人了，父亲早逝，母亲改嫁到异乡，孤儿的境遇已跟随他多年。

那次，宗炳带她去爬村庄后面的山，一开始，她并不知道会看到那些东西。她以为只是一次普通的登山运动，就像城里人经常做的那样，选择在合适的时间登高远眺，抒发一些可有可无的感想。没想到，在那片宽阔的山顶平原上，居然会有那么一大片墓葬群。它们的覆盖区域实在太大了，好像所有山下死去的人都埋在这里。有些碑石歪斜，几近坍塌；有些则根本无碑，只是一个隐约的隆起的小土堆。她感到有点承受不了，不是因为恐惧，更不是悲伤，只是感到很难承受这一切。

那个下午，宗炳站在松树下，嘴里噙着烟，脸色平静地望着她——而她本人远远做不到如此镇定，她不知如何去表达那一刻的情绪。她目光粗糙地扫过几个邻近的墓穴，那上面覆满枯枝败叶和历次扫墓留下的痕迹，一种专属于墓地的气息在那里经久不散，永远存在下去。

她想到推石头的西绪弗斯，在这个尘世徒劳地报废自己，年复一年，直到死亡来临。她的生命也是如此，毫无例外。她为一个人最终将毫无作为地死去，而痛苦不已。

这一次，她没有爬到后山上，也没有进到那个无人的屋里去，只站在一座新修的水泥桥上长久地凝望着山脚下那幢暗淡无光的旧房子，灰色的水泥外墙没有任何多余的装饰，菜园里茅草丛生，破碎的玻璃窗被风吹开后，再没有人帮着关上——过不了几年，那里就会彻底沦为荒野。

回去的路上，湖上依然白雾弥漫，远山隐在云雾中，片刻的光亮穿过雾气，在前方的道路上闪烁。她孤独地开过两个岛屿，穿越水汽和白色尘埃弥漫的道路，回到宽阔、结实的陆路上，车子重新汇聚到高速公路的车水马龙之中。

那个冬天很温暖，气温总维持在十度左右，人们脸上带着春天里才有的表情。他们漫无目的地骑行，去远郊看古村落，或在寺庙里消磨时间。冬天里的一切无不给人苍茫感。特别是当太阳落山，光线变得昏暗，河水在低矮的地方冰冷而无声地流淌着。水边密集的芦苇荡更加深了这种感觉。天黑了，他们就近找一家小饭店坐下，喝那种家酿的米酒——盛在白色破损的瓷碗里，玉石一样的色泽。灯光昏暗，两个人的脸却喝得红扑扑。小饭店里出来，他们继续在黑夜里东倒西歪地骑行，骑到村子人家的房前屋后，惹得狗叫声此起彼伏，一路追赶着，狂吠不已。

好几次，他们都迷了路，在田埂和荒野间穿行。回城已是深夜。那时候，宗炳刚从单位辞职。她像现在一样无事可做。那年冬天的气温迟迟没有降下，甚至当北方大部分地区已漫天飞雪，这里还是温暖如春。房子外面比里面还暖和。有时候，她一个人骑车出去，在无人的工业区的厂房外面兜圈子。那都是一些崭新的水泥房子，灰突突的外墙，简洁的几何造型，有些甚至从没有被使用过，荒草从过道一直蔓延到接待大厅。

有一次，她想骑到一幢烂尾楼里去，一个老头和那条藏獒虎视眈眈地瞪视着她。她落荒而逃，从此之后再也不敢去那些犄角旮旯的地方。

宗炳住在河边一幢几近废弃的大楼里。那里曾是某印刷厂的集体宿舍，房子四周垃圾成山，河道里也满是漂浮的塑料袋。他们坐在宗炳的房间里，喝一种自制的姜汁与柠檬汁混合而成的饮料。那个空间里除了一张单人床，一个简易衣柜，以及几把椅子，什么都没有。没有窗帘。墙面和地面都是灰色的，给人一种暗淡无光的感觉。

这房子很快就会被拆掉，就在来年春天——第一次来，庄莉就注意到楼道里的告示。房间对面是一座小山，山上光秃秃、干巴巴，什么也没有。

即使在同一个屋子里，他们也不太说话。他们俩都不喜欢说话。

有一段时间，宗炳忽然不再露面。庄莉打电话给他，不是拒绝接听就是关机。一连好几天，她都去那房子外面等他。她以为他回老家了，她知道那个地方，太湖边的一个村子。

宗炳说过，如果有一天他哪里也去不了，就回老家去。

对那个地方的过去，他几乎都知道。他的祖辈都生活在那里。庄莉也去过那个村子，常年云雾缭绕，湖水不倦地拍打堤岸。有时候，她在睡梦里也能听见那种声音。

那天，庄莉在外面闲逛，宗炳兴高采烈地打电话过来说要和她见面，他们已经很久没有碰面了。电话里，他对失踪多日之事闭口不提。

——他或许是去找房子了，可没有找到。庄莉心想。

他们去得最多的还是郊外，西郊或东郊。有一次还骑到五十公里之外的南北湖，那里的河滩上栖息着一种灰色的水鸟，黄昏的时候，它们沿湖岸做低空飞行，一路上发出高亢而怪异的鸣叫声。冬日的天空呈现一种温柔的灰蓝色调，没有多余的云彩。很快，暮晚将水鸟带走了，夜幕也随之降临，他们骑行在乡间小路上，道路两旁的水杉齐整地排列着，向前延伸，给人一种苍茫感。

他们还去一些废弃的砖窑厂玩，在村口的老樟树下坐上半天。或者去镇上的集市赶集。看伐木者背着松树行走在狭窄的河滩上，河里的水几乎枯竭了，茅草从溪石的缝隙里密集地生长出来。

那真是一段无所事事的日子，他们贫穷而兴高采烈，对什么都怀着兴致，又有一种一切随时可能终结的感觉。

我们去爬豆蔻山吧。有一天，当他们在湖边散步时，宗炳忽然脱口而出——当说完那句话，他马上低着头，闭了口唇，不再说话，好像这是一件让人感到羞耻的事。

豆蔻山。这是庄莉第一次听说这个名字，她把这个名字在心里默念了几遍，有种说不出的感觉。可是，那座山在哪里呢？那时候，关于豆蔻山的一切，庄莉一无所知。后来，当所有的事情都发生后，庄莉还是对那里发生的一切一无所知。

唯一知道的是，她从那里回来了。就像做了一个梦，一个永远不会停止的梦。最近，她老是做关于过去的梦，曾梦见那张年轻俊美的脸庞——她少女时的暗恋对象，中学语文老师的脸。她几乎想不起宗炳的脸，可她并不担心这一点。没什么好担心的。有些人会永远留在她的梦境里。

此刻，庄莉坐在冬天的窗前，往事如纸屑般在脑海里飘闪。有一刻，她忽然感到头痛，那熟悉的痛感又回来了。渐渐地，她的脸上浮现出一种忍耐与痛苦的表情。

迷糊中，她发现窗外飘起一些絮状物，向左或向右飘移着，偶尔也会斜着奔窜一会儿，倏忽便离开她的视线；又有别的絮状物飘忽而来，源源不断。几秒钟之后，庄莉才反应过来那是雪。下雪了。她站起身，被这个事实鼓动着，想要用一种合适的举动来回应它，却感到手足无措起来。

她的眼睛告诉她，此刻落下的就是雪花，不是别的。她发现雪不是白色的，而是灰白，或许更接近于灰。因为此刻的天空是灰的。她目不转睛，盯着窗外看，想要看清楚雪到底是怎么落下的。它们像春天花园里的柳絮，上下扑打着，乱飞乱撞。越来越细密的雪，好像不是从天空的最高处落下，而是从边上的树丛里飞出，落在她黑色羽绒服上的雪一开始是星形的，微微的透明感，马上就化作了水。

她起身，搓着手，在屋子里走动着，跺着脚。又回到窗前坐下。窗外，那些白色透明的花瓣，纷扬杂乱，前仆后继。它们落在树枝和屋顶上，落在行走的人的衣服和头发上。地上已经积了满满的一层，越积越深，一个白色松软的天地，将在她眼皮底下蔓延开去。

她似乎能想象那个世界了。一个不断有新鲜事物加入进来的世界。那里，冷寂、酷寒，充满着亘古以来的安宁。一年中，有五个月的时间在下雪。

众鸟飞尽，人迹全无。

她去过那里，她从那里回来。有时候，她不敢相信自己居然能活着回来。

——雪，越下越大。雪光普照，亮如白昼。她知道，就在今晚，那个人会再次入梦，为这一刻，她已等待甚久。

惘然记

　　我要求在边上再摆一副餐具。碟子很漂亮，淡淡的青花，边上画着几尾摇曳的鱼。盘子则是浅虹豆红套淡绿，淡绿的是花，自然界里没有花是绿的吧？可它绿得实在好看，浓淡不匀，昏昏悠悠，宛如一份幽缈无边的心事。她那样爱美的人，一定喜欢这种餐具，哪怕只是看着。

　　怎么，等会儿还有人要来？他诧异地问道。

　　我微微一笑，也不说破。

　　穿和服的女服务员送来餐具，在我边上仔细地摆放起来，动作轻柔，宛如仪式。在这个不足三平方米的小间里，一种莫名的悸动水波一样荡漾开来。小屋里没有窗户，门是纸糊的拉门，与墙壁近乎无缝对接。昏蒙的灯光下，他盘腿坐在我对面，似乎在笑。那笑开放在嘴角，又蔓延至空气中，无处不在，近乎一种透明的自嘲。

沉默延续了许久，像旧时光那么久，我等着他开口说话，看他会说出什么话来。他要给我斟酒，那青绿色陶瓷小瓶，瓶身有波浪状曲线，高不过十几厘米，袖珍而美丽，此刻从那里缓缓淌出的液体近乎透明。我不善饮酒，但那种东西看着实在不像是酒，倒像是从时鲜花卉中萃取的纯露，能予人芳香四溢的错觉。

他率先喝了起来，捏着青紫色玻璃小杯，不停地往嘴里倒。酒气全跑出来了，丝丝缕缕的，在我鼻端漫溢开来。心里所想的还是那一夜，她喝醉了，身体躺倒在青草丛中，嘴角呼出的酒气在草叶上流连。此刻，我似乎又闻到了那气味，越来越浓。以眼角余光打量对面的人，那人如常饮着酒，没有任何怪异的举止。

度数低，不容易醉，是女士们喝的酒。他拿起酒杯在空中晃了晃，不以为然地说。

我笑了笑，不置可否。他真以为我约了他来是为了喝酒、聊天呀。

老同学，找我有什么事吗？我还以为你们早把我忘得一干二净了呢。他语气轻松，说"你们"，而不是"你"。看来，我的担忧是多余的，他什么都记得。

我们忘了谁也不可能忘了你啊，当年你在学校里弄出那么大动静来，一千一万个我们也及不上你一个。

他一直盘腿而坐的身体忽然受不住了，起身动了动，尴尬地笑了。

——他再次给我斟酒。

我注意到瓶身上写着日文"千寿"两个字，不由悲从中来，迅速瞥了一眼左边榻榻米上的空座，在室内昏蒙的光线下，那空座所对应的餐具好似有微微移动的迹象。我忍不住去拨那副木头筷子，以不被视觉所察的向右五度角将之纠正过来。我承认自己神经过敏，不过还是忍不住这么去做了。

别卖关子了，等会儿还有谁要来啊？快告诉我！他微笑地抗议道。

我可没说谁要来啊。我的声音听上去虚飘飘的，可恰到好处，让他去想吧，好好想一想，都那么多年了，不知道还记得多少。

他愣了愣，不知是因为那副餐具，还是别的什么，他耸耸肩，仍是一副不以为然的表情。

那你想要谁来呢？我不怀好意地望着他，扯出几声干巴巴的笑。

他马上低下头，用筷子拨弄那条金枪鱼，有些烤焦了，肉质显得干燥，那味道他未必喜欢，可此刻没有别的选择。

过去的人我一个也没有联系，你知道的，我这人记性不好，小时候我妈没把我看牢，从窗台上摔下去，我怀疑就因为这个，很多同学的名字我都记不住。他似乎并不为自己的坏记性而感到抱歉，甚至有些骄傲。反正有那么多人记得他。当年那件事几乎让他一夜成名。

我嘿嘿一笑，心想你记性再不好，也不可能忘了她，你不会的，即使你想忘，那也是不可能的。

他说，我喝不惯这酒，太淡了，你自己多喝点吧。他对日料的兴趣也不足，那盘三文鱼几乎没动，粉红色的鱼肉祖呈在冷白色的碎冰上，就像一些经过深刻挖掘的往事，正无可奈何地再次暗淡下去。

我却说这酒真好喝呀，比我们当年在学校里喝的劣质白酒不知要好上多少。其实，我在学校里并没有怎么喝过，可我知道她喝过，他也喝过，他们喝得很凶。他似乎并不明白我话里话外的暗示，一味地就酒论酒。他说，要我说，这清酒可没白酒带劲，这个像水，比水还不好，一点也不解渴。哦，那是当然。他可还记得那白酒的味儿，那著名的红星二锅头，失恋男女的佳酿。

我微微踌躇着，止住心底一跃而起的念头，最好让他自己说，对当年的事情到底记得多少，他还想着她吗？哪怕是在欢乐至极的片刻。

他继续聊酒的话题，似乎它们才能引起他谈话的兴趣。他的声音如此连贯地出现在我耳边，让我感到诧异。她还是在他变声之初认识的他，现在这样的声音，该让她也觉得陌生了吧。

清酒中最高品级是大吟酿，不加任何酒精，只以纯米的米心部分酿制，大米削去的越多，香味越高，这种酒其实最脆弱，要避光保存，还不能加热，越新越好，久了就不好喝，和我们的黄酒是相反的。看来他对此颇有研究，娓娓地说了一通。

我点头，思绪飘忽不定，对他话里的意思倒有些隔膜。

他从衣兜里掏出烟，叼在嘴里，在找打火机。香烟点着之后，才想起我的存在，你不介意吧？

我摇了摇头，目光转向那副摆放齐整的餐具，静静的，因为太久无人动过，似乎蒙了一层灰。没人会阻止自己爱的男人抽烟吧？那烟雾有时也是爱意的流露，或者是表示爱意的前奏。

我劝他吃点鳗鱼寿司，是这家的招牌，还是从日本空运来的，来自深海的鱼，没有污染。我发觉自己的语气有点怪，好像在强迫他吃。而他竟默默地点了头，撮起小小的一块，往嘴里送，就像一个乖巧的中学生。

那久违的眼神让我想起那个黄昏来。他气喘吁吁地跑来，说她不见了，可能要出事了。作为她最好的朋友，我向来是他们联络的纽带。我们跑到他们常去的那个湖边。直觉告诉我，要是她还在，肯定就在那里。

我们在湖边喊她的名字，连群山也帮着我们一起叫喊。后来我想，如果我不是帮着他一起叫喊，而是让他一个人喊，结果或许会不一样。

可我们还是一起把她喊到湖里去了。

或许在我们喊之前，她就已经去了湖里。她走了后，我这根纽带也没什么用了，他不再来找我，很快便转学走了。直到十五年后的今天，我又成了纽带，约他见面。还是说点什么吧，毕竟是我把他叫出来的，那么多年未见，总有些话要说。可能也是她想知道的。

你结婚了吧？孩子呢，有了吗？问完这些，我忽然有些伤感，什么时候这样的话题也属于我们了。

他并没有任何表示，只老老实实地告诉我，去年结的，孩子还没有。

打不打算要呢？有个孩子家里热闹些，时间过得也快。

他愣怔地看着我，似乎对挂在我嘴边的那抹浅笑很是不满，可并不打算说什么。

他妻子长什么样的，大概和她长得差不多吧。人们都说男人找女人，一般都会找和初恋情人像的，这是审美模式，躲也躲不掉。如果生的是女儿，长到十六岁，会不会也是她这样的？

他没有再聊孩子的事，可能实在没什么可说的。

他又点了一支。这次，他没有征求我的意见，兀自吸了起来，很享受的样子。我发觉他的烟瘾还挺大。我不反对别人抽烟，自从父亲死后，家里就没一点烟味，反让我觉得少了点什么。

过了好一会儿，他才慢吞吞地说，结婚不过是完成任务，让父母高兴，没什么可说的。马上又腾云驾雾起来。那个，你抽烟，有多久了？我示意他也给我来一支，可他并没有领会我的意思。

记不清了，好久了吧。十几年了。他弹了弹烟灰，不以为
然地说。

我怀疑自从她沉入湖底后，他就抽上了。好不容易找到一
样或许是物证的东西，这让我多少有些欣慰。重要的是，这可
能会让她高兴。在没有她的日子，他所做的事情，哪怕只有一
样，是因她而起，她也会高兴的吧？我艰难地偏过身，看着那
个空位置，心里感到说不出的难受。

他显然并不知道我在想什么，也不关心。唉，你有没有这
样的时刻，做某件事情时，觉得那种感觉特别熟悉？我忽然说
起这个，但愿没吓到他。

他看了我一眼，说，怎么没有？就连这一刻，我也觉得
很……熟悉。

我以为他在敷衍我，可他蹙眉凝神的样子，实在不像。
难道他已预知我会找来？以至幻想了很多次？可我绝不是为
了自己。

他的手指无意识地拍打桌面，发出轻轻的颤音，是在期待
我继续往下说吗？

可我能说什么呢。此刻，我脑海里浮现出另一些场景，一
些无关紧要的场景。从前的日子，人们还住在院子里，春天还
没有来，可天气骤然变得暖和，脱下的外套挂在衣架上，好像
等着有人来穿，一家子说说笑笑，嗑着瓜子，喝着陈茶，邻居
家的狗在桌底下钻来钻去，我从坐着的地方望出去，窗台外面，
梅花开了，粉粉的，有异香，心里忽然被什么东西碰了一下，

有一种说不出的怅惘，那一刻如此熟悉，好像发生了无数次。

就连他们的那件事，我也觉得是命里该发生的，那些痛苦和异样也拜命运所赐，如此熟悉。

这沉默维持的时间太久了，气氛变得暧昧。或许，她也感觉到了，她的手忽然握住了我的，那么凉，好似刚从十一月转凉的河水里捞上来似的。

这几年你一直在做什么呢？刚才看到他的第一眼，虽然变化不大，可还是觉得触目。一个人总不能什么也不干就让时间走到今天吧。

也没干什么，空的时候就找人打牌。

打牌？能打那么多年？

还能干什么，白天上班，下了班就打牌，好打发时间嘛，运气好的时候还能赢点小钱。

有瘾吗？

有一点，或许也没有吧。谁知道呢。

打牌好啊，世事皆忘，还不会得老年痴呆。我有点不敢相信他的生活会那么无聊，从前的那些理想都用不着实现了吗？还是她的离开让他心灰意冷，再也没有恢复过来。

也没什么好不好的，就这么过着呗。他淡淡地说。

就没有出去走走啊？

经我这么一提醒，他似乎找到了话题，想说点什么了。

去年去了一趟西部，玩了个把月，自己开车去的，一路都是戈壁滩，没想到这世上还真有这么荒凉的地方，以前在电影里也看过，可只有亲眼见了才算真的信了。那天下午，我鬼使神差地要去寻找什么玉门老城，从旅店开车出来已是下午一两点了，我以为那地方不远，隐约知道那里原先是中国第一油城，现在已经废弃了，我就是冲着废城去的，远远看到半山腰上的房子，狂踩油门，不断地上坡，可就是无法抵达，那种感觉就像见了鬼。

是不是开错路了？

没有。就一条路，没有别的。一开始我也怀疑开错了，可没有岔路，也没人可问。更恐怖的是连个路标都没有。果然是一座废城，到处是废弃的楼，玻璃窗是破的，钢筋裸露着，很多楼只拆了一半就没拆了，还有吱吱作响的老油井。那种大面积断裂的河谷让我震撼，蹲在那里抽了半支烟，真冷啊，街上除了穿制服的石油工人，很少看见别的身影。我没有停留，在城里兜了一圈，就往回开了。我不想天黑还待在那种地方。

……

他忽然陷入沉思，是一个人发表意见后通常应有的表情，一种茫然的、不知道自己到底说了什么的表情。

我忽然感到自己并不了解他。可以说，我从来没有了解过他。她会不会也有这种感觉？她当然不会，爱就是最深刻的了解，其他的都是皮毛。可这么多年过去，她为什么还要来找我。当我对身边之事偏转头去，悲观的情绪如寒流骤然降临时，她忽然出现了。

结婚后，我以为自己很快就能适应两个人的生活，什么都是两个人的，成双入对、比翼双飞，复数比单数可要吉祥得多。那个用红纸剪出的"囍"字曾贴满新房屋子的各个角落。没过几久，"囍"字的光芒还未褪色，我就开始背着他，到处寻找可以躲藏的角落，就差钻进家中的衣柜里。

她就在那个旅行之夜闯入我的梦境。梦醒后，她没有离开。我走到哪里，她跟到哪里。在梦里，她还是那么年轻，年轻得让我嫉妒。我问她在那边可好？她不说话。我又问那么多年过去了，对当初的行为可是后悔了？她就哭，任我怎么安慰、劝解都无济于事。那哭声就像从我身体的另一端发出，弄得我惶恐不安，宛如鬼魂附体。

她实在是无处可去，除了我偶尔还会在文字里感念她曾经花一样的存在和凋零，我们那一届毕业的同学中估计没有人会记得她。眼前这个最应该记得她的人，对她还有印象吗？我的心扑通乱跳。

穿和服的女孩拉开移门，端上一盆昆布汁乌冬面，红色的西红柿，酱色的蛋，还有胖乎乎的面条，盆子四周装饰着朴素的蓝花，暗旧的米黄的底子，很美。我吃过这种面，味道并不怎么样。

他一副失魂落魄的样子，好像还没从那个"废城"里走出来。那种优柔寡断的样子可一点都没变。她见到了不知怎么想。最好给他们一段单独相处的机会，又是托梦又是暗示的，看她能怎么办。

我在洗手间里耗费了一点时间，再次推门进去时，似乎有什么东西和刚才不一样了，尽管那碗昆布汁乌冬面还好好地摆在那里，色泽鲜明，充满诱惑。我盘腿坐下，喘出一口气，捏起那只青绿玻璃小杯本能地往嘴边送。我几乎不能喝酒，对酒精过敏，可这一刻，我的身体却需要这种具有致幻作用的液体。我快速瞥了一眼身旁的杯碟，不知此刻的她是否仍在这里。

你在看什么？他神情凛然，眉头皱起，给人不怒而威之感。

没什么啊，我用略略拖长的语调回应他，内心却有些不安。

不要装了。我知道你约我的目的。这很无聊，不是吗？

——他像换了个人，一个让我感到全然陌生的人。

你以为我已经忘了她？你特意约我到这里来，就是为了提醒我不能忘记她。你是谁啊？你是来打探消息的，你就是她的影子，许多年前就是。我早就知道。他使劲地吸烟，一口接着一口，好像忽然对此上了瘾。

我不作声，目的已经达到，此刻说什么都是多余的。

想听故事吗？——他莫名的怒气来得快，消失得也快。

他显然不是讲故事的高手，词语的使用也不太恰当，前言不搭后语，说着说着就陷入沉默之中。他说的是在那次西部旅行中遇到一个男人，两个人挺聊得来，一块儿玩了好几个景点，分手那一晚，他们在青海湖边的青年旅社里喝酒，青稞酒，喝得醉醺醺的，正好说胡话。也不知道是谁挑的头，两人都说了些少年往事。让彼此惊奇的是，他们竟然有同样的经历，在少年时期，都遭遇了一段致命的爱情，有女孩为他们丧命，连自杀的方式都一样，溺水而亡。此后，命运之光在他们身上互相投射，连之后的婚姻生活也极为相似，顺利地结婚，婚后养成一个共同爱好，每年都要独自出门旅行一次。

他这是什么意思？他的婚姻并不幸福，只能在旅行和陌生人中寻找慰藉？是不是认为自己和那个男人一样，都受到了命运无情的诅咒？如果说他们是无辜的，那些女孩们又算什么？

其实，我们不是相爱，只是经历了一段爱情，甚至也不是什么爱情，只不过给人爱情的错觉。很多年里，我自己也认为那是爱情，爱情，爱情，十几岁的人懂得什么狗屁爱情。——他有些恶狠狠的，将杯中酒一饮而尽。

就在他举杯的刹那，碎裂声乍然响起。他吃了一惊，放下酒杯，去寻找那声音的来源。他环顾四周，侧耳倾听着——好似那声音还会再次响起，可再也没有了。

这么多年，你也不来找我们，同学会也不出现，就像人间蒸发了一样。这是干吗呢？——我试着转移话题。

那种闹哄哄的同学会，我去做什么？被人当笑柄谈论吗？

——他一阵苦笑，夹烟蒂的手指抖动着，烟灰簌簌落下。

要不要告诉他，不是我要来，而是她。我没有力量阻止她。当年，她能用超意志做到的事，现在依然可以。

你肯定还记得她吧？从来没有忘记过吧。我嘴唇一张，硬是把她推了出去。如果没有在刚才碎裂声响起之时离开，这会儿应该还在。

他摆了摆手，艰难而吃力地望着我，完全不知道该怎么说。他的眼神在告诉我，她或许已经走远了，一切都结束了，不会再来了。空气里没了湖水氤氲的气息，这让我们都舒出一口气。

就在这时，他忽然问我，你真的很想听我的故事？

对他，我忽然没了来时的兴致。这么多年，我疲惫不堪，现在，收手的时候到了。可我还是点了点头。他没有马上开口，似乎在想着该如何斟词酌句。其实，他可以什么也不说，我又没有逼他，刚才她在的时候，他就一语不发。

但他还是开口了。

后来，我遇到一个女孩，和她长得差不多，身材、性格都很像。我们很谈得来，可我还是有点担心，不敢恋爱。有一天，她忽然死了，就这么没了，我眼睁睁地看着这样的事情再次发生。自己都不敢相信。说出来，大概也没有人信。

那女孩也是自杀的？

不是。

那是怎么回事？

心梗。她不知道自己会死，死前还很快乐，连说死这个字的时间都没有。她的死只经历了几秒钟，真的只有几秒。那时候，我还不知道她已经死了。我发现自己一点也不害怕。还很平静。但我明明白白地知道自己的人生完了。

——他在说"完了"这两个字时，脸上的神色却是平静自若的。

你爱这个女人？她是你最爱的女人吧？是不是？我显然有些激动，根本没想到还有这样的事情。她也想不到吧。

我不知道，说不清楚，我只是害怕，到现在还不敢带女人去旅店里过夜。

就是说，你到现在还记得她？无法忘记？

她有很严重的心脏病，从娘胎里带来的，可她毫无顾忌。这也是我后来才知道的。

如果老早知道，你就不会和她走那么近了吧？

他摇了摇头，不说话。

她很美吧？长头发，大眼睛，皮肤很白？她的身影马上在我脑海里浮现，还是十六岁的模样，实在没办法让她变得更老一些。

或许吧，我都不知道为什么要找她。或许还是她主动的。我们认识没多久，就在一起了。其实她很早就知道自己会死掉，只是时间问题，所以她什么都不在乎，她只想得到……快乐。

那你呢，快乐吗？

快乐？他的声腔里发出一阵连续的冷笑，似乎这是个很可笑的问题。

谁也没有权利得到快乐，除了那些死去的人。或许他们可以。他的眼睛似乎蒙着一层阴翳，让我看不透里面的内容。他的身体不由得往后倒去，榻榻米上座位没有靠背，四周是悬空的，他不得不把腿从桌底移出，盘腿而坐。

都过去了，和你这么一说，好像就真的过去了，不想了。

可我仍想着那猝死的姑娘，白花花的身体躺在旅店雪白的床单上，维持着生前最后一个动作，性爱抵达高潮时的动作，僵硬的动作，想要抓住什么的动作。命运忽然按了停止键，停——一切戛然而止。

那种场面，你怎么处理的？我好奇的竟然是这些无关紧要的细节。

还能怎么处理？马上报警，还打了110，救护车先来的，可人已经不行了。我在房间里等警察来。他充分显示了一个成年人在面对棘手问题时的训练有素。当然，这方面，他是有经验的。

我不由想起十年前那个黄昏，他含泪跑来找我，整个人几乎要瘫倒在我面前。在那个绝望的湖边，他扯着嗓门大声喊她的名字。那喊叫声，隔了那么多年，总算渐渐淡下去。

日料店的"聚会"之后，我还梦见过她一次。

黄昏的河边，她穿着绿袍子，湿漉漉的绿，油画里才有的绿颜色。我先是看见她，然后是她们——她们都是绿袍子，披肩长发，湿漉漉的脸。一支绿色的军队，蹑足而行，浩浩荡荡，领队的人正是她。

那个死在床上的女孩也在队伍中。我从来没有见过她，可我知道那个人就是她。她也看见了我，那温柔的眼神似乎在说，我就是那个人，你没看错。我本来还想和她聊几句，询问一下她的心脏问题。队伍里，我看到了因车祸死去的大学舍友，她的腿被汽车撞飞了，可在这里，她行动矫健，毫无腿疾之兆。她以前是跳芭蕾的，此刻她正以芭蕾舞演员特有的轻盈经过我身边，绿衣袍扇起的微风飘拂在我脸上，把我看呆了。

这是一支由死者组成的军队，她们如此年轻，也必将永远年轻下去，除了年轻，她们的绿衣袍里还藏了什么武器？她们要去攻打谁？

忽然，有人从人群中向我走来。我右手一伸，摸到了那人的脸，就像触到一块尖锐的冰。我的手瞬间冻住了，一阵揪心的痛。醒来后，我忍不住摸向自己的脸颊，一种有内容的柔软，恒温，寂静，一切都安然无恙，什么也没发生。

你闻到了什么

1

在他们眼里，做这一类工作，总要有一个异于常人的鼻子。事实上，我的鼻子很普通，它实在是太过普通了，甚至还有点丑呢，它的外形有些塌，上面有个不易察觉的挖痕，是小时候生水痘留下的印记。偶尔也会感冒鼻塞，数日不闻气味。但我从不把它当回事，鼻子哪有耳朵、眼睛重要啊。但自从那件事情发生后，我忽然意识到鼻子作为身体之重要器官的存在意义。它太重要了。影像、声音很快就会消失，甚至可以伪造，可是气味不会，它会留下来。

那件事情发生在我十三岁那年。母亲自生下妹妹后，一直怀疑父亲有外遇，但苦于不知那个女人是谁。每天吃完晚饭，父亲总要出门。在出门之前，他会装模作样地走到母亲床前嘘寒问暖，哄得她泪水汪汪。母亲一感动，就会变得弱智，这是全天下所有女人的通病。只要父亲一出门，她就如梦初醒，马上对我下命令，妮子，快跟上你爸! 他要跑了!

母亲的话对我有种不可抗拒的魔力，哪怕此刻我还在吭哧吭哧地扒饭，也要立即丢了饭碗，追出去。父亲有的是甩掉我的办法，他总是在我跟到半路的时候，变戏法似的消失。父亲一消失，我就乖乖地往回走。有一次，我故意让自己摔倒，想看看他的反应，可父亲毫无反应。他逃得比老鼠还快。我只能拍拍尘灰，往家里走。母亲一看到我出现在家门口，就大声哭号。

那时，母亲已经有轻度的抑郁症倾向了。在灯下，做着做着针线活，只听得咔嚓一声响，好好的一件衣服被剪破了; 睡觉睡到后半夜，翻个身就能稀里哗啦地哭出来。后来，只要父亲稍稍晚归，她就抹眼泪。

一天到晚，就知道哭哭哭，左邻右舍、亲戚朋友都被搞烦了，没人搭理她，更不会找她说话。于是，她近水楼台，拉着我的手哭诉，妮子啊，你爸爸是不是不喜欢我了呀，他是不是不要我们了呀!

可只要父亲在家，陪着她，哄着她，她又比谁都正常。

母亲的家族有精神病史，我外婆就因为一个馒头和别人拌了嘴，用裤腰带把自己吊死在那人的院子里。我的大姨很正常，在钢铁厂里上班，比男人还要男人。二姨就有些神经兮兮的，在镇上菜市场里给鸡鸭褪毛，有一天，她男人一觉醒来，发现自己的头发都被剃光了。

我妈是最小的女儿，在生我妹妹之前，在父亲还没有神出鬼没地去打麻将之前，她还算正常。所有问题的症结在于那个不明身份的女人。我必须找到那个女人。

我发誓要找到她。

那天晚上，父亲一反常态，安静地坐在沙发上。报纸遮住他的半边脸，他没有看报，他在看妹妹踢毽子。妹妹刚学会踢毽，对这项足上运动非常着迷。他看看妹妹，又看看我，眼神里流露出一种陌生的东西。我忽然有种不祥的预感，不好，爸爸要跑路了。

弄堂里有个女人，把女儿从五岁到十八岁的毛线裤都打好，整整齐齐地码在柜子里。有一天，女人忽然消失了。她和情人跑了。那个情人犯了事，杀了人，她要和他浪迹天涯，连女儿也不要了。

那个深夜，母亲在发现父亲迟迟未归后，歇斯底里地哭喊起来。她的哭声震天响，好像我们家死了人，或遭了劫。我从床上跳起来，捂住母亲的嘴，告诉她我要去把爸爸找回来，我知道他在哪里。

我义无反顾地走出家门，为了母亲，我必须这么做。外面真冷。我不知道父亲去了哪里。或许，他已经离开这个镇子。

或许，他仍躲在某个女人的被窝里。我忽然想起父亲是穿皮衣的，每到冬天，他都是一件衣服打天下。我太熟悉这件衣服所散发的气味。我好像闻到了那股气味。

这是一种奇异的吸引。我一点也不知道自己怎么就找到了那里。当我去推那扇门，它竟然没有上锁。门开了，皮革和女人身上的气味一齐向我扑来。昏暗的光线下，女人的脑袋露在花被子外面，父亲的脑袋也在其中。杀猪般的尖叫声过后，一股怪味排山倒海而来，它好像是一下子炸开的，被女人的尖叫声炸开来。不是皮革的气味，也不是灰尘的气味，它是所有气味的总和，又远远大于它们。后来，我们家所遭遇的一切变故，都与那个夜晚的气味有着最直接的关联。

2

大学毕业后，经过严格的入职考试，我进入环保局工作。我的工作繁杂而无聊，整日接待各种各样的上访者，他们表情悲苦，面目黧黑，身上有股难闻的气味，他们的村庄因工业废水废气的污染，亲友陆续得了不治之症，他们为此来讨说法。我能帮他们解决什么呢？除了倾听和记录，什么也做不了。我们的领导也做不了。最后，他们只能失望而归。

有一天，局领导把我们八个未婚女性叫到一个神秘的房间里，说要对我们进行什么专业测试。测试以问答的形式进行，要求数秒之内做出反应，不许有任何思考。第一个问题是，喜欢吃辣的请举手！有一人举了手，那人马上被请出房间。第二个问题是，喜欢化妆的请举手！有两人举了手。那两人也被请出房间。第三个问题是，喜欢穿皮鞋的请举手。两双手犹豫着举了起来。她们也被请出了房间。最后只剩下三个人。我就是其中之一。就这样，我成了一个嗅辨员，通俗的说法就是闻臭师。

闻臭师成了我的兼职，虽然是兼职，却是经过了最严格的上岗培训。我们要分辨出花香、汗臭、甜锅巴气味、成熟水果香和粪臭。这些气味尽管被一再地稀释，可是，对我来说，捕捉它们，那是一点问题都没有。而那些有异质的气味，比如粪臭，我觉得一点也不臭，相反它能让我兴奋。我想起小时候，冬日的午后，微风把菜地上粪水的气味吹来，我兴奋得直打喷嚏。

起先只是兼职，一个月难得有几次闻嗅机会。后来，随着各地投诉电话的剧增，我们的工作人员不断地去化工厂、臭水沟、菜市场采样，带回一个个真空瓶。它们摆在一尘不染的实验室的桌子上，我们几个人轮流上阵，轮番闻嗅着，鼻子成了所有判断的最终完成者。

我们的鼻子比最敏感的仪器还要敏感。

小时候，我经常闻到青草刚割下时草液流出的气味，砖窑厂泥土干燥的气味，苹果放在抽斗里腐烂的气味，茶叶在锅里翻炒的气味，雨后泥土的腥香气味以及阳光留在棉被上的气味。

现在，在我鼻子底下徘徊的是，橡胶燃烧时热烈的臭，黑色塑料袋散发的不洁气息，汽车尾气让人呕吐的气味，男人口腔里的葱蒜味，头发烤焦的味，经年不住的房间里弥散的霉臭味，洗碗水的脏腻气味，夏日里腐尸的臭味，鱼市场里的腥味，康乃馨腐败的气味，不一而足。

随着不明污染物的日渐增多，这气味也日渐芜杂，根本无法用日常的嗅觉经验去判断。大脑一旦确定这嗅觉来源是陌生品，身体就会起反应，强烈的呕吐感在刹那袭来，如果不是很严重，通常会被理智制止。

有一次，实验室里新来一批样品，是某化妆品公司的，萃取玫瑰、茉莉、百合的精华，很香，是大街上时髦女性身上所散发的气味，是文艺小说中所描写的"香风细细"。样品实在太多，足足闻了一上午，简直是臭气熏天！这让我感到万分诧异，难道我的鼻子从此不分香臭了吗？

庆幸的是只要工作一结束，我的嗅觉就能得到部分恢复。为了把闻臭师的工作继续下去，我洁身自好，不吃榴莲，不碰辣，不化妆，我小心翼翼地保护着自己的嗅觉，就像歌唱家保护他们的嗓子。

在这个城市里，很少有人知道我们的存在。在让他们掩鼻而逃的臭味中，我们迎了上去。我们的鼻子成了某些处罚或整改的依据。这个城市气味的历史储存在我们的鼻子里。我们以闻臭为职业，这让我们羞于启齿。

3

我已经二十八岁，逐步进入大龄青年行列。在这个巴掌大的城市，优秀男人是稀有动物，是女人们争抢的目标。我姿色平平，又无过人之处，加上人地生疏，自然不能有任何斩获。但在热心人的帮助下（每个单位总有那么几个热情的红娘），我也相了几回亲，都以失败而告终。原因很复杂，其实也简单。

我发现这个世界的男女，孤单又可怜，无论做什么事都穿着厚厚的铠甲，唯恐别人一不小心，就伤到了自己。

横亘在我与陌生男人之间的最大鸿沟就是气味。我总能从他们身上嗅出许多莫名的气味来。他们食葱蒜，抽烟，纵欲，在午夜的酒吧里买醉。他们衣冠楚楚，彬彬有礼，很有范儿，他们身上的气味却泄露了一切。我无法接受一个男人有太过芜杂的气息。人不是牲畜，也不是化工厂，怎么会有那么多味儿呢？

我遇见过一个文弱的男人，他是所有相亲的男人中气味最少的一个。我们月下漫步，花前谈笑，安宁而默契。我感到了久违的幸福，想找个机会和他聊聊，把十三岁那年发生的事告诉他。我要告诉他这个世界上有许多气味，很多年前，我就闻到它们了。我永远忘不了它们。

那是一个最好的午后，春风沉醉，花香袭人。在青年旅社的花园里，我们喝了点酒，微醺状态，头脑却异常清醒。这是一个契机。那一次，我说了很多，我从来没有说过那么多话。回忆中，我似乎闻到父亲皮大衣的气味，女人房间里的气味，铁锈的气味，尘土的气味，冬夜冷空气中呛人的金属味——我用鼻子寻回了失去的一切。

他根本就不相信我说的这些，什么这个气味那个气味的，这个世界上有那么多气味吗？他肯定以为我又在发挥无与伦比的想象力撒谎骗人了。

虽然这个世界有些地方比较落后，比较肮脏，但大部分地方还是干净的、整洁的、美好的，就像这园子里盛开的花。说完，他含情脉脉地望了我一眼。

无知者！白痴！我在心里骂道，狠狠地瞪视着他。

亲爱的，别管那么多，只要我们俩在一起，这世界就是美好的。他还沉浸在自己的世界里，根本不知道我在想什么。

你不知道吗？在这个世界上，连花也不香了。我讽刺地说。

这怎么可能呢？花永远是香的啊，除非鼻子出了问题。他一脸懵懂，带着蠢相，真是个白痴！我再次在心里咒骂道。

绝不能和这样的人生活在一起，我不由自主地推开他，这个可怜的人还不知道发生了什么，以为我只是和他逗乐取笑，还一个劲儿地要抱我，强吻我。就在那一刻，我忽然闻到他身体里散发出的气味。

我一下子愣住了，怎么连他身上都有气味了？

从这个男人的身边逃出不久，我又来到另一个相亲对象面前。那是深秋季节，我们约好在公园里见面，干燥的树叶气味，蓬松、柔软的泥土味，河水安静流淌的气味，一切都那么好闻。我希望在这个季节开始一场平平淡淡的恋爱，然后结婚，再然后，该干什么干什么吧。

那个人，我的相亲对象正站在一棵树下等我。远远地，我就看见他了。他一个劲儿摆弄自己的手脚，不断调整它们的位置，好像此刻的它们成了多余的东西。我迟疑着，躲在树荫里进一步观察他的举动，就像打量一个与我毫不相关的人。在他身后是这个城市的银杏树，深秋的银杏很美，可他完全无动于衷，就像站在一片荒漠里。一片银杏叶忽然掉在他的手背上，他唬得晃了晃手臂，确定没什么危险后，才继续保持站立的姿态。我忽然笑出声来。他发现了我，准确地说，他发现了我的笑声。他没有笑。他很严肃地向我走来。

我们的交往就这样开始了。谈不上好坏，因为没有期待，倒也不曾失望。相反，竟出乎意料地顺利，甚至谈到结婚和蜜月旅行了。可我还没有与他谈家里的事，谈我的父亲母亲。这一切，对我来说，是那么难以启齿。

4

现在，我都说了吧，关于十三岁那个冬夜发生的事，在我的家乡，早已尽人皆知。在我们那里，一个人只要生下来，就没有任何秘密可言。

前面已经说过，那个夜晚，我把父亲和那个女人捉奸在床。我站在他们床前，站了很久，完全傻掉了，不知该怎么办。如果我妈在就好了，她肯定知道该怎么做。

我脸上挂着被冻僵的古怪的笑，一直盯着那个露出花被子的后脑勺，希望它能转过来，对我下达命令。如果他对我说，滚！我肯定乖乖地滚出那个房间。可父亲什么也没说。

我站在那里，像个白痴那样，目不斜视，一脸无辜。

父亲在穿衣服，最后穿上的是那件皮衣。没错，刚才在门外闻到的，就是它的气味。此刻离得那么近，它的气味倒变得模糊不清了。女人的脑袋一直埋在被子里。她的花衣服从床沿边垂到地上，被我踩在脚底下。我一直站在他们床前，就这么站着。父亲穿鞋的时候，踢了踢我的脚，我才醒转过来。

母亲对我的战功很满意，简直喜形于色。她对父亲钻入另一个女人被窝这件事，似乎并不怎么生气，她只对想不到的事情忧心忡忡。

那个凌晨，换了个被窝的父亲，马上又睡着了，转眼间打起呼噜来。母亲在他睡着后，蹑手蹑脚地进入我的房间。她把我摇醒，鬼鬼祟祟地问，那边怎么样啊？我迷糊着眼，困得不行了。

母亲狠狠地掐我，她一定要我给她讲讲那个房间。还有，那个女人穿什么衣服，梳什么头，使了什么迷魂术才把父亲给迷住。我说那个女人染发，染着像麦子那样黄的头发。她的脸很白，像石灰墙那么白。她房间的墙壁上有一个钟，在滴答滴答地走，就像一个人的心脏在一个不停地跳。

我也不知道自己在讲什么，一切都是瞎编的，可母亲听得津津有味。

还有什么，快说！母亲神情恍惚，魂儿随着我的讲述，大概已经进入那个幻想中的房间。

灯光很亮，很刺眼，地板上堆满衣服。他们都躲在被窝里。

说到这里，我忽然不想再说下去。无聊透了。

母亲仍不死心。还有什么？没有了！一定还有什么，你到底向我隐瞒了什么？你们一家人都是骗子！母亲冲我吼叫起来。

忽然，我想起了那里的气味，便恨恨地对她说，那里有股臭味，很臭很臭。什么气味？她来了兴致，是臭鸡蛋的味道吗？阴沟水的气味？还是鱼腥味？我摇了摇头，都不是。那到底是什么气味呀？她天真地叫起来，好像发现了什么惊人的秘密。我忽然很想扇她一耳光。对这一切，我实在是烦透了。

那个深夜，母亲像吃错了药似的，咯咯笑着，一会儿自言自语，一会儿高声喊叫，弄得左邻右舍不得安生。父亲和女人的那点事，很快就被弄得人尽皆知。

真正严重的事情发生在第二天下午。

我在学校里上学。父亲不知跑到哪里搓麻将去了。母亲忽然来到那女人家里，女人还在睡觉，女人习惯睡午觉，并且睡觉的时候不习惯关门，这就导致了惨剧的发生。我母亲大摇大摆地进入那个女人的房间，她是个神经质的女人，不常进入陌生人的房间，她实在是被我的讲述弄得心头痒痒的，特别是关于气味的那部分，更是让她心荡神驰。为了克服内心煎熬，她决定亲自走一趟。

至于怎么会发生那么严重的肢体冲突，简直是两个仇人在打架，流了那么多血，衣服毛发被撕扯得一塌糊涂，实在让人纳闷不已。

女人的喊叫声，让那个下午不寒而栗，几个打麻将的人都听到了。他们以为杀人了，循声而去，其实是循着血腥味而去，只见女人抱着头，疼得在床上直打滚。他们看见我母亲狗一样趴在地上，鼻子不停地闻嗅着什么，没有什么气味啊，什么也没有啊！

他们第一感觉是，这个女人，我的母亲，她疯了。

那天下午之后，我的父亲神秘地失踪了，紧接着失踪的还有那个被母亲踢烂了下身的女人。谁也不知道他们去了哪里。之后，在每年固定的几个日子里，我母亲都会收到几张来自天南地北各个城镇的汇款单。因为这笔钱，我才勉强读完大学，从此远走高飞。对于母亲，我能做的也只有填写汇款单。前几天，我舅舅托人带话来说，母亲摔了一跤，叫我回去看看她。舅舅说，母亲已经好几年没犯病了，她是一个正常人了。我对舅舅的话将信将疑。家族的遗传基因不是那么容易改变的。就连我，作为母亲的女儿，外祖母的甥女，也不是正常得没有任何问题的。

关于父亲，多年来，谁也不知道他去了哪里。我只知道，他是被一团臭气带走的。只要这世上的臭味不散，父亲就不会消失。他永远生活在它们中间。

5

我终于结婚了。我发觉在这个时代结婚也是挺简单的事。你想要它简单，它就很简单。婚后，我发现丈夫有洁癖，非常严重的洁癖。有人在我们家沙发上坐了一会儿，可能屁股还没坐热，人就走了，他却要打来三盆子水，在那人坐过的地方，洗了又洗，擦了又擦。先是清水，然后是酒精，最后不知从哪里弄来一瓶强力消毒剂，在房间里喷啊喷。

这些还不算。有一次，我买了他最爱吃的猕猴桃，一片片切开，摆在碟子上，摆成心形，很漂亮。我吃一片，用牙签挑一片给他。他竟然不要。

别不好意思，吃吧！我笑嘻嘻地往他嘴里送。

不要，不要，真的不要。他猛地一推，差点把我推倒在地。

有一天，他佝着背，开始拖地。刚才，并没有人来过，只有快递员送来的一包书还在地上放着。难道是为了这个？

他的问题越来越严重了。

有一次，温存过后，他忽然气息咻咻，在我身上嗅来嗅去。

我一把将他踢到床底下，神经病，你把我当什么了？

他爬了起来，一举将我压在身下，甩了我一个耳光，我告诉你，不要以为我不知道你干的那些事，别想从我身上嗅出什么来！我身上什么气味也没有，我每天洗澡，我是最干净的，我很干净你知不知道？

这下轮到我发呆了。他在说什么？我有这样做吗？我有那么无聊吗？

我一脸无辜样，更加激怒了他。

你当然有，你每天在我身上嗅来嗅去，真让我感到恶心，可我还要装出什么事情也没有发生，像个死人那样躺在那里，让你嗅上半天。

他的话让我震惊。

前几天，我的生活中发生了一件大事。我的鼻子忽然失灵了。那天，没有任何预兆，我像往常那样走进实验室。当面对那一个个透明的真空瓶子，我的鼻子却一点反应也没有。我什么也闻不到了。我的鼻子没有用了。我的绝望就像一个失明的人面对漫漫黑夜。

之前还好好的，没有感冒，没有外伤，什么都没有。可是，我仍假装不动声色，使劲地嗅着，嗅着，我都不知道自己在干什么。

后来，医生告诉我，我得了嗅神经萎缩症，是鼻子过度闻嗅的后遗症，无药可治，除非有奇迹发生。

睡梦中，我的鼻子都没有歇着，它尚未完全死去的闻嗅能力仍在做着垂死挣扎。

在梦里，我一遍一遍地闻着，我闻到了皮革厂那让人呕吐的气味，菜市场蔬菜酸败的味儿，化妆品车间里的甜腥气，人身上的污浊气，我贪婪地闻嗅着，我的鼻子满大街寻找着世上最芜杂、最荒诞的气味。

每次醒来，大汗淋漓，那个称作丈夫的男人一脸狐疑地看着我。我似乎听到他在问，你闻到了什么？当我嗫嚅地说出口时，他挥了挥手，说，不，你什么也没闻到，你疯了。

6

雾霾天来了，这可能是史上空气污染最严重的一次。不过，谁知道呢，说不定明年、后年，还会有更严重的要来。

人们只关心眼前发生的事。

街上走着戴口罩的人，他们捂住脸蛋，口鼻，只剩下两只眼睛。两只灰蒙蒙的、不知该往哪里看的眼睛。

今天，我要去一个地方，我只能走着去。雾那么大。酸牛奶一般浑浊的白雾中，映出一片红彤彤的光，那是汽车尾灯。大白天的，所有车子都把车灯打开了。城市是个焚烧场，某个角落里正在静静地焚烧着什么。我循着气味而去。只有一个模糊的地址，一个位于城郊接合部的地址，他们说我父亲和那个女人住在那里。

我努力想象父亲和女人共同生活的场景，脑海里浮现的却是电视里的出租房，污水横流、肮脏破败的情景。父亲成了一个缩手缩脚的男人，多年的漂泊生涯让他惧怕陌生人。而那个女人，不用说，一天到晚，啥也不做，只会骂骂咧咧。她骂人的水平应该很高超了，肯定比我母亲高多了，至少这么多年，身边还有这么一个对象，供她操练和发泄。

一路都在堵车，这个城市其实无路可走，我只能沿着缝隙前行，差点撞上沿途匍匐的乞丐。

直到午后，我才来到那个可能的目的地。按照纸条提示，我会看到两棵大树，一棵是银杏，一棵是香樟。附近还有一个垃圾处理中心。垃圾处理中心被我找到了，可没有树。不用说树，地上连一片树叶都没有，都是低矮的棚屋，污水横流。尽管戴着口罩，我的鼻子也没有先前那么灵敏了，但还是闻到了那股臭味。

几个孩子在追逐一条草狗，那狗显得慌不择路，他们向它扔石头，它才往前蹿一蹿，寻个角落里蹲下，发出哀哀的叫声。我不知道该向谁打听，是向一条草狗，还是一群孩子？这里是不是住着这样一个……老人？我父亲？他已经是一个中老年人了吧？我脑子里仍顽固地浮现出他当年的模样，穿一件暗色的皮大衣，伛着背，一副失魂落魄的样子。那些小孩，可知道这样一个人？

这真是一个奇怪的地址，没有街道名、门牌号，什么都没有。可就是它，把我指引到这里。我没有找错，父亲肯定就在这附近。或许往我邮箱里扔纸条的就是他本人。

在过去很多年里，他都在与我和母亲玩捉迷藏游戏。现在，他还是这副德行，一点都没变。他再怎么狡猾，也不可能摆脱地球引力，住到天上去吧。不用说，他肯定就住在地面之上，与我现在所处的位置呈同一水平线。

父亲住在一个低洼处。

我一眼就把他辨认出来，他蹲在角落里，和一条狗四目相对，这样的时刻大概已经维持很久了。狗已垂下眼睑，可他还在孜孜不倦地打量着，烟蒂都快烧到他的手指头了。

父亲看见我，扔了烟头，向我走来。

他一脸自豪地介绍他的住处，暖和，没有气味，远离喧嚣和污染。他滔滔不绝。

洞口挂着一架梯子，那就是入口吧？我有些迟疑，里面应该是黑乎乎的，没有通风，能住人吗？没想到父亲混得那么差，我的眼泪都要下来了。

你不下去看一下吗？里面真的很舒服，比住在地面的房子里舒服多了。父亲竭力邀请我下去。

这地方怎么住人？赶紧换个地方，我给你钱。咱们现在就搬，好吗？我哀求道。

搬走？能搬到哪里去？父亲茫然地挥了挥手，好像要赶走眼前飘来飘去的空气。

无论哪里，总比住在洞里好。我想到路上可怕的雾霾，不再往下说。

下去看看吧，说不定你也会喜欢上的，地上的污染太厉害了，还是下面干净。父亲再次做了一个邀请的手势。

我慢吞吞地向着梯子走去，对即将看到的那个黑暗世界既缺乏兴趣，也没有任何心理准备。父亲大概是穷惯了，竟然会喜欢住在这种地方。昏暗的光线里，女人在打呼噜。我站在床沿边，等着她醒来。她毫无反应。我忍不住推了她一把，她迷糊中转了个身，继续睡去。环顾四周，除了这个安然入睡的女人，在父亲所住的洞穴里，几乎空空如也。

我攀着梯子爬回地面，女人仍在睡梦之中。父亲在洞外接应我。他搓着手，迫不及待地问道，怎么样？里面还好吧？空气怎么样？

我说，她在睡觉，那个女人在睡觉。

父亲说，我知道她在睡觉，我问你那里面怎么样？

我想了一会儿，仍然说，那个女人在睡觉。

父亲点了点头，说，她是在睡觉，她没事干就喜欢睡觉，习惯了。那里面应该不错的吧？

父亲竟然嘿嘿笑了。

我没有说什么，父亲也没有再问。分手的时候，父亲问我什么时候搬到他这里来住，附近多的是这样的洞穴。

等你想明白了，再告诉我，我帮你物色一个好点的。父亲兴奋地说。

我笑了笑，不知怎么回答他。

临走时，父亲一再嘱咐我，别忘了给他打电话。

为了摆脱父亲的纠缠，我搬了家，再没有去找他。

盛　夏

出门的时候，维娜多照了几眼镜子。等她下楼，滴滴快车已经等在酒店门口了。一辆红色标致车，车身有明显污迹，风干了，呈不规则的灰白色。司机站在车门边，脑袋低垂着，神经质地摇晃着身体，等那个人抬起头来，看清楚他的脸——维娜吃惊地张大嘴巴，脑子里瞬时响起嗡嗡声。他是什么时候干上这一行的？多久了？刚才急着出门，连司机的资料都没有留意。

那种恍惚感还没完全退去，维娜已经坐到副驾驶座上了。只有在熟人的车上，她才会选择副驾驶室入座，这既表示一种亲密关系，也有点同舟共济的意思。待系上安全带后，维娜才意识到自己的尴尬处境，后悔已经来不及了。对那个人，她什么也不想说，连客套也不想。她的身体直挺挺地贴着椅背，双手搁在膝上，脸朝向车窗那边，坐姿呈倾斜状态，像是在忍受某种酷刑。

从驾驶者的视角看过去，她的侧脸比八年前还要瘦削，虽隐隐可见色素沉积，却依然精致而秀丽。

本来，维娜对自己的状态是满意的；如果没有这个插曲，她的自我感觉还会更好些。过去半个月里，她没有熬夜，逼着自己早睡早起，保养身体，只为了向那个人展示自己最好的一面。她到这里来当然是因为工作，一个行业内部的会议昨天就结束了，今天是他们见面的日子。半个月前，她就和那个人约好了见面时间。她等了半个月，盼了半个月，这半个月是她有生以来最快乐的日子。维娜默默酝酿着见面的情绪，她绝不允许自己出错。

时近下班高峰，路上拥堵异常，她并无明显察觉，直到车过十字路口，伴随着猛烈的刹车声和身体的震颤，她才回到现实中。维娜转过脸，注意到了他的反常。这是上车后她第一次有意识地打量他。他的坐姿可把她吓着了，整个人瘫坐在驾驶座上，浑身绵软，毫无坐相可言。她感到一阵莫名的厌恶，无名之火忍不住往上蹿。但她忍住了，没让自己发火。没有关系了。他的一切早已与她无关了。她到这里来并没有告诉他，以至于他打电话来说要和她见面，她都感到心惊；那是几天前，她刚下火车，他的电话就来了。

他说话还像从前那样慵懒、散漫，鼻腔里有种嗡嗡之声，让人听不真切。她把开会、参观的事情都告诉了他——唯独没有说约会的事，她当然不可能告诉他这些，现在，他们连普通朋友都不是了。

他似乎不相信她会没空见他。电话里，他反反复复地提到自己可以接送她，去任何她想去的地方，没有任何不方便之处。那时候，她并没有想到他的职业。关于他的事，维娜听说过一些。都是大伟告诉她的。说他从医院出来后，很长时间没事做，后来与人合伙做电梯生意，一直亏本。有一个做护士的妻子，还有一个女儿。其他的，她就不知道了，也不敢多打听。

车子迟慢地行进着，更多时候一动不动，像一艘笨重的船行驶在布满泥浆的河床上。有一刻，它走不动了，原地停着，奄奄一息。维娜耐心地等待，偶尔望望窗外，或者胡乱想些事情。他搁置在方向盘上的手不住地颤抖着，他越是想控制它，越是做不到。有时候，他的腿也会跟着抖动起来。

维娜本来想问"你怎么了"，说出口的却是"最近在忙什么呢"。这是上车后，她和他说的第一句话。她的语气是轻松的，毫不在意。这么多年，她终于学到了这一点。说完后，她马上低头摆弄着黑色手提包里的小物件，趁机给那个人发了条短信，告诉他可能要晚点到。

他的手仍抖得厉害，不得不两只手，紧紧地，彼此攥握着，狠狠互掐着，以此平定下来。在此过程中，他脸上铠甲一样的肌肉也在抽搐着。总算，到下一个路口时，它们好似脱离了某种可怕的东西，逐渐恢复了正常。

我还能做什么呢？除了睡觉，就是接个单子赚点吃饭钱呗。待车子开过十字路口、平稳行进时，他才平淡地回答了她。还是那种表情，对一切都无所谓的、堕落的表情。曾经，她为此愤恨，恨铁不成钢。现在不会了。她感到自己的冷漠，比对陌生人还要冷。

她点点头，压低嗓音发出一声轻微的叹息，并不想做任何评判，也不打算安慰他。她对他并不知道太多。除了做滴滴司机，她不知道他还有没有别的收入来源，住的房子是不是在按揭付款，有没有足够的零花钱……她一点也不想知道。穷那是肯定的，连车里的气味都明白无误地告诉了她这一点。他不仅穷，还是潦倒的，随时可能摔倒在地上，并且再也爬不起来。

他根本不敢看她，她意识到从上车到现在，他都没有仔细地打量过她。在他眼里，她应该算是一个成功女人了吧，事业有成，夫家是当地的权贵，即使经历过生育，她还那么年轻，身材保持得那么好。他不可能不知道她的情况。大伟和别的同学会告诉他的。刚分开那几年，她还一直想总有一天他会后悔的，那就让他后悔去吧。那几年，她得意扬扬，又幸灾乐祸。那时候，她心里还没有完全放下他，偶尔还会想着他，想着怎么报复他。现在，她觉得那些念头是多么可笑。她承认是他的现状，让她产生了躲避的念头，她不想和这样的人有什么瓜葛——正因为他们曾经有过很深的瓜葛。

她还不知道他为什么要来找她，好像一直关注着她，连这么隐秘的行动都知道。或许是为了借钱吧。在同学中，她向来是很慷慨的，也乐于助人，如果他开口，她无法想象他会开口，一个男人向一个女人借钱。

　　有一阵子，她感到喘不过气来，车里的氧气马上就要不够用了。她要窒息而亡了。她打开车窗，又迫不及待地关上。外面热浪滚滚。她几乎忘了这是盛夏，她要冒着滚滚热浪去和一个男人约会。在这个节骨眼上，她被堵在路上了。那个人的短信一直没有回过来，可能也堵住了。她有点担心，怕对方抵达不了。很多时候，她对他并不是那么吃得准，因此患得患失。这也是这段关系还能吸引她的原因吧。

　　在缓慢的车子行进过程中，她好像无意识地问了他一句，离那个地方还很远吗？他没有回答她，可能只是将这个问题看作焦虑的表现，根本没有回答的必要。或者，他也不知道那个地方到底有多远。他没有去过那里。

　　他一直是跟着导航走的，她认为这比他本人的记忆更让人放心。只要路还通着，哪怕堵一点，迟早会到那里。她的心稍稍安了些，不再那么焦灼了。

　　她提到了大伟。一个共同的朋友，此刻作为闲扯对象被拉出来是很合适的。她想从他嘴里打听到一点关于大伟的近况，那个不停折腾的家伙，把事业像蛋糕那样越做越大的家伙，无疑是同学中的佼佼者。

　　没有意义——他谈论大伟这个人时，居然说没有意义，是觉得他的人生没有意义，还是一点也不想提？维娜觉得好笑，难道他整天一副失败者的嘴脸，开开滴滴快车，赚点快餐费，才有意义吗？她不仅觉得好笑，几乎是感到可悲了。作为班里最先富裕起来的两个人，她和大伟颇为投契，常有许多共同语言。

那你觉得什么才是有意义的呢？此刻，她倒一点也不怕激怒他，笑意盈盈地望着他，期待他的回答。她的姿态是高的，几乎高到了得意的程度。刚才，他不仅否定了大伟，连带着把她的人生也给否定了，这是她不能容忍的。凭什么呀，他这样的状态还能随意臧否别人的生活？根本就没有资格嘛。她忽然想起大伟提过，同学中谁谁谁向他借了多少钱，或许就有他。

她几乎感到鄙夷了。或许当冷静下来，她会认为他说的也不无道理，可这会儿，她还不能赞同他的话。她气呼呼的，觉得自己是被侮辱了。

我也不知道什么是有意义的。

但我知道，眼下我们所做的一切都毫无意义。

——他说"我们"，而不是"我"，可见他并没有将自己置身于人群之外。甚至，他对自己所说的话并没有格外的认同感，也不期待获得别人认同。他只是随便说说而已。

面对这样的人，她能反驳什么呢？看他的样子，甚至都不知道自己说了什么，更不打算维护自己的观点。她忽然有些害怕，好像他们的车子开在一条下坡的山路上，底下是悬崖峭壁。

他怎么会变成这样一个人了？全世界的人都生机勃勃的，

只有他好像提前死去了一样，没有一点活泛气。那个女护士真是倒霉透了，还有那个无辜的小女孩，她无法想象那种生活，毫无希望的生活。

维娜又悄悄地瞅了眼手机，那个人还没有回过来。她不敢多看，怕引起他的疑心。她不能高调地向他宣布自己有一个约会对象，此刻就在奔赴那里的途中。她很爱那个人，比对之前所有的人都爱，她不能让他知道这一点。

她忽然有点害怕，生怕自己的举止引起他的过激行为，她谨慎地缩着身体，为刚才的傲慢行为感到后悔。

他的话匣子忽然打开。他问她为什么来这里，此刻去见谁？她没想到他会这么直接。她本来想说，这和你无关。可她没这么说。她告诉他自己是来开会的，此刻是去见一位生意上的伙伴。

那，谈完后，还回原先的宾馆吗？

看情况吧，可能我就直接回家了。

好的。

也有可能，我会多住一晚。

嗯，也好。

她觉得自己的解释是多余的。他完全相信她说的，没有半点怀疑。或许他根本就懒得怀疑，就像对自己的观点也懒得坚持一样。

她还是不明白他为什么要来找她，并执意要送她去那个地方。本来，去约会的路上，是她最享受的时光，想着马上就要见面的人，以及过往回忆的碎片，无论这美好多么虚幻，都可以让她高兴一会儿。她不知道自己的人生还有什么能与此相比。

如今，她的期盼和兴奋之情像阳光下的气泡，早已破灭。某一刻，她甚至觉得自己再也不能如期到达那个地方，那个地方消失了，飞走了，再也没有了，而似乎只要换一辆车，这样的事情就不会发生。

那个人的短信发来了。终于来了。她感到不快，仍耐着性子回了他：没关系，慢慢来好了。她再次将手机扔进包里，决定不再看它。

怎么了？

朋友说可能晚点到。

是啊，到处都在堵车。

她笑了笑，不置可否。根本不是这个原因。她自己也不知道真正的原因是什么，她不可能去问那个人，只靠自己的经验和智商去猜，猜得七零八落，那个人当然不会承认。有一次，她半真半假地说了一些事，那个人马上就翻脸了：你到底想知道什么？她一下子蒙掉了，对啊，她到底想知道什么？

当然，她还是聪明的，马上就明白过来了。在她和那个人之间存在着一个安全区域，她不能越过这个区，去另一个区找他。在那个地方，那个人是不承认她的，也不可能优待她。这是他们之间的游戏规则。说到底，他们之间就是一场游戏。她想得到快乐，就必须遵守它，别无他法。

她忽然发现自己对那个人一点也不了解，不晓得他家住在哪里，他妻子长什么样，平时都和哪些人交往，有什么业余爱好——简直是一无所知。可在过去几个月里，她获得的大部分欢乐都来自他，现在看来这份欢乐是多么脆薄，随时可能打碎，消失无踪。那个人从不和她吵架，如果不高兴了，就以沉默来逼她就范。每次都是他赢。他到她这里来是度假的，度假讲个好心情，她怎么能刨根究底让他难堪，那多不懂事呀。

维娜闭上眼睛，感到从未有过的倦怠。愉快的时候她不会去想这些事，她希望自己永远也不用去想这些事。

他们的车子继续穿梭在浩瀚的车流中，它代替人在这个世界上行走。因为有了这些交通工具，这个世界上的人几乎不必亲自走动，就能抵达很多地方，认识很多人，可他们的生活并不因此而改变。

她即使认识那个人，爱上那个人，也不可能改变什么，一个孤独的人，冒险似的从这个地方到另一个地方，去讨得一点点短暂的欢乐。今天，她不知道自己还能不能得到欢乐。她的灵魂在冰面上舞蹈，尽情地舞动、绽放；她听见欢乐的喘息声，也听到冰层的炸裂声。她喜欢那种感觉，想再感受一次，她想知道这一切都是真的，真实地存在过。那些欢乐。

她再次拿出手机，颤抖着给那个人发了一条短信。她想要抓住他——无论他是谁，再抓一次，以后的痛苦以后再说。她把手机捂在手心里，就像捂着一枚滚烫的铁器。任何的震颤与声响都逃不脱她的手心。

此刻，车子路过一家幼儿园门口，密密麻麻的接孩子的人流，挡住了道路。车子艰难地挪动着，披荆斩棘。他看着车窗外，讲起自己的女儿。她已经那么大了——他指着从前面斑马线上走过的一群小女孩对她说。

她点点头，她家里的男孩也已经那么大了。他们都已经不再年轻了，这是所有事情中最让她感到悲哀的。不知不觉间，她已经成了那些孩子边上走着的妇人，正不可避免地一天天衰老下去——此刻她不愿想起这些事情，那与追求欢乐的气氛是相违背的。可男孩的身影还是梦幻一样来到她的眼前。

妈妈，人是怎么死的？男孩这么问她。

她忘了自己是怎么回答的，或许她并没有认真地回答他。她一点也不喜欢回答这种问题。她对自己忽然有了小孩这件事，至今还感到懵懂，根本不知道这意味着什么。除了世俗意义上的养育责任外，它还意味着什么？

人是怎么死的……大概是自己不想活了吧。譬如，这样一天天毫无希望地活下去，挣扎下去。此刻，她对男孩的问题，忽然有了一个明确的答案。对，那就是自己不想活了。

车子过幼儿园后，绕过一花坛，右拐，路面瞬间宽畅很多，车身也无端地变得轻飘起来，似乎可以毫无阻滞地开下去了。他的身体已经挺直，手脚的协作能力也有了明显改观。他主动谈论起年幼的女儿。从他嘴里得知，他和妻子已经离婚了，小孩没有跟他。

是我主动要求离婚的。我这样的人并不适合婚姻，会把孩子带坏的。他语气平静，并无怨言，这让她颇感吃惊。她努力去理解这一切，让这一切在她脑海里形成一个连续的画面。一个没有钱、主动脱离婚姻关系的男人，偶尔开滴滴快车，接送不同的人去不同的目的地，去幽会或者犯罪；他没有朋友，不和亲人往来，这是他唯一的与人群的接触方式，也是谋生之道。有一天，他接到了初恋女友，他把她送到一个酒店，让她与别人约会。或许，他会等在那个酒店外面，等女友约会结束，再把她载回去。回去的路上，会发生什么呢？

她这么想着，有种奇异的清醒感，这一切多么像一场戏。她和他，还有那个未曾出现的人都是戏里的角色，他们的命运早已被提前写好，无法更改，他们唯一要做的就是把角色演绎下去。她应该是那个不甘心的角色，反抗传统的角色，勇敢地追求爱与幸福的角色，充满希望的角色。

想到"充满希望"这几个字，维娜无声地笑了。

那个人的短信已经回过来，是一连串的亲吻符号，果断而热烈，以显示他们之间关系的不同寻常和不可更改。她放心了。此刻，她恨不得长了翅膀，马上飞到那个人身边，免得枝节横生，被"一波三折"地安排，最终幸福难觅。哪怕是演戏，她也要演喜剧，是充满希望的大团圆结局。

他查看了导航，告诉她那个地方快到了，大概穿过三个路口，再拐个弯就是了。她的心情陡然轻松起来，就像经历了长途跋涉的人，忍受着干渴，胜利在望。待会儿下车的时候，好好谢谢他。她自然不会让他等在外面，也不可能让他知道自己去干什么，即使他们毫无关系，这也是不可能的。她不会让他知道什么的。有些人试图通过书本去了解世界的真相，在维娜看来是极其可笑的。如果真的有所谓的真相，它早已化作青烟消失在时间的尘埃里，从来也不会落在白纸黑字上。

此刻，怀揣着秘密的维娜既感到魂不守舍，又有着莫名的甜蜜与焦灼。下意识里，她的嘴巴开开合合，好像在与某人做着无声的交谈。车窗外面，夏天的阳光依然铺天盖地，闪耀着刺眼的光芒。此刻，她什么都不愿想，目的地近在咫尺，随时可能抵达，只要下了车，她就会把今天发生的一切都忘掉。

她怀着同情，以余光一角打量一旁端坐的他，仍是那个坐姿，眼神茫然地看着前方，一副无所谓的神情，双手随时准备着脱离方向盘。有一刻，她感到难过，好像是自己的好运导致了他的落魄——曾经，他们是一样的处境。这种感觉一闪即逝。她凭什么同情他，她又有什么资格去同情他呢，她也只是随机领受着命运给予的那一份罢了。

前面岔路口上站着一名警察。道路中间已经设置了路障。她茫然地看着那个警察，一下子没有反应过来。警察示意他们左转。她想问他为什么要左转，到底出什么事了？可警察根本没有注意他们，也没有过来接受问询的意思，只木偶那样戳在那里，机械地做着手势——封道了。他们意识到前面道路被封掉了。在后面喇叭声的催促下，他们不得不拐到边上的车道上去。

他们的车子在左拐后，顺着惯性又开了一段，最后停在人行道上。可能是哪个重要人物路过此地，也有可能前面道路出现故障。如果是前者，封道马上就会取消，最多半小时，等重要人物的车队过去就好了。

要不要等？她点头，又茫然地摇头。

那，要不要去我那里坐坐？就在附近。她瘫坐在副驾驶座上，没有理会他的问话。他以为她是默许了。车子重新启动。一路上，她闭着眼睛，倦怠得不愿经历任何事情。他的出租房？她可以想象那里面的脏乱差，简陋而寒酸，根本没有落脚之处。她为什么要去那里，随便找个地方坐坐也比去那里强。她挣扎着坐起来，发现窗外早已暮色四起，灯光从四面八方流淌过来，渗透进黑暗物体的内部，试图照亮更多的事物。她想象着那条临时被腾空的街道，灯光照在苍白的水泥路面上，也照在两边瘦弱的行道树上，那种空荡荡的荒凉感，车里所坐的大人物也能感觉到吗？

她需要一点时间让自己安静下来，把混沌的思绪理清，就能知道此刻自己到底该做什么了。

车子停在一个小区门口。维娜从车上下来，一股热流扑面而来。她跟在他后面，无意识地走了一段，脑袋像被烘烤过一样迟钝而木然。肮脏的过道，铁锈的气味，铁笼子似的防盗窗。昏暗的路灯下，女人们穿着睡衣，男人们光着膀子、穿着拖鞋，茫然地走来走去。她感到这个场景如此熟悉，却一时想不起来在哪里见过。在她的生命中，肯定有这样一个地方，那不是电影里的场景，而是一个在她身体里留下过烙印的地方。楼道很黑，他在前面走着，以手机照明，她不得不跟随其后。在她的耐性快要用尽的时候，他停在一扇铁门前，将她领了进去。

那个房间，水泥墙壁和地板，松垮的席梦思床垫。桌上那台老式电脑发出微弱而模糊的轰鸣声。空调在滴水。下面接着一个红色塑料脸盆，浑浊的积水里漂浮着死去的蚊蝇。那挂在门背后的内裤、掉了线的羽毛球拍、白色塑料袋。她茫然而冷漠地看着这一切，就像一台摄像机，进行全方位、无死角拍摄。她想起了和他在这里度过的那三个月，困窘而落魄的三个月。那是他们刚刚毕业时，在网上找到这个地方，床还是花了八十块钱从旧货市场淘来的……她不愿再想下去。

她冷漠而恨恨地望着他。

我一直留着房东的电话……刚好房子空着……我就……本来……他低着头，吞吞吐吐，不敢看她。马上，他便在那床沿边坐下，不再管她。好像将她领到这里来，是他的任务，如今他的任务完成了。

她第一次发现他胖了许多，整个身体膨胀开来，眼角、额上都有了明显的皱纹。头发蓬乱而长，几乎遮没了眼睛。少年之气完全消失了。她不会再爱他了，他的处境那么糟糕，甚至比八年前还要糟糕，她怎么可能再去爱这种人。

站在曾经的房间里，她头晕目眩，好像回来的那个人不是她，而是她的鬼魂。她看着这个灯影下的人，一脸漠然，毫无情意。在这个世界上，从来就没有什么往事是值得回忆的。

她想走掉，一个人悄无声息地溜走，如果不是今天被他领来，她永远也不会想起这个地方。这种缅怀对她来说毫无意义，甚至是可笑的。她宁愿自己从来没有和他在一起过，这是一项耻辱。这个房间的存在本身就是个耻辱。为什么它没有被拆掉？这幢楼，这个小区都那么破了，居然还存在着，这真是一种耻辱！

他已经背对着她，坐在那电脑前，玩起扑克牌来。刺耳的翻牌声，还像从前一样让她暴躁不安。他会一直玩下去，玩到午夜，甚至凌晨。她受不了了。时间在这个屋子里早已失去了它的意义。没有未来，没有希望，什么都没有。

她站在房间中央，好像站在一个空洞的墓穴里。

为什么要带我来这里。

我想知道你的反应。

那你现在知道了。

还有可能吗？

我可以走了吗？

难道，你对我一点感情也没了吗？

我说，我可以走了吗？

我要你亲口告诉我，你对我一点感情也没有了。

没有了。

我想去死。

那是你的事情。

要是我现在就死，你也不管吗？

我说了，那是你的事情。

我在想，一个人应该如何结束生命才是完美的。

你慢慢想吧，我走了。

她快速推门，从楼梯上奔跑而下，连滚带爬，唯恐他追上来，将她拖拽回去。她浑身颤抖，冷汗淋漓，穿过黑暗的楼道，从笼子一样的防盗窗前跑过。铁锈的气息被她吸进身体里，好像某种毒气在体内蔓延。

她哭了，汗水和泪水混合在一起，如此残忍，如此不堪。

她不知道自己的心什么时候已经变得这样冷酷。那一刻，当他问她，那你希望我做什么。她回答他，我希望你去死。

她把这句话对着他重复了三遍。

医生家的晚餐

1

　　下午三点，林清正在盘点库存，丈夫的短信来了，要不要过来接你？她想也没想就说，不用来了吧。当屏幕上显示"消息已发送"这几个字时，林清有些不安，还有些后悔。

　　今天是他们去婆婆家吃饭的日子，结婚五年了，她仍不敢一个人面对他的家人。一想到要一个人去那个屋里，独自听婆婆讲话，她就浑身难受。

　　林清放下手机，决定不去想这些事。店里有好几个品牌都断货了，最好周末能去杭州进点新货，往常的经验告诉她，换季是赚钱的好时候，除了赚钱，还有什么事情值得她费尽心思呢。

理货的时候，林清的脑海里全是婆婆那张略显浮肿的脸，没有眉毛，在原来长眉毛的地方画了一道黑线，画得太浓了，又不均匀，黑线边上布满不规则的老人斑。林清很奇怪那些斑点怎么会爬到额头上，是什么力量让它们长在那里，让一个人的脸变得狰狞。难得过去吃一顿饭，一上桌就喋喋不休，这里不适意，那里不舒服，胃口也不好，吃得很少，其实，她比林清吃得还多一些，喜欢吃肉，连肉汤都舍不得倒掉，还说血糖控制不了，这种吃法怎么控制？

这只是林清不愿去婆婆家吃饭的原因之一。

因为是蹲着，活儿做了一半她就汗如雨下，不得不起身去关玻璃门，把空调打开。夏天还未走远，林清店里最显眼位置上已是清一色的秋装了，这是服装业的规矩，总是把眼光放得远一些，反正季节的来临是没有任何悬念的，不过是早几天晚几天的事。

林清的顾客主要是附近居民区里三十岁到四十岁左右的女性，中等收入，大厦的衣服买不起，又不愿意去买地摊货，人群中这部分人最多，也最难伺候，她们对款式和质地有近乎病态的苛求，却把钱包捂得很紧。

靠在服装店的沙发椅上想着"谁是第一个让我做成生意的人"是林清的保留节目。可今天，她明显有些心不在焉。已经是午后三点多了，进进出出的人倒不少，可一笔生意也没做成。

一般情况下，林清迫切地希望做成每日的第一笔生意，只要不亏本，她总是一让再让。不亏本是林清的底线。

只需观察上一两分钟，林清就知道那个推开玻璃门的人会不会成为她的有效客户。她的直觉总是很准的。

她去过那种店，一进去，店主就起身笑脸相迎，一步不落地跟在后头喋喋不休地介绍着，急欲推销的意图明明白白写在脸上，惹得顾客只好逃之夭夭。

林清不是这样的。她最先做的永远是观察，分析，等待，待顾客张嘴询问，她才把早已准备好的"品评之语"淡淡道出，不过分褒奖，不给人造成购买的压力，选择的主动权仍然在顾客那里。如果有可能，她总是力劝顾客试穿一下。她的口头禅是，衣服不是用来看的。其实在很多女人那里事实恰好相反，有多少衣服最终只沦为摆设，根本来不及穿。

林清才不管这些，她是卖衣服的，怎么把衣服卖出去才是她关心的。在不同的顾客面前，她总不忘强调一点：店里只有一件这样的款式，它是唯一的。对于一个三四十岁的女人来说，没有什么能把她与身边人区别开来，或许衣服可以做到。

一旦做成第一笔生意，她就兴致勃勃地建立起顾客联系卡，每次上新，搞促销活动，就群发短信告诉她们，甚至在节假日的时候也不忘"慰问"她们。她和她们聊天，谈八卦，说一些只有女人才感兴趣的话题。谁喜欢穿什么风格的衣服，谁对某种颜色有偏爱，甚至她们所能承受的心理价位，她都摸得透透的。在生意方面，她可谓处心积虑。

从最早在夜市里摆地摊吆喝，到后来租了商城二楼不足五平方米的铺子相守多年，到现在终于买下这个临街的店铺，连装修时的小细节也不敢怠慢，快十年了，往事在林清午后三点的脑子里慢腾腾而不情愿地回放着。

她是在二十三岁那年认识现在的丈夫。

技校毕业那年的夏天，她来到这个城市找了一份卷烟推销员的工作，照着黄页本，一家家单位跑过来，吃过无数闭门羹。那天午后，她去一家电子公司推销，坐电梯进入写字楼顶层，推开沉重的玻璃门，整个办公室的男男女女都望着她，那种茫然而迟钝的眼神，她在很多场合里见过，艰难地说明来意，说了两遍，干巴巴的，连自己都觉得有点说不清楚。她为自己的表现感到气恼。屋子里很安静，只有中央空调的嗡嗡声，没有人回答她，她孤零零地站在木色复合地板中央，冷气开得很足，身上毛孔透着畅快，手足无措地站着，走也不是留也不是。

那个戴黑框眼镜穿白衬衫的男人忽然站起来说，我们领导不在，要不你改天再来吧。他眨着眼睛，声音里有一种甜润润的东西。她感激地对他点点头，快速从包里掏出名片递过去。

几天之后，他打电话给她，说领导不需要香烟，非常抱歉啊。她绝没想到他还能打电话来。

那你抽不抽烟呢？你们家有没有人抽，零买也是可以的呀。她不愿放过任何一个推销的机会。

我不抽的，家里也没人抽。他忽然变得小心翼翼起来。

没关系的，我随便问问，谢谢你啊。在察觉到对方的异样之后，她马上停住了，不好这样逼人家的。

从烟草专卖局出来，转而推销一种老年人吃的保健品，在公园门口给老人测血压，留下他们的电话、地址，再发请柬请他们来宾馆开会，施以小恩小惠，通常就能让他们购物上当。

有一天，她拨通了他的电话，不知道你爸妈是否需要，对老年人的睡眠有好处。可以让他们先试吃，有了效果再买。

他在电话里笑了，没有拒绝，也没说要买。有一个周末，他把她约出来，请她吃路边小摊上的麻辣烫，吃得她的嘴巴火辣辣地疼。在护城河边逛到半夜，他捏了捏她的手，她任他捏着，也不反抗，风吹在脸上很舒服，她担心凉鞋的后跟会折断，地摊上的便宜货，已经穿了两年。前面是片黑漆漆的树林，他会不会做出什么暴力举动？一路上，手心汗津津的。他把她送回租房，只吻了吻额头，她感到吃惊，却没有说什么。他一句也没有提买保健品的事。

他们开始约会。

2

就算店里没有顾客，林清也无法做出一副慵懒者的表情。在林清的生活里，从来没有"慵懒"这两个字。就算入睡了，身体躺直了，她体内的某处仍有一只小兽在虎视眈眈着。

她经常想起那段做推销员的日子，在烈日下暴晒，莫名其妙地出现在陌生人的办公桌前，前言不搭后语地回答那些人的问询，再灰溜溜地走掉，在电梯间的玻璃反光里看见自己红彤彤的脸颊，像非洲黑人，太吓人了。

他们结婚之后，丈夫常常以"当年，竟然还想让我学会抽烟"来揭她老底。她一笑而过，心里却很不高兴。她不喜欢听这样的话，自己对他离过婚的事实只字不提，闹得最厉害的时候也不说，而他……当然，她知道他绝无恶意，只是喜欢打趣人，也算是表示亲昵关系的一种方式，只是没想到会适得其反。

有顾客推门进来了，林清忙收起手脚，坐正。那是一个年轻女子，长发，无袖长裙，手臂很白，手里握着一杯奶茶，嘴里含着吸管在咻溜溜地吸着，那黑色的珍珠在一点点上升，另一只手在衣物之间拨弄着。像往常那样，林清的眼神随着那女子的手势缓慢移动着，忽然双眼模糊，失去了目标。女子转了一圈，回到起点，把奶茶放在桌子上，拿起一件格子连衫裙在身上比画了一下。她走到镜子前面，照了照，又慢腾腾地将它放回原处。

林清看着女子慢腾腾地推开玻璃门，身体轻轻一侧，出去了，一股热风霎时涌进来，吹在她的小腿肚上，痒烘烘的。门关上了，门牌上"正在营业"这几个字轻轻晃动了几下，随即恢复了原状。

她微闭着双眼，无声而不安地待在这个只有一个人的空间里，对第一单生意的渴望慢慢地被另一桩事情占据了。婆婆那里她已经三个月没去了，自从公公去世后，她对那个屋子里发生的一切愈感不安，总有一股怪味道，好像常年不开窗，其实是东面第一间，比别人家不知亮堂多少，可就是不爱开窗，即使开了也只是一道缝，不知什么时候又被关上了。

她和丈夫去那里的第一件事情是开灯，开窗，还要不声不响地进行，唯恐被他们看出端倪来。尿急了还得憋着，实在不愿意走进那个气味浓烈的卫生间，马桶十年前就是坏的，不能冲水，卫生间里常年放着大大小小的陶瓷器皿，里面蓄着淘米水、洗脸水、雨水，都是用来冲厕所的。这方面这么节省，却愿意拿出一万两万来购买保健品，情愿被人忽悠，毫不心疼，只想为了活得更久。

三天两头有保健品公司的年轻人上门，请吃饭，请旅游，请喝茶，阿姨长阿姨短，只想从阿姨口袋里掏出钱来，而做阿姨的似乎全然不懂，还要向人夸耀这些东西如何神奇，这些年轻人如何孝敬，不是子女，胜似子女。

每当想起这些，林清就头疼不已，其实完全不必如此，花的又不是自己的钱，他们有钱啊，可他们是医生啊，怎么能这样迷信。只要一想起那间黑漆漆的、带有异味的房子，堆积如山的保健品盒子，她就五内俱焚，自己的父母一天也没有享受过这些，生病了连医药费都付不起，目前母亲还在替人打短工维持生计。

第一次去他们家吃饭的情景定格成永恒的胶卷，时不时拉出来回放一下，成为林清心头永远的痛。她固执地要让心灵时刻保持痛感，提醒自己那些过去了的事永远也不可能那么容易过去。

十年前的那顿晚餐，她作为丈夫的女友第一次上门，慌乱，不安，她还没有去过这个城市人家的屋子里吃过饭。丈夫的父母都是医生，从企业的医务室里退休下来。

那时候，饭桌上还有五个人，丈夫的外婆还在世，老太太满口假牙，还能啃山核桃，不像女儿那样迷信保健品的作用。

多吃点，这些肉都很新鲜，刚从菜场里买来的。婆婆拿着筷子一直在戳盆子里那些油腻腻的肉，见她迟疑着只在那几盆蔬菜里夹来夹去，还以为她客气，干脆夹了很大一块放在她碗里。

婆婆的筷子一直在那几只菜盆里拨来拨去，似乎她的筷子很无聊似的。等她的筷子不再拨来拨去，就笑眯眯地看着林清，你父母在老家做什么工作？婆婆有一张像男人一样的国字脸，眉毛是画上去，画得很浓，虽然笑着，仍给人一种凶相。

他们都是自己找事情做，也不一定的。她嘴里嚼着米饭，含糊地说。

呵呵，干什么不要紧的，身体最重要，身体是革命的本钱嘛。公公一直往嘴里扒饭，他吃饭的速度是很快的，转眼一碗就见了底，据说他出身行伍，当过军医，这些都是训练出来的。

你看你，叫你吃慢一点，少吃点，当心血糖！婆婆仍然笑眯眯的。

婆婆家的菜太咸，又油，比她母亲做得难吃多了。那块肥肉一直盖在白米饭上，异常触目。等婆婆转过身去盛饭，林清迅速把它夹到丈夫碗里。

她低头扒饭，菜吃得很少，只想快速结束这一餐。

多吃菜，多吃菜，你看你那么瘦……婆婆似乎发现了她碗里的秘密，又往她那里夹了一块肉。

妈，你别这样好不好，吃饭她会的。丈夫在边上叫起来。

现在的女孩子只知道减肥，要苗条，要瘦，等生了病就来不及了，你可不能这样的啊？婆婆望着她，神情有些严肃。

她点了点头，干巴巴地说，不会的，我没有病，我希望自己胖一些的。

你父母身体都好吧？没有什么病吧？也和你这样瘦？家里粮食够吃的吧？婆婆眯眼打量着她，一副关切的表情。

她脸上仍挂着淡淡的笑容，这是所有表情的底色。她不允许自己造次。

妈，现在都什么年代了，谁还会饿肚子啊？你以为小清老家在非洲啊？丈夫夸张地叫了起来。

婆婆点点头，若有所思地咀嚼着，忽然把头瞥向一旁正在剔牙的公公，你们还不知道吧？官永星把一个乙肝携带者的女朋友领回家，我跟他妈妈说，千万不能找这样的女人，要传染的，连厨师都做不了，还会生出有问题的毛毛头，影响下一代健康。她神情似笑非笑的，有些咬牙切齿，又有些得意。林清看明白了，那是一种"优越感"的体现，似乎医生要比病人不容易生病，即使生病，也不会是传染病。

叫他们赶紧断了，乙肝是要传染的，都是亲戚，以后怎么一起吃饭。公公开始说自己厂里有一个得肝病的男人，喜欢喝酒，年纪轻轻就得肝癌死了。似乎从病毒携带者到癌症患者只是几分钟的事情。

而且，那女人的父亲已经是肝腹水晚期了，也没钱治病，胡乱抓些草药来吃，不过是拖延辰光，你说找什么样的女人不好，偏要找个有病的。婆婆在说"有病"这两个字时简直是咬牙切齿。

吃饭吃饭，吃饭时间说这些干吗？真是的，职业病！老太太开始敲桌子，不高兴了。

屋子里安静下来，从别人嘴里发出的食物的咀嚼声，在林清的耳边响起。官永星是丈夫的表弟，在一家餐馆里做厨师，刚结交了一个女朋友，没想到那女孩子和她一样的情况，不光是她本人，还有她父亲，整个家族的情况都如此相似。他们会不会怀疑她？不爱吃肉，那么瘦，会不会有病？他们这是故意说给她听吗？林清不知道自己怎么吃完那顿饭，那些米饭就像碎石块被硬生生地塞入她冰冷的胃囊里。

他们结婚那阵子没有婚检，直到婚后，他们迟迟没有孩子，去医院做化验检查，丈夫才知道她的事。丈夫乘机说，那我们以后尽量不要去他们那里吃饭了吧，她怀疑那是公婆的主意，那病是会传染的。也不知道他们在背后怎么说她。她虽然不喜欢那屋子里的气息，堆积如山的保健品盒子里放满了杂物，一个也舍不得丢，可是为了这样的原因，她又不甘心。她默认了丈夫的安排，却没有脸说光吃吃饭是不会传染的，连医生都那么无知，医生的儿子就不必说了。可大年夜的晚上，为了表明还是一家人，他们多半还是在一起吃的。这样的晚餐对林清来说是一种折磨，比不吃还难受。

3

玻璃门被推开了，进来两个女子，她们几乎是呻吟似的喘了口粗气，相继在那把沙发椅上一屁股坐下，穿绿色雪纺裙子的女孩嚷道，累死了，腿酸死了，难受死了。她们嘴上这么说，那表情仍是欢快的，带着点自虐的成分。另一个穿牛仔短裤的女孩看见了角落里的藤编小书架，不以为然地嘀咕着，怎么有那么多书啊，又不是书店。很快，她的目光就转到了高处，那是一些悬挂在米色墙壁上的套装，色彩协调，薄如蝉翼，正等着有人将它摘下。

林清坐在橡木桌子后面，悄悄地打量着她们，从她们疲惫的神情可知，这半天来肯定跑了不少店，无疑，这是一对不达目标誓不罢休的购物者，或许是为某个重要的晚餐置办行头来的。

她们开始慢腾腾地挑拣起来，带着某种挑剔的眼光，在未把店里所有的东西过一遍之前，是不会轻易喜欢上哪一件的。在快速、不遗漏地翻看过一遍之后，她们不声不响地又开始重复刚才的动作，这一次她们看得更仔细了，神情更为专注，不放过任何一个细节。

这件多少钱？那个穿绿裙子的女孩举着一条黄色碎花丝绸

短裙，转身问她。

直觉告诉林清，她肯定会喜欢这条裙子。你先试穿一下，再讲价格。不贵的。林清起身拉开帘子，请女孩进去。

女孩迟疑了一会儿，把包递给穿牛仔短裤的同伴，进入更衣室。出来的时候，她已经换好了，果然很合适，好像变了个人。

女孩走到镜子前，前后左右照了照，又对同伴说，你看怎么样，还行吗？

同来的女孩放下手里的衣服，走到她跟前仔仔细细研究了一番，说，除了短点，其他都还可以。是啊，是有点短，女孩随声附和道，紧接着又说了几条这裙子的缺点，什么颜色太花啊，领子太大啊——它们都是说给她听的。

林清仍是一声不吭，她明白在这种时候要沉得住气，不能随便插话，衣服的好坏无须她多说，从两个女孩的眼神中，一切都已明了。

女孩重新钻进布帘里，出来的时候，她已经把裙子挂在胳膊上，一只手仍在架子上胡乱抓看着，就怕错过什么，似乎为了对之前的试衣行为有个交代，她张口问道，多少钱啊？一脸满不在乎。

三百三，林清脱口而出，随即又说，零头也抹了吧，三百，三百怎么样？

太贵了，这么点布料要三百啊，诓谁呢？女孩嚷起来。

就是啊，太贵了，能不能便宜点？同伴也在一旁帮腔。

最少两百八，别再还价了，我已经不赚钱了。林清知道这是一个比较理想的成交价，自己还能赚一些的。

不行，还是贵了，太贵了。女孩皱着眉头说。

林清不吭声。要是在往常，或许还能多少再让一些，只要不亏本，她也就卖了。可是，今天，看那女孩的神情，她忽然不想让这么多，凭什么让这么多？小本生意，半夜三更还睡在火车上，那么辛苦的，她们知道什么啊，就知道还价，还价，要是嫌贵，去商场买啊？

怎么样？你让不让啊？女孩抓着那条丝绸裙子，在她面前抖了抖。

林清没说话。

二百五，二百五行不行？差不多了啊？又不是商场，哪有那么贵的。女孩再次不满地嚷道，这一次却是带着试探性的。

不行，一分也不能少了，就是这个价格，要不要随便的。要是嫌贵，赶紧去商场买啊，那里便宜！林清不知道自己哪来这么大的火气。

在一连串"神经病"的骂声中，那张略显狰狞的脸渐渐松弛下来，林清的意识想回到两个女孩进门之前的场景里。可无论怎么努力，林清的耳道里充盈着一种嗡嗡的放电声，是配电房里那股把她往外推搡的气流，一点都容不得她走进，只好无可奈何地放弃了。

几分钟之后，她的意识回来了。

丝绸短裙丢落在地，像一摊子彩色的水，是她在一个旅游图册里所见的美丽到恐怖的液体。玻璃门上悬挂的木头招牌已经从刚才的剧烈摇晃中静止下来了。她们消失在玻璃门外的弄堂里，那里热浪滚滚。十年来，这是第一次，她把顾客赶跑了。她简直是疯了。

4

接到父亲病重电话的那个黄昏，林清正在露天夜市里摆地摊。她蹲在行道树下吃泡面，耳边是沸腾的人群，汽车喇叭声、吆喝声、询价声，各种声音混杂在一起，形成巨大的声音的旋涡将她完完全全地罩在里面。吃进去的统统吐了出来。母亲说父亲的胃就像一个漏斗，装不了任何东西。听到这话，她的眼泪马上从眼眶里涌了出来，像断线的珠子一样往下掉。她一直以为自己的悲伤只是生理性的。而那一次，她感觉到自己的一部分，而且是最重要的那一部分就要死去了。

她带着五千块钱回家，和母亲说这是自己赚的，其实是用银行卡透支的。那时候，她还没有与丈夫结婚，没有资格用他的钱。

各路亲戚纷纷来到父亲的病床前慰问，其实是告别，也有看笑话的、幸灾乐祸的，谁都知道他已经没有多少日子好活了，肿瘤已经转移，晚上痛得合不上眼睛，电视整晚开着，清醒的时候喜欢看体育频道，以前还说要到北京去看奥运会，现在提都不敢提，奥运会还要好几年，肯定是等不到了。

她在父亲的床边坐着，看着他蜷缩着身体在床上打滚，或者用枕头抵住腹部，一点忙也帮不上。那时候，他已经开始吐血。她拿着沾了血的毛巾去河边清洗，就像一个毫无知觉的人，走在火焰或冰刃上。

她待了一个星期，母亲叫她快走，不要耽误生意，反正在家里也帮不上忙，如果有事情，她会打电话给她。母亲所说的"事情"，就是给父亲奔丧，一想到这一点，她不知道自己该怎么活下去，还有没有活下去的理由。

整个过程快得离谱，她回城没多久，母亲的电话就来了，叫她快回家，父亲不行了。她早晨坐上大巴车，中午到家时，父亲已进入弥留之际，去镇上给父亲买了皮鞋，请理发师给他理发，这一切做妥当之后，父亲呼完最后一口气撒手人寰。奔丧期间，她始终没有哭过，她欠父亲这一哭，相当于不承认父亲的离去。

一个星期之后，她回了城，公公婆婆叫她去吃饭，他们之前一直打听父亲的病，她一直说是胃癌。可傻瓜也知道，胃癌不可能那么快就走了。

那时候她与丈夫还没有结婚，也没有任何的订婚手续，他们的关系不明不白，随时可以断的。之前的婚姻让他疲惫不堪，现在只想要一份简单的，没想到她也不是那么简单。当然他还什么都不知道。

他们在饭桌上谈论一些鸡毛蒜皮的事情，肉价的走向，茄子的做法，保健品公司的旅游活动，她微笑着，假装对这些东西感兴趣，并不时地询问几句，这让公婆受到鼓舞，他们临时决定要将更多的事情告诉她，整个交谈的气氛显得比往常要活跃一些。

饭吃到一半的时候，不知他们说了什么，她忽然笑了，笑得那么自然，开心，连丈夫都感到了异样，尽管那不算是什么特别幽默的笑话。她对自己这么快就能笑得如此灿烂感到诧异。他们都在暗暗地观察着她，以确定她丧父之后的精神状态。她旁若无人地收起笑容，把米饭快速拨到毫无知觉的胃囊里。

他们把父亲的身体从冰柜搬到棺材里时，罩在他脸上的面巾忽然掉落在地，她看见那腐烂了的上颌部，就如开始腐烂的杧果表皮，局部布着深褐色的斑点，父亲已经像杧果一样开始腐坏了。惊悚感如瓷器的裂纹炸裂开来。

在那个肉体消失的地方，在那个没有什么可以腐烂的地方，会有什么？父亲在那里都好吗？

你妈身体还好吧，让她多保重，不要太难过了。早点去了也好啊，免得受罪，痛起来难受啊。婆婆到底还是忍不住了。

要我说，生前对老人好一些，死后一了百了，每个人啊都是要走这条路的，迟早的事，没什么可怕的。公公惯于扮演真理在握者的角色，他是这个家里学历最高的，并一向以此自居。明明知道她的父亲从来没有享过什么福，还说这样的话，林清的笑容渐渐凝住了，而且父亲才五十岁，比他们还小一轮，他们根本不知道父亲几乎是怀着速死之心而去，不愿死后欠下巨额债务，不愿增加家人负担，拒绝住院，拒绝治疗，知道止痛药很贵，疼得在床上打滚的时候也不吃，他们哪里懂得这些，反正药箱里多的是过期药，什么都可以报销。林清恨恨地想着，脸上的表情瞬间发生了变化，竭力克制如氢气球般上升的厌恶感，维持表面上的平静。

米饭如塑料珠子一样难以下咽，还有那些被夹到碗里的蔬菜，白花花的肉片，血淋淋的西红柿，在她的胃里搅拌着、厮杀着，试图杀出一条血路来。

她不能皱眉，不能呕吐，相反，还要对他们笑，若无其事，尽量把话题向无关紧要处导引，她讲了家乡非常严重的空气和水污染，村民几年来集体上访都无效，得癌症的人越来越多，暴力事件时有发生。她添油加醋了一些，无中生有了一些，试图引起他们的兴趣，作为消息的传播者，她有意忽略了受众的兴趣点。事实证明，她的讲述是无效的。他们只默默地听着，不插嘴、不询问，这些早已不是什么新闻了，报纸和电视上都有报道。她很明白他们想知道什么，她不能告诉他们。

自己身体的未来通向病床上的父亲，他们一家子都是瓷做的，容易破碎，可是，现在，她不能让他们知道，她还没有结婚，好不容易找了一个城里男朋友，虽然离过婚，但是他对她好，而且有稳定的工作，以她的条件去哪里找这样的？

他们最不能容忍的是疾病，疾病。婆婆说过的，有病的人怎么能结婚，生孩子，而且还是传染病。她不知道那顿晚饭是怎么结束的，终于逃脱窒息人的餐桌，来到外面灯光幽暗的大街上，那是夏夜，来往汽车所携带的风并没有给她带来任何清凉感，回出租房的路显得无比漫长。牵着一个男人的手，走在丧父之后的城市道路上，她的双颊挂满泪珠，并顺着脖子淌下来，咸湿湿的，她觉得不可思议，同时认为这毫无意义——当来到下一个转角，趁着夜色遮掩，她毫不犹豫地将之抹得一干二净。

5

林清想着应该买点水果去，不管丈夫有没有买——他八成是不会买的，他是去自己家，买不买都无所谓，没有人介意，而她不一样。

婆婆有糖尿病，不能吃甜的，火龙果和猕猴桃不甜，也是婆婆喜欢吃的。后来，林清听人说糖尿病人连火龙果都是不能吃的，那里面的含糖量不低。有一回，她顺嘴和婆婆说了这事，婆婆有点不相信，还以为她不愿意给她买，猕猴桃和火龙果都不便宜，至少比苹果之类贵多了，林清觉得挺好笑的，也没有反驳，以后去她那里还是照例买这两样水果。

她拎着水果来到婆婆楼下时，发现丈夫已经等在那里了，她一阵暖意上身，脚步加快了。他们一前一后走在楼梯上，都把步子放得很慢，哪怕这样的姿势并不方便说话，丈夫仍陆续告诉她一些事情，今天是鬼节，婆婆要祭祀祖先，让保姆烧了一桌子菜，顺便把他们也请来一起吃。她点了点头，没有说什么，在店里与母亲通电话时，她就知道今天是鬼节，母亲也要祭祖，也要烧一桌子菜。她没有和丈夫提起自己母亲那边的事情。这么多年，他们之间的谈话越来越少，有时候说不了几句，她就烦躁地打断他，根本就不想从他嘴里听到什么新鲜的东西，事实上也没有这个可能性。特别是当她用自己的钱买下沿街商铺之后，她的不耐烦和粗暴连自己都觉得诧异。难道自己从来没有仔细地爱过他？

一桌子的饭菜已齐齐整整地摆好了，保姆林阿姨看见他们进来，忙从椅子上站起来，搓着手，搭讪似的笑着，招呼他们进门。婆婆背对着他们，在祭桌前添酒，一个个小酒盅一字儿排开，里面都是半满的。这个动作让林清觉得熟悉，自己的母亲也是这样，她还会用硬币来卜算那边的人是不是已经吃完了，该不该收摊了。她不知道等下婆婆会不会也这样来一下。

公公的遗像挂在饭桌后边的墙上，不高不低，其实挂得有点低了，给人一种要掉下来的感觉，上次，墙壁上还是光秃秃的。

婆婆离开祭桌，马上从口袋里掏出一张折了好几折的白纸递给丈夫，丈夫看着纸条，不解地耸耸肩，却马上明白过来。

又是保健品吧？丈夫的声音带着微微的嘲讽意味，却逃不了母子之间那种天然的亲昵。

你帮我去电脑上查一下，这两个成分是治什么的？婆婆说。

丈夫把纸条递给她，只见上面写着"茶多酚，左旋肉碱"几个字，她诧异地叫道，左旋肉碱不是减肥药吗？

你那么大岁数了还减肥啊？不要减出问题来啊！丈夫夸张

地叫了起来，似笑非笑地看着婆婆。

婆婆不明白这是丈夫的玩笑话，生气地说，我有糖尿病怎么好减肥啊，你这孩子真是的，什么也不懂，胡说八道什么啊。

好了好了，你别生气了，我回家去查查吧，查完了给你打电话，看看这到底是什么宝贝，能不能让人——丈夫硬生生地把"长生不老"这几字憋了回去，对着林清做了个鬼脸。

林清面无表情地看着丈夫，一点也不想对此做出什么反应。

祭祀结束了，说结束就结束了，也不见婆婆抛掷硬币，只把酒盅和香烛一撤，饭菜也不热，就开吃了。偌大的西餐桌上，两两对坐，从前公公的位置上现在坐着保姆林阿姨，她是婆婆下乡时认识的房东家的女儿，现在抛下乡下的老公，住到这里来赚工资，照顾婆婆的饮食起居。

林清就近揶了些菜，放在嘴里咀嚼着，也不知是什么东西，反正这些好好的菜，一放了酱油，就什么也看不出来了。婆婆喜欢什么菜都要倒些酱油，说是吃上去有味道些。林清看见婆婆的筷子伸了过来，在那盆明虾上拨来拨去，恨不得把每只虾都翻弄一遍。她知道婆婆喜欢吃虾。

果然，婆婆的筷子指着那盆虾，多新鲜的虾啊，我是一只一只挑了来的，都是活着的，拿回家还在跳。你们快吃啊，怎么没人吃，来，吃一个。她把最大的一只夹到保姆林阿姨的碗里，林阿姨顺从地接过了，也不急着吃，往嘴里扒了好大一口饭。

妈，别揶了，我们自己会揶的。丈夫皱着眉头叫嚷道。

婆婆迟疑着要不要给这个媳妇也夹一只，见儿子这么说，就渐渐收回筷子。林清连忙在那盆子的边缘，婆婆的筷子可能没有伸到的地方夹了一个，放在米饭上，又看了婆婆一眼，嘴角微微咧了下，算是笑了。

妈，你最近身体还好吧？林清一说完这话就后悔不已，她知道接下来婆婆会说什么，她甚至会在饭桌上谈论便秘。

果然，婆婆开始皱着眉头，说起她最近的各种不适，肚子老是胀胀的，好像长了个什么东西，你看，在这里，这个地方，胃过来一点点。她放下筷子，要把上衣往上捞。

妈——林清果断地打掉了她的这一动作，有空了去医院看看吧。我们不是医生，什么也不懂的。

婆婆重新拿起筷子，叹了口气，不要是什么肿瘤就好喽，我真是害怕啊，人老了，经不起折腾，这几天一直睡不踏实，老清早就醒来。说着说着，正要叹息，忽然被这个媳妇打断了——

妈——不会的，哪有那么多肿瘤，别自找烦恼了。林清言不由衷地安慰道，总以为公公的离世会让婆婆把生死问题看淡一些，至少不该天天挂在嘴上，可现在看来，实在是有过之而无不及。

你妈就是想多了，天下哪有那么多瘤子啊，每天吃好睡好，身体好，什么瘤子都不会有，这是真的。保姆林阿姨笑嘻嘻地说着，兀自往嘴里扒饭，一副没心没肺的样子。

婆婆没有吭声，似乎用沉默来表示对林阿姨的不满。可这样的沉默显然毫无意义，林阿姨根本就不懂，林清和丈夫也假装不懂，什么也没听见，什么也没看见，这三个人眼下能做的就是往嘴巴里塞东西，不停地塞东西。

婆婆还在餐桌那头叹气。

林清抬起头，猛地看见墙壁上公公的脸，他在镜框里笑，连眉毛也在笑，他在笑什么？林清觉得莫名其妙，又有点毛骨悚然，一个人的肉身不在这世上了，可他还能笑，笑得那么奇怪，连眉毛都要飞起来了。他在笑什么？

林清越来越觉得公公的笑是冲她来的，他什么都知道。一个死去的人，他什么都知道，什么也瞒不了他。

你们俩怎么还没孩子啊，该生一个了，有孩子多好啊。跑来跑去的，你妈也有事情好做了。保姆林阿姨张大嘴巴，黑黑的食指在那里面使劲地抠着什么。那张扁平嘴一张一合，有一句，没一句，像刀片切割着林清的耳膜。她什么都知道还这样问，根本就是存心的。

婆婆举着筷子愣怔着，好像被林阿姨的话吓了一吓，不知道该如何反应。丈夫却完全是另一种表情，就像一个白痴那样只知道低着头，不停地点着手机屏幕，似乎可以保持这样的动作永远不变。

我有病啊，怎么生孩子？生不出来的。林清说这话的时候，用的是一种奇怪的语言，是本地方言和普通话的杂糅，听上去怪怪的，就像一个四十岁以上的女人在无知无畏地抱怨着什么，心里头却没有任何不快。就这话，她反反复复说了好几遍，从头到尾不看别人的脸，也没有任何表情。

她胜利了。她知道自己胜利了。

婆婆的眼睛瞪得老圆，瞪得眼眶都快要裂开了，嘴里含着的半口饭，都忘了咀嚼，她完全没想到林清会这么说，她怎么敢在一个外人面前这么说。林清的喉管里发出轻轻的哼哼声，双腿不由得抖动起来。有一刹那，她看见丈夫抬起了头，但很快垂下了。

在这个屋子里，只有保姆林阿姨还在嗯嗯啊啊地嘀咕个没完，她看上去没有一点阴谋得逞者的欢乐，她在竭力使林清相信，一个年轻女人肯定能生出孩子来，既然老天让她当了女人，怎么能没有孩子呢，这不可能啊，这不公平——生活中总有那么一些人，什么事情也没有经历过，什么事情也不知道，看到天是蓝的，草是绿的，马儿是会跑的，到老了，还是那么天真，天真到无耻的地步，根本不相信这世上还有坏人——这样一个人在她面前欢快地唠叨着，喋喋不休着，林清恨不得上去拍她一巴掌，把她拍拍醒，可林清还是那样斜靠在椅背上，嘴角浮现出那种嘲讽似的笑、没心没肺的笑，有那么一会儿，林清想，或许她真的什么都不知道，还是什么也不知道好啊。

歌声

1

傍晚时分，林从驾驶舱里爬下来，穿过昏暗的停机坪，幽深的杂树林，往宿舍楼方向走去。在林的身后，空旷而黑暗的地方，仍有引擎转动发出的轰隆声，炸弹的爆炸声，以及人世间的各种声响，持续不断地发酵着，无意识地推搡着他，将他带入一个昏蒙的世界。

他的头脑一片空白，就像一个真正的聋子，什么也听不见，什么感觉都没有。他几乎用尽所有力气，才让僵硬的水腿靠近树影下的宿舍楼。尽管疲惫不堪，他的身形仍是挺直的，好像体内有一根支撑物，任何时候都不允许他松垮和懈怠下去。屋舍里的摆设照旧，被褥、衣物齐整地叠放着，似在等待他的归来。他走到椅凳前，战栗地坐下。衣物早已湿透，靴子里也全是水，如往常那样，他有条不紊地处理完这一切，在狭窄的床板上静静地躺了一会儿。

那是 1937 年 8 月 14 日。闷热，酷暑，浓烟滚滚。刺鼻的硫黄味，无名的呐喊声，在所有的空间里回荡。

飞行员林在那天的日记里如此写道：

> ……今天，Y 驾驶着他的飞机朝敌机俯冲而去。他的身和那架霍克式驱逐机，如今都成了碎片。他死了。尽管我们都已做好死的准备，但这一刻真的来临，我还是不能接受。如果死的人是我，他大概也会这么想的吧。明天一早，我就要把遗嘱和照片交给荻小姐。这是 Y 生前嘱咐我的。我一定要办到。如果她要我复述 Y 生前的最后一幕，我不知该怎么说，没有人可以体验那种情景，那些地面上的人是不可能体验到的。他们会痛哭流涕，诅咒抱怨，可他们什么都不知道。
> ……

林和 Y 都是从北方校园过来的。那天黄昏，他们在灯光昏暗的礼堂里遇见了。演讲者一个个走上台去，带着悲愤和热血，那些悲愤和热血在扩散，形成一股冲击波，使得更多的人从角落里走出来，走到那舞台上。

礼堂很大，灯光永远不够明亮。年轻的声音在回荡，在消散。几乎是一夜之间，学校里变得空荡。很多人离开了。没过多久，那些牺牲者的消息像风一样吹来。他们感受到了某种变化，但并不知道那究竟是什么，不知道那些消息对他们来说意味着什么。

那天清晨，未名湖结了冰，湖畔的草丛里落满霜花。在湖边，他们再次相遇了。

Y望着他说，我们要去吗？

他点了点头。

——那我们去吧。

于是，他们就这样"去"了。杭州东郊，一个叫笕桥的小镇，中央航空学校的所在地。第一次看见飞机，那么多轰炸机和战斗机，好像每时每刻都在发出轰响。他们的生活严肃而刻板，训练场、宿舍楼、食堂，三点一线，后来，他们开始飞天。在接受飞行训练的同时，也接受死亡训练。只要需要，他们随时可以奉献自己的身体，让它们成为炸弹，成为武器，与敌人的飞机、兵舰、阵地一起变成碎片，同归于尽。

没有人能够解释他们为什么去，如此义无反顾，没有什么语言可以解释那个真理，而引导他们前往的正是那个真理。

现在，Y为这个真理率先牺牲了。

林熟悉Y去的那个地方，那是一个弥漫着云朵、彩霞，充斥着无边的寂静的地方，一个永不会坠落的地方。

"他牺牲了，叫我把这些东西留给你。"这话别人看着像是台词，却是属于他们的语言。他们很少说话，当不得不说的时候，他们就说那些话，好像是对着舞台说话。他对着那个叫获的姑娘说完这些话后，匆忙逃走了。盛夏的午后，整个河上镇俨如一座空城。那位哭泣的姑娘站在桥上，整个人浸泡在泪水和汗水之中。

他连一句的安慰话也没说。

后来，当再次回到天上，他时常想起那一幕。他把死亡这个沉重的包袱丢给那个姑娘，自己逃走了。他不愿想死亡的事，自己的死亡并不可怕，因为真到了那时候，他什么都不会知道。

黑夜里，他在云层的内部飞，引擎的声音在耳边轰响，不知那些积云到底有多厚，要飞多久才能飞出去。他让飞机上升到两千五百米的天空，又下降到一千米的地方。黑暗中，只有机翼上的灯，闪烁着微弱而湿漉的光芒，始终陪伴和照亮着他。

机舱里有美酒。那些被携带到高空的酒液，在回到地面后变得清凉，甜润，有一种宛转流淌的气息。

每个星期六晚上，年轻的飞行员聚集在23号别墅里。别墅一共两层，砖木结构，外墙为黄色。台基上开有防潮孔。房子门前有一棵桃树、两棵桂树、三棵银杏。花园里种着栀子花、绣线菊、美人蕉、茉莉，还有成片的绣球花。

它坐落在一个小山坡上。人们要踏着台阶，走完最陡峭的几步，再经过一段平缓的坡地，才能走到那块台地上，进入那间美妙的屋子里。

第一次，林和Y便喜欢上了那里。一楼客厅很宽敞，暗红色墙面，瓷砖也是暗红色系，靠墙摆着立式钢琴，一长排欧式沙发，还有壁炉。他们的座位在壁炉与通道相连的地方，既可以随时望见进出的人群，也能对屋内情况看得一清二楚。

那是冬天，火炉里的干木柴噼里啪啦地响，松枝的清香四处漫溢。所有人脸上都浮现出一种沉醉的表情，眼神迷离，不知今夕何夕。他们聆听音乐，啜饮美酒，轻声谈论着什么。

那时候，战事还未大规模爆发。木质留声机循环播放着意大利歌剧，《晴朗的一天》《费加罗的婚礼》或者《塞维尼亚理发师》，那些灿烂而高亢的声音从山坡上的房子里飞出去，飞到云端之上，很远很远的地方。作为曾经的声乐系女生，张太太最喜欢的意大利歌剧还是《再见，我将去远方》。兴致起时，她也会跟着留声机里的意大利女人引吭高歌。那些高音像泉水从高处的山谷里飞溅而下，中音又非常雄伟，最迷人的是那些中低音区，气息深而下沉，音质通畅、明媚，毫无阻隔。歌声在房间里缭绕着，穿过窗户和门厅，飞到屋外的竹林和绿荫中去。

当他们都在天上飞的时候，美丽的张太太就斜倚在卧房那张高靠背酒红色丝绒沙发椅上，美容师坐在脚边那张矮凳上，替她修剪指甲，与她闲聊。自来到醒村后，作为随军家属的张太太一刻也没让自己闲着，组织牌局、音乐会、酒会，给年轻人牵线搭桥，让他们开心。她顶喜欢热闹，喜欢那些年轻而活泼的男人女人们围在她身边。

那时候，张先生的飞机还在天上飞，南京、上海、武汉到处执行军务。

夏天的黄昏，张先生终于飞回来了，并获得一个完整的假期。为了庆祝张先生的平安归来，张太太决定在他们的房子里召开音乐派对。她几乎邀请了所有人。醒村里的年轻飞行员，带着各自的女朋友们，都赶来了。

山坡之上，23号别墅灯火通明。江南的夏天虫鸣蝉噪，闷热不堪；那个屋里却一片清凉。他们坐在各自的位置上，听着音乐，喝着美酒，听从女主人的安排。派对要到午夜之后才结束，音乐会之后是舞会，中间会供应自助餐，既有西式点心，也有中式小吃。

谁都知道，醒村最好的厨师在23号别墅里。

时间慢慢过去，那些冰块在木桶里一点点融化。Y和他都注意到了那名姑娘。她坐在角落里那只几凳上，微侧着身，似乎被什么东西吸引住了。月白色短袖旗袍，鹅蛋脸，一对清烔烔的大眼睛，一侧头发微微拢在耳根后边。当与人说话时，更显出稚气未脱的神情。

那晚，她吟唱的是李叔同的《送别》。

长亭外，古道边，芳草碧连天。晚风拂柳笛声残，夕阳山外山。

天之涯，地之角，知交半零落。一壶浊酒尽余欢，今宵别梦寒。

在学校里，Y和他也唱这首歌。他们无数次唱过这首歌。当他们聆听着这位江南姑娘的清唱时，不由流下了热泪。那个夜晚，在场者无不热泪盈眶。

那些无法回首的往事，在彼此的记忆里翻滚。

酒后的Y在林的耳边喃喃自语，说那个唱歌的姑娘很像他的妹妹。那时候，林还不知道Y的故事，并不知道他的妹妹已在北方的战事中不知所踪。当他知道这些的时候，Y已经不在人世了。

姑娘的名字叫获。

2

那些夜晚，他们带着任务，飞得很高很远，就好像在夜晚的海面上航行。天空像大海一样无边无际。夜航，让林和Y看到了成千上万的星星。闪烁的星群，旷古的寂静，就好像时间从没有流逝过，世间万物不曾开始，也不会结束。

有些时候，他们忘记了航标，好像正在执行的任务变得虚无；对天空来说，一切都显得毫无意义，而地面上正在进行的战争和杀戮，只不过是一个玩笑，很快就会被纠正过来。

机舱室里回响着马达的震颤声，仪表盘上的指针在转动、变化，发出预警信号，告诉空中的驾驶者时间正如何一秒复一秒地前进，即使在天上，他们也无法摆脱它的控制。

有些夜晚则漆黑一片，他们在空无一物的云雾之间飞行，没有目标，没有参照物，与地面世界忽然失去联系。完全的黑暗中，他们飞了很久。耳边只有引擎发出的轰鸣声。飞机穿透云层的一刹那，眼前忽然出现光亮，来自遥远地面上的灯火，让他们有一种接近家园和真理之感。他们来自那里，亲人们都生活在那里，最终，他们还是要回到那些房屋、田野和大地上去。

有一天，Y偷偷地告诉林，他将获带到天上去了。林对Y的疯狂感到惊异。不过，他很快便理解了这一切。那应该是获第一次近距离地观看舷窗外的云雾和蓝天吧，同时，她还会看见地面上密密麻麻的人群，像血管那样朝四方辐射的城市和乡村的道路，忽然变得遥远的大地和日常生活，耳边呼啸的风声以及发动机的转动声……虽然处在一个高速飞翔的空间里，却比在地面时还要安宁和平静。那种安宁和平静是地面上行走的人所无法想象的。

当Y的身躯从地球上消失，林常常想，当初他将她带到天上，或许就是为了有一天让她可以想象那个地方。他要让她知道，他最终将消失在一个什么样的地方。

机舱里摆放着成箱的葡萄酒，在寒冷的作用下，那些美酒变得格外清冽和甘甜。23号别墅里，醉酒后的Y开始像孩童那样手舞足蹈。他有一张轮廓分明的脸，还有灵活而文雅的举止，这些东西一旦与他职业性的严酷和冷静相结合，便让获感到陌生和吃惊。好像她从来就不认识这个年轻男人，这个二十一岁的男人有时候会变得如老人般缄默不语。

事实上，出入 23 号别墅的年轻飞行员们，都有一张相似的单纯而冷静的面容。只有在音乐和美酒的刺激下，他们才容许自己进行激烈的娱乐。

他们的敌人——那些驾驶九六式战机的年轻人，在上天之前也会喝一种叫"航空元气酒"的东西。据说喝过那种酒的人，没有一个可以活着回来——他们也没打算活着回来。

死亡是什么呢？他们根本没有想过关于死亡的任何事情，到生命的最后一刻他们都是活着的。他们在对活的恐惧中，邂逅了死。可以说，是死亡安慰了他们，将他们的身体接走。

飞行员林的文字之旅，在 Y 的肉体于地面上消失之前就已经开始了。那种东西与其称之为日记，不如说是回忆录。里面的时间是错乱的，次序是颠倒的。关于吞噬 Y 的那场大火，他在当天的日记中并无任何记载。当时间过去很久之后，那一幕忽然在他的日记里反复出现。

……那一刻非常短暂，短暂到我只记住了那张脸庞，因肉体痛苦忽然抵至巅峰而扭曲的脸。但没有声音。我没有听见那个方向传来的任何声音。然后，飞机便开始往下坠落了。

现在，我甚至想，在那一刻，Y 并没有任何痛苦。所有的痛苦都是我自己幻想出来的。昨夜梦里我再次看见了那张脸，这一回我看得清清楚楚。那张极度扭曲、静止的脸上显示出的却是强烈的镇定感。那是一

种自然而然流露出的情感。好似那一刻的到来，是那
张脸所期待已久的，它在回味那种感觉，只为了永久
地记住它。

当另一时刻降临，飞行员林对Y临死前的记忆又发生了变
化。越来越多的死亡簇拥在他身边，他自己也位于此队列之中。
战友们在起飞之前平静地告别，或者留下只言片语的遗嘱，有
些人再也没有活着回来。

后来，他们连告别的时间都丧失了，随时处于待命状态。
一天之内不断进行的起飞和降落，好像非要把这具肉身白白地
抛掷在天上不可。

23号别墅成了军中乐园，留声机里的意大利歌剧早已换成
周璇的《西子姑娘》，那一首曲子被反复播放，除了饮酒、唱
歌、跳舞外，人们很少高谈阔论。

在别的场合经常进行的时事谈论，在这里很少出现。那些
年轻人显得格外安静；因为当他们在天上飞的时候，也没有人
与他们说话。当某个人起身清唱某支曲子时，他们也会跟着哼
唱起来。那种集体合唱所发出的声响，那几乎相同的神情和举
止，充满着热烈而从一而终的欢乐，好像死亡并不存在。

那天晚上临近散场时，女主人张太太忽然从座椅上起身，
她身体前倾，几乎站立不稳。她开始大声而含糊地说话，说你
们都别走啊，留下来啊。但没有人听她的。场面有些混乱，有
人在整理随身携带的衣物，准备离开。有人已经穿过客厅，来

到外面的露台上。深秋的露水沾湿了植物的叶片和花瓣，湿漉漉的凉意从前厅的玻璃窗外渗透进来。客厅里忽然响起歌声，那是留声机的声音关闭很久之后，他们第一次听见有人在唱。

那些已经穿过露台，走到花园里的人不由停下脚步，站在原地聆听着。

这是乱世，天空呈隐隐的血腥红，月亮内部蒙着一层淡淡的阴翳。山河大地，正处于沦陷之中。

更多的人还留在客厅里，他们一动不动地站在那里，好像在等待着一桩马上就要发生的事情。女主人低声吟唱《西子姑娘》，声音像珠玉一般滚落。所有那天晚上在场的人都说，从来没有谁把这支歌唱得如此轻柔、婉转，充满着柔情蜜意，好似天使的光辉照临人间。

他们等待着即将发生的事。消息已经得到证实，飞机残骸被找到了，最后的时间到了。23号别墅的灯光，要永远地熄灭了。今晚之后，再也没有什么好留恋的。

柳线摇风晓气清

频频吹送机声

春光旖旎不胜情

我如小燕

君便似飞鹰

轻渡关山千万里

一朝际会风云

至高无上是飞行

殷情寄盼

莫负好青春

……

一曲终了，女主人微笑着道晚安。再见了，年轻的朋友们。谢谢你们。谢谢。她的酒已经醒了。灯光下，她美丽的脸庞带着热烈而绝望的表情。众人鱼贯而出。他们脚步齐整地穿过门厅，走下山坡，走进那片黑暗之中。头顶传来轰隆的声响，不远处的跑道上灯火闪烁，飞机正在穿越云层去往远方的战场。

留给他们的时间已经不多，这群从欢宴上返回的年轻人，带着酒精和醉意，很快进入睡梦之中。

3

飞机迫降在一座丘陵上。

林睁开眼睛，四周一片漆黑，除了头顶上的星空，眼前一无所见。他干脆闭上眼睛，双手交叉着放在脑后。黑暗中，他意识到自己躺在一块庄稼地上，脚下大地的松软让他感到安稳而踏实。他感到自己的腰、背和四肢，都紧贴着地面，中间没有一点空隙，整个身体被一种来自大地深处的力量深深地吸附。

他体验到一种美妙的依托，那么牢靠和安全，再无坠落的可能。没有人知道他在这里，因为他自己也不知道自己在哪里。

他知道自己的处境可能相当危险，没有现成的食物和水，或许需要很多天才能回到他们中间。如果是在沦陷区的话，后果更不堪设想。他们很快就会发现他，等待他的将是酷刑和死亡的威胁。

这些可能到来的危险并没有进入他的脑子。此刻，他并不受那些还未发生的事情的困扰，好像那些还没有出现的危险永远也不会出现。他并不在意它们。他的思绪在别的地方，整个人被一种奇异的感觉所包围。这不是劫后余生所带来的。他很明白，从那一刻起，自己的生命被改变了。即使此刻是世界末日，他脑海里的那个东西也不会被驱散；没有任何东西可以驱散那种感觉。

一开始，他并没有意识到幸福感产生的来源。随后，当再次闭上眼睛，脑海里浮现出一个形象。他马上明白了一切，对那个人的回忆和思念占据了他的脑海。为着这个惊人的发现，他忽然想大吼一声。这个世上的事情总是出人意料。他的手在短暂几秒钟之内触摸到了那些尘土，想到已经丧失在空中的方向盘，想到他和他的飞机都被摔到了地面上。

他并没有想飞机的事，也无法回想那一刻是怎么发生的，他的心完全被另外的东西占据了。

那个小镇上，她站在一家裁缝铺门口，好像是在等人。头发剪得更短。她瘦了，尖着下巴，那张鹅蛋脸不见了。远远地，他只看了她一眼便匆匆走开了。

在许多天之后的日记里，他回忆了那一幕。

她就站在那个台阶上，那些人从她身边走过，他们都是附近镇上住着的人，他们是来赶集的。我不知道她为何而来，她在等人吗？可她脸上没有流露出任何等待的表情，我无法从她脸上读出任何表情。Y的离开对她意味着什么？她已经忘掉他了吗？还会有人和她提及他吗？她怎么能忘掉他呢？

　　就这样，我无意识地从她身边走过，走到离那个裁缝铺很远的地方，我才忽然想起应该过去和她打个招呼，问问她的近况如何。

　　即使那时候，我还是有机会回头的，她应该还在附近，不会走远。可我并没有那么做。我甚至没有感到从此之后可能再也不会遇见她。事实上，一个礼拜之后，我们就离开了笕桥。

　　后来，他们被派遣到别的地方，南京，武汉，重庆，到处飞，到处执行任务。有时候，林会忘记自己身处何地。所有地面之上的天空都如此相似，不同的是，飞机打乱了云朵的聚散，炸弹爆炸产生的烟雾充斥着那个空旷的地方，引擎的轰鸣声震碎了天空的寂静。

　　地面上，到处都是逃难的人，到处都是饥寒交迫的面孔，没有人知道这一切会什么时候结束，或许当结束的那一天，很多人已经不在这个世上了。

　　获救之后，当林返回队伍之中，发现有更年轻的生命永远离开了。人们对他的归来并不感到吃惊，也没有人询问到底发生了什么。毕竟，头盖骨和身体的碎裂每天都在发生，他们已经习以为常。所有人都显得疲惫不堪，根本没有精力去谈论什么事。当他们在天上飞的时候，脑子里也只有那些罗盘和仪器。

林开始给那个叫获的人写信。他在信里说着那些天底下最冷静、最热烈的话。在那一刻，他不再想罗盘和仪器的事，耳边也没有引擎的轰鸣和炸弹的喧嚣，只有那些话，自己对自己说的话，非说不可的话，让他觉得自己还踏踏实实地活在这个世界上。

最近，我常想起故乡河道上的采冰人。我有一个亲戚也是做这一营生的。还在哈尔滨上中学时，我经常跑到松花江上去看他们采冰。亲戚干的是断冰这个活，脚下的冰被他一块块断开，活动空间越来越小，眼看着落脚点没了，非常危险。工友们提醒他小心，可每次他都哈哈一笑，说没事的，最后也总能找到退路。

有一天，我放学回家，家里人告诉我那个亲戚死了。他把脚下的冰采完后，自己没了容身之处，还浑然不知，最后跌落在冰窟窿里，活活冻死了。死前，他还叼着烟，与人说笑。尸体打捞上来的时候，还是那种表情，活生生的，一点也没走样。

现在，我忽然能理解他了。即使知道自己随时可能跌入冰窟窿中，随时可能丧命，他还是这么做了。

我们今天的处境也是如此，没有未来可以预期，只有眼下，这架我所栖身的飞机，它是我可以支配的。我在那上面度过的每一分每一秒都是有意义的，没有人可以告诉我那种意义是什么，唯有我自己可以赋予它。

你在云朵下面行走，而我在天上飞。我不知道自己为什么要给你写信。是给你，而不是给别的姑娘。我总觉得你比别人更了解我们。只有你。毕竟，你在天上飞过，亲眼看过那个世界。当你在地面上行走的时候，也不会忘记那个世界。

4

后来，在四川江津县那个叫白沙的古镇上，林再次遇见荻。那是一个募捐会现场。那个年代，为了筹措抗日物资，大后方经常会举办各种募捐活动。那天，除了白沙当地政商界人士，一位美国军官，还有特意赶来的冯玉祥将军。

主席台上，冯玉祥穿着军装，个子很高，军帽下的脸显得大，或许只是虚胖吧。那是林第一次，也是最后一次见到这位赫赫有名的西北军阀。谁也不曾想到，仅仅是四年之后，这位著名人物就不明不白地死在异国的轮船上。

乐鼓声伴着口号声，几乎响彻云霄。现场被一种间歇性的声音所笼罩，好在是露天场地，逐渐变得热烈的众人的情绪，还没有到无法控制的地步。很快，他们就泪眼汪汪，甘心情愿地奉献出自己身上的所有财物。那些富商和阔太太们甚至当场摘下金表、金项链和金戒指，扔进那个大盘子里。

一开始，林并没有将她认出来。她和那些学生们在一起，站在台下使劲地鼓掌。他还从来没有见识过她的那种表情，那种专注而茫然的神情。她脸上的悲伤似乎不见了，暂时被某种东西治愈了。

各校派出学生代表抬着盛满法币和金银的大盘子依次登上主席台，冯玉祥接过盘子，一次次地鞠躬，向每个学生道谢。

几天之后，获来找他，他们去了省立师范学校，她工作的地方。学校位于马项垭。马项垭是个隐蔽的坡地，位于两座山的夹角。战时因聚集了不少人和物资，商贸活动颇为兴旺。有织布厂、打米厂、染坊、屠宰场、杂货店、裁缝店、饭馆、小吃店，等等，应有尽有。

那是春天，她陪他吃了一碗红油抄手。白瓷碗上漂着好一层麻油，很香。他几乎不能吃辣，吃得泪眼汪汪，可心里实在高兴。她告诉他，抗战爆发后，她就辗转来到内地，经人介绍到现在这所学校当地理教员。因日机频繁轰炸，不久前学校从重庆迁到白沙镇。战时物资短缺，没有什么可吃的。她总是喊饿，半夜饥肠辘辘地醒来，到处找吃的。她喝房东家自酿的白酒，喝醉过好几次。她学会了吃辣，实在没有菜就以辣椒下饭，有一种线椒过了油后，特别香，吃着简直有肉味。

随着获的讲述，林的不安和扭捏消失了。获的模样变了许多，比之前更瘦了。他知道战时的伙食不好，大家都在忍饥挨饿，可她兴致勃勃的，好像并不以此为苦。他想，一个人从故乡出走后，自会渐渐地与以往不同。他沉默地聆听着，脑海里，那些场景被一点点放大，拼贴而成连续的画面。他还想知道更多关于她的生活，那种地面上的生活，那种平凡的日复一日，她是怎么度过的。他因为自身远离了那种生活，而对此充满好奇。

有一刻，他甚至遗忘了战争，忘记自己身上背负的使命，忘记云朵之下的国土上大屠杀正在进行之中。这短暂的遗忘让他品尝到了孤独的滋味，比在天上的时候还要孤独。特别是在夜里，当端坐在那些仪表盘前，听着发动机发出的轰鸣声，他感到自己与这个世界正在失去联系。

镇西驴子溪的水，清可见底。他们终于走到那溪边，彼此都有些尴尬，好像是无路可走了。两岸山体碧绿，如友人相对。自然永恒地静止着，人世的杀戮和破坏还在持续不断地进行之中。

几天之后，他接到紧急任务，去轰炸敌方某处重要的军事设施。他立即跑去学校找她，非要见她一面不可，强烈的意念促使他冒险离开队伍。他丧失了最后一点理智，宛如一匹烈性马驹，在通往马项垭的土路上横冲直撞，扬起的尘灰使得眼前一片模糊。

那座临时搭建的校园，处处显示出因陋就简的模样。她授课的那间屋子就像是座破落的宫殿，除了顶棚勉强可遮雨，其余四处漏风。这是他第一次见识她的工作场景。她站在讲台前，双手捧着课本，以一种中等偏慢的语速向学生们描述每条河流的走向。当谈及那些亘古不变的山川之时，她的语速较先前变得更为缓慢而延宕。而那些或极端或温和的气候，就像一个活生生的人，在她的讲述下充满了命运的必然性。而当试图描述天上那变幻莫测的云系，她的神情又洋溢着孩童的天真。

那块小黑板上，两行秀丽的字迹映入林的眼帘：

水始冰，地始冻。

风有信，花不误；岁岁如此，永不相负。

他反复默念着那几句话，好像那不仅是对自然世界真相的描述，而是另有所指。那一刻，他的不安完全消失了。荻或许觉察到了他的到来，但没有终止授课。

当重新回到天上，回到那个逼仄的机舱里，面对着仪器和罗盘，他又恢复了那种持久的专注力。

生命的最后一刻，林想起一支歌。那支不能唱出的歌，在故乡的黑土地上被禁多年，那一刻，终于从他嘴里哼唱而出。旧曲成调，好似某种召唤。

眼前浮现出采冰人的身影，荻站在那座宫殿一样的房子里授课，很快，这些身影都消失了。飞机在猝不及防的坠落中，去与死亡的丛林接壤！

5

胜利的消息还要晚一年才传来。

那年秋天，获接到林牺牲的噩耗。随遗嘱一块寄来的还有那些信，厚厚一大摞，有完整的书写地点和日期，但没有称呼和署名。获知道是写给她的，她知道得太晚了。获夜以继日地读信。白沙镇黑暗的夜晚，烛光下的获走进那个纸页般脆弱而窸窣作响的世界。在此之前，她并不知道那个世界的存在，当知道的时候，它已经被炸得粉碎，成了尘埃中的碎片。

　　她从来都不知道，一个人的肉身可以毁灭到这个地步，彻彻底底地消失，不留一点痕迹。那些天上的画面在获的脑海里毫无意义地定格，她并不相信他们是去了那个世界。事实上，是那个世界摧毁了他们的肉身。

　　那些日子，获除了给学生上课，便躲在屋子里读信。她变得面黄肌瘦，青春的光彩一去不复返。她对自己的容颜越来越不在意，认为那是所有消亡事物中最无意义的。

　　获重新回忆了与林的最后几次见面。因为那些信件的出现，她感到自己可能错过了太多，但随着回忆的深入，她又变得模棱两可，或许林压根儿就没有要向她表白的意思，他只是在信里袒露了一切。她开始对他的爱充满怀疑。于是，她夜以继日地读那些信，却一无所获。

　　她只想让他亲口告诉她；只要他开口，她不仅允许，还将报之以热烈的回应，她没有什么可顾虑的，林也不应该有，既然生命随时随地都有可能失去！

　　白沙镇的夜晚一片漆黑，获想起很久以前的某一天，他们还在江南的时候，她，Y，还有林，一起去郊外爬山的情景。

那是一座无名荒山。早春时节，山上不见砍柴人，也没有农夫的影子。山林里有一股奇异的清香，或许是那些树叶、泥土、蕨类植物散发出来的。一开始，他们三个齐整地走在上山的路上，都有些莫名的兴奋。

后来，获被兰花的清香所吸引，往背阴的地方走去。Y正好想要一根枯树枝，但没有柴刀，或许守林人的小屋里有，他要找到那个地方。只有林显得不知所措。

他说，那我就在原地等着你们吧。

那天，获没有寻到兰花，她只是闻着那些清香，却怎么也找不到它们。Y大概找到了守林人的小屋，取到了柴刀，但没有找到枯树枝。后来，获感到自己走远了，想要返回的时候，却怎么也找不到原路了。他们各自度过了在山上的时间，回去的时候都有些隐秘的兴奋，但谁都不愿提及。

后来，获常常想，如果没有战争，他们或许不会走到一起。在战争中，人们可以很快地爱上一个人，然后抛弃她，是命运让他们这么做，他们别无选择！

胜利的消息传来时，获正处于高烧之中。整个白沙镇被喜庆的声音淹没，那些声音的涡流震得窗户纸嗡嗡作响。房东一家都跑到街上去了，连两岁的孩子也带出门去了。获打开收音机，那里面也是人声鼎沸，所有人都在唱歌或跳舞。

获走出门，来到大街上。天黑了，广场上到处都是游行的人群，到处都是火把。有人认出了她，将她拖进他们的队伍中。那些将被子点成火把的人，走在队伍的最前面。一路上，不断有新的火把被点燃，火光照亮了半边天空。所有人都在大声说话或疾呼，但没有人听得见对方在说什么。

获感到自己如在梦中，并明显地感到这个梦随时可能结束，胜利的消息也极有可能是假的。她紧跟着狂欢的人群，随着他们嘶吼，歌唱，哭泣。他们使劲地摇晃着彼此的身体，或者干脆紧紧地拥抱在一起，又是啼哭又是狂叫。有人喝醉了，将脱下的衣服绑在木棍上点燃，火苗从木头上绽放出来。身旁的人不顾一切地去捕捉那火焰，想把它永久地握在自己的掌心里。

没有人抬头看那天空。在狂欢的人群的头顶上，夜空就像一个巨大而虚无的伤口，沉默无声地打量着大地上发生的一切。

获被人群所推搡，滚烫的身体像一截马上就要被点燃的木棍。她行走着，忍受着灼热与酸痛。她瘫倒在地上，那些泪水从眼角处滑落，几乎烧到了她。她躺了很久，Y和林都没有出现。她终于意识到眼下发生的一切是过去从未发生过的。结束了，一切都结束了。胜利的消息持续了太久，丝毫没有被打破的迹象。

这一回，获清清楚楚地知道自己并不在梦中。

须臾记

即使在恋爱中，人们也有一种赴死的欲望。我说的是欲望，而不是行动。我就没有行动，只是想想而已，非常猛烈地想。当我站在第二十三层高楼上往下俯瞰时，我就想此刻如果掉下去，那就一了百了，什么烦恼都没了。可我不会让自己掉下去，哪怕只要轻轻一跃，随便跨出哪条腿，我就能结束自己，是真的结束，一了百了。可我不会的。我怕疼。当身体的某一部分接触地面时，我肯定会疼，那一刻的疼痛会让我龇牙咧嘴，无力承受。哪怕，死亡接踵而至，摆脱也是瞬间的事。可我还是不能忍受那个过程，我想象着那种疼痛，对那种疼痛的想象让我害怕。所以，在我身上，死亡只是一种想象，它不会成真。在有些人身上则是可能的，他们主动结束生命，让一切成为谜。

我还没有失恋，我们的关系还相当好，至少表面上如此。我们认识了三个月，这三个月很漫长，比过去的三十年还要让我难以忍受。我感到他马上就要对我不耐烦了，或许他已经对我不耐烦了，这真让人沮丧。他越是对我说更多的好话，越是柔情蜜意，我就知道离这一天不远了。

我们约好在这个第二十三层餐厅吃饭，同时一起吃饭的，还有我的两个女性朋友。我们见面不多，谈不上有多好。她们都是单身，且长得不错，不是有多好看，而是看上去还算舒服。主要是年轻。其中一个人遇到了一些麻烦，另一个是陪她来的。之前，我们四个人已经吃过一顿饭了。那个需要帮助的人，我暂且叫她小艾，陪小艾一起来的那个女孩就叫小麦吧。三天前的那次吃饭，小艾在饭桌上忽然哭了，含着眼泪问他有没有办法帮她。他犹豫了一会儿，马上答应了。或许，他连犹豫都没有，他就等着她来和他说这个事。如果她不说，他说不定还会失望。而且小艾哭了，她居然哭了，在他面前哭了。我真不知道她怎么这么能哭，还是在一个初次见面的男性面前。好像他不是我的情人，而是小艾的。我不知道他为什么要帮她，那个事情挺棘手，搞不好会得罪人。他后来告诉我的理由是她是我的朋友，朋友有难，理当帮助。他这是帮我呢。好吧，这真是一个让人无法拒绝的理由。我总不能说，相比于爱情，我才不在乎什么友情呢。我实在无法忍受当我和他在一起的时候，还要和别人在一起。这是第二次了，我像个傻瓜那样坐在饭桌前，无所事事。我们不能公开关系，因为他有家庭。而我也有。有时候，我会忘记我有家庭的事实，而他总在提醒我，告诉我要保持理智，不能让任何人知道我们的关系。尽管一开始的时候，我也这么说，当见面的时候我就忘了，而他却记得越来越清楚。

现在，我们四个人坐在一个包厢里吃饭。小艾，小麦，我和他。小艾在说话，说感谢他的帮忙，没想到事情那么顺利，尽管才见第二面，可像是认识了很久似的。小艾惯会煽情，也挺能说，这让他感觉很好，忍不住说了许多陈年旧事。那些事也是他和我在一起时说过的。我在边上听着，不得不听那些话，心里略有些厌烦但还能忍受。我在忍受他们的交谈，有时候我会有一种奇怪的第三者的感觉，他们在约会而我是多余的。

我不得不一直坐着，保持适度的微笑的表情，我能感觉到自己脸上的这种表情，有时候我会在镜子里做出这种表情。我对这样的自己充满了厌恶。深深的不可抑制的厌弃感。我什么也没在听，而她们听得津津有味，还不时地赞美和询问几句，引得他说出更多，连一些我从不知道的事情，他也说了。我越来越觉得自己是个局外人，我的情人在和别的女人谈笑风生，而我像个傻瓜似的坐着，还不时地附和几句，让人觉得这一切毫无问题，我和他毫无问题，什么事情也没有。

我和他坐在餐桌的同一侧，隔着恰当的距离，空气隔绝了我们。我们对面坐着小麦和小艾，有几次，我无意中看到他对着小麦或许是小艾流露出了那种在我面前也流露过的迷人的微笑。在此之前，我是为这样的笑容着迷的，觉得它只属于我一个人。当我想他的时候，我想的就是那些笑容。现在，它们让我感到一阵恶心。当那些笑容一旦成了广告上的笑容，我想死的心都有了。

我在想那个平台，怎么让自己爬上去，哪一条腿率先跨出，另一条怎么跟上，而我穿着裙子。这种时候，我真不应该穿什么裙子。我还无法改变和他约会时穿裙子的习惯。他说喜欢我穿裙子，他说这话是我们第三次约会的时候，我们在汽车后座上，他从裙子后面进入了我。那时候真美好。我真应该在那个晚上死去，而不是在此刻。今晚他根本没看我一眼，好像是为了摆脱与我的关系，他连看都不看我一眼。

我已经死去了一回，我在心里把自己杀死了，不留痕迹，而他们在谈笑风生，什么都不知道。那个我爱了三个月的男人，此刻与我无关。为了证明我和他的确毫无关系，我还不能有任何的异常举动，我得表现得得体、礼貌，无懈可击。他已经把我忘了，尽管我就坐在他的身边。即使没有这两个女孩，总有一天他也会把我忘记的。这是迟早的事。他不是故意的，这种情绪也不是他自己能够把握的。男人们总是渴望一些新鲜的聊天对象、新的崇拜者，这让他们觉得带劲。男人们都很愚蠢，女人们为了得到爱情，只能假装更愚蠢。可这都没有用，她们依然免不了被弃的命运。

这个世界上根本就没有爱情，你不付出真心，别人就拿你当宝。而现在，一切都太晚了，他肯定还会和别人说，是我主动勾引了他。如果他和这两个女孩中的某一个有所发展的话，他肯定会把这个话告诉她们。他在我面前就说起过单位里某个女孩，怎么勾引他又被他拒绝了。他总是扬扬自得地说着这些，肆无忌惮地嘲笑那些女人，以此彰显自己魅力无限，却不轻易动心，只对我一个人动心。

以前每当听到这些话，心里虽有些腻味，可那时候我们如胶似漆，一切都能忍受。对他的任何行为，我都能容忍。因为我爱他。我不知道我能爱到哪个程度，容忍他到哪个程度，今晚这个局面像是对我的一个挑战。

我看着面前的这两个女孩，就像看着天外来客，我不认识她们了。我仔细地观察着她们，可她们的目光完全被他吸引了，根本就没有注意到我的存在。他谈性正浓，就像一个长期缄默不语的人忽然迎来了话语上的高峰期，在他体内藏着一个替他讲话的人，他乖乖地被此摆布。他的脸微微发红，眼神直愣愣地，轮流看着她们中的这个或那一个，暂时看不出他对谁更关注些，更喜欢一些。我不得不说，当有男性在场的时候，女性们的表现都异常出色，充满着柔情蜜意，好像这个世界是一个处于丰盛期的果园，等着纯洁无邪的人们去采摘。

这一切多么可笑。四个人中只有我是清醒的，我不动声色地观察着、等待着，桌上已杯盘狼藉，可他们毫无散场之意。话语像高速公路一样无限延伸，无穷无尽。在这种情况下，刹车是危险的。除了等待，我什么也做不了。我不让自己发声，我试图以沉默来吸引他的注意力，或者以一两句没头没脑、毫无意义的话让他分神，提醒他结束。快结束吧，我要回去了，一刻也待不住了。

我离席去了卫生间，我真想一走了之，可我的包还在座椅上，那里有我的钥匙和手机，有我日常生活所需要的一切。如果我取不到它，即使顺利逃离，也不可能返回从前的日子。可我又不能取了它，再若无其事地走掉。这显得冷静从容，充满预谋，我不能给人留下这样的形象，不得体的形象，这种时候我还在顾全自己的形象，显然我还想和他继续下去，我还爱着他，不想让他难堪。不想让这一切败露。时间流逝得非常缓慢，我已经查看了无数遍手机，而今天那上面的数字好像黏滞在一起，不像之前那样行动利索。

如果只是沉默，自始至终一言不发那也算了，可是，当我从卫生间返回饭桌前，就发现气氛变了，有人在提议真心话大冒险，不是提议，是他们已经在这么做了。这或许是那个叫小麦的女孩提议的，我看她眼眸含光，充满兴奋，大声嚷嚷着，好像喝高了。其实我们滴酒未沾。也有可能是他提出的，他这个人其实挺八卦，之前和我在一起没少聊别人的私事。一有机会他从不放过这样低俗的快乐。我不知道在我出门去卫生间方便及站在平台上冥想这段时间里他们聊了什么，话题出现了怎样的转折，总之，我一回来，气氛就变了，变得愈加融洽，且充满黏稠的气息，更多的荷尔蒙被释放出来，好像这三个人相识多年，而不是第二次见面。

她们让他谈隐私，到底喜欢谁，快说。他说没有喜欢的人，真的没有。他说得一本正经，好像是真的。她们自然不相信，一定要让他说，说他这么帅的男人怎么可能没女人喜欢呢。他还是说没有，说自己这么多年，一直没有遇见喜欢的人，他当然希望能遇见，他在等待，说不定哪天就有了。他说得就像是真的，与平时和我说话的语气一模一样。我就坐在他边上，而他说没有，说自己根本就没有喜欢的人。我知道这种场合是不能说真心话的。谁也不会傻到把自己心里想的原封不动地说出来。既然不能说，这样的谈话有什么意义？他为什么要默认这样的谈话，并乐于卷入其中？

可我知道，他是喜欢这个话题的。至少并不反感。他告诉她们自己目前并没有喜欢的人，是要让她们中的某一个放心地对他产生好感，还是为了表明他与我毫无关系？他当然明白一旦她们知悉我们的亲密关系，就不会用那种崇拜的眼神看着他了。男人女人都一样，谁也不会在与自己毫无关系的人身上浪费情感，甚至连赞美都显得吝啬。

我承认自己想多了。当我一言不发的时候，我就在想这些。我无法不想。我在一种危机里，随时面临失去他的可能。这个我只爱了三个月的男人，我依旧爱，还想爱下去，一点也不想不爱他。

她们终于想起了我。她们此刻才想起了我，意识到有我这个人的在场。小艾问我有没有喜欢的人，喜欢谁。或许是小麦问的。我记不清楚了。在那种状态下，我不可能记得太多。谁问都不重要，反正她们想知道这个答案。或许，她们谁也不在乎这个答案，只是随便问问。我说当然有啊，一个人怎么可能没有喜欢的人呢。我对自己的回答感到吃惊。我从她们的吃惊里确认了这一点。我几乎是不假思索、脱口而出。其实也不完全是。潜意识里，我是想告诉她们，你们津津乐道的这个男人是我早就爱上的，他与你们无关，他是我的，永远是我的。我这么说，他似乎也吃了一惊。我从他身体微弱的震颤中感觉到了。他终于感觉到了我的存在，当我说出那句话时，他的身体感觉到了我的存在。我感到他依然爱我，应该是的，这种感情不可能说没就没了。此刻，它在他心里被唤醒了。他当然知道我不会说出他，除非我疯了。果然，他没有说话，不再像刚才那样反应激烈，而她们开始拷问我这个男人是谁，叫什么名字。我说我不想说，我为什么要告诉你们呢？她们就问，我们认识吗？我说，你们不认识的。我开始撒谎了。我继续说，他是外地的。我也并没有完全在撒谎，这时我忽然想起在他之前我曾爱过的一个人，那个人就在外地。那个人我已经不爱了，就像他已经死了一样和我完全无关了。

爱一个人其实就是见证一个人在内心慢慢死亡的过程。一旦爱上，这个过程就不可阻挡。死亡也不可阻挡，同时死去的还有自己，自己身上的某一部分。

她们真正感兴趣还是他。在一场短暂的由我引起的沉默之后，她们再次把话题引到他身上。我知道她们并非想要问出点什么，只是喜欢和他说话，对他感兴趣，这也是场面能一直维持下去、毫不衰竭的原因。

就算现在没有喜欢的人，那以前总有的吧？她们中的一个在问他，另一个不失时机地附和道。整个晚上，她们的形象和声音已经交织在一起，结成了顽固的同盟，让我分不清到底谁是谁。

这一次，他认真地回答了她们，说在日本出差时遇见一个女孩，那个女孩爱上了他，想要和他结婚。他说他既然不可能和她结婚，就不应该招惹她。他不招惹她的原因不是因为不爱她，而是不能和她结婚。凭直觉，我并不认为这就是事情的全部。我也是第一次听说此事，之前，我对他的情感生活一无所知，也不想知道。他的过去和我无关，和我有关系的是今晚，我如何能让他依然爱我，把他的注意力从别的女人那里吸引过来。我觉得这很难办到，根本办不到，我对需要努力的事情总感到厌倦。

我忽然对这个夜晚充满了厌倦，我对所有需要从嘴里说出口的话语都感到了厌倦。它们没有一句是真的。可问题在于，我认为他说的每一句都是真的，至少说出口的刹那是真实的。真正让我不舒服也最放心不下的是那一句，他说他目前并没有喜欢的人。他就是这么说的，还把这个意思重复了好几遍。这即使不是他真实的状态，也是他渴望抵达的状态。没有喜欢的人，便没有可能纠缠他的人，他的生活就有别的可能性。

他快速而利索地讲完了那个日本女孩的故事，带着一丝无辜和歉意，看着她们，对着她们微笑。这就是全部吗？她们娇嗔地问道。他点点头，说，我没有情感故事，这就是唯一的故

须臾记 | 167

事。她们自然不相信，说这个故事不算，根本就无关紧要嘛，快讲一个别的，劲爆点的。

这是小麦的声音。我终于听出了她的声音，显然，相比小艾，小麦对他的兴趣更大。或许，对我和他之间的事，小艾是知道一点什么的。至少是感到狐疑的。而小麦是小艾的朋友，是跟着她来的，和我没接触过几回，本来就不太熟。

他说没有了，是真的没有，他也希望能有点什么，有一个值得牵挂的人，想来也挺好的。我几乎听不下去了。我感到了绝望，很想站起来问他，那我算什么？你还爱我吗？如果不再爱了，那我立即从这个门里出去，或者从那个平台上跳下去，我相信自己可以做到，只要努力一下就能做到。我不会让自己痛苦太久的。

他不说话，有一刻，他微微侧了侧身，看着我，微笑，那种眼神。那种乞爱的眼神。我的心瞬间软了，我心疼他。我还爱着他，比以往任何时候都爱。

那天，在那个湖边的房间里，一切都很仓促，他忽然抱住了我，亲吻我。他的动作和语气与平常完全不同，充满了激情，战栗，还有语无伦次。他问我喜欢他什么，连在做爱的时候，他也一直在问那个问题。我很生气，觉得那样的问题根本没有一问再问的必要。可他停不下来，不停地问，同时一次次地进入我。我似乎回答了他，又没有。我的答案很混乱，就是爱嘛，是一个女人对一个男人所能产生的本能的强烈的兴趣，想要和他交谈、亲吻、做爱。就是这些。这有什么好说的。至于爱是什么，我哪里知道。我要是知道就好了。我要是能控制它就好了。我就可以潇洒自如，来去自由了。

后来每一次当激情勃发的时候，他都要这么问，问我为什么喜欢他，好像这不是一个需要回答的问题，而是做爱时的仪式。有时候我回答他了，有时候却没有，那种时候我自己也是头脑昏昏，整个人完全不知被什么东西控制住了，只留下汹涌的身体的激情。无疑，我喜欢他在那种时候说的那些颠三倒四的话，毫无意义的话。无论他说什么我都喜欢听。当讲那些话的时候，他的声音都变了，嗓音里充满醉酒的气息，平时的理性和冷静消失得无影无踪。他变得脆弱、多疑，像个孩童那样对一切充满了不确定和暴怒。我真想时间永远停留在那一刻，哪怕就此死去，哪怕失去生命中最珍贵的东西，我都愿意。

此刻，我脑海里全是那些画面，我们在一起做爱的画面。那么美好。我几乎流泪了。可他已经忘记，至少此刻不会想起。人们永远也不会在同一刻想起同一件事，哪怕是相爱的人。他的注意力完全被她们吸引，他渴望得到她们的爱，两个陌生女孩的爱，随便哪一个都可以，即使不是爱，一点点崇拜或好感都可以。那都是他想要的。

他忽然轻轻推了我一下，或许并没有真的触到我的身体，只是侧过身来看着我，对着我说话，征求我的意见。之前，他的目光一直在对面的这两个人身上移动。我茫然地回望着他，没有吭声。我不知道刚才他和她们说了什么，她们的反应自然而平淡，脸上曾有过的激动情绪已经平复，其中的一个已经低头玩起了手机，另一个在对付盘子里的一条鱼。而我几乎还没有吃什么，我的肚子是空的。此刻，他才想起我了，他并没有忘掉我的存在。

他的情绪忽然变得暗淡，我能察觉到那种变化。我对他身上可能出现的任何反应，都有良好的觉察力。他也开始低头吃东西，或许是一条鱼，或许是别的什么。总之，那都是些需要认真去对付的东西。他开始专心吃东西，而不说话。之前，他说的太多了。此刻我真想去握一握他的手，那只宽厚绵软的手掌与我咫尺之遥，只要它被我握在手心里，就能听见我的心里话。可我不能这么做。她们都在边上。我无法这样去做。而他也没有显示出这方面的意愿，只是低头，我看不见他的脸，也不知道刚才发生了什么，或许什么都没有发生。他和她们只是陌生人，是第二次见面，说了一些热情的话，但很快就冷下来了。

我为之前自己激烈的情绪变化感到内疚，是我想多了，他并没有移情别恋，或者说即使这样想过，也很快发现这很难办到。当然，他还没有从刚才的兴奋中缓过来，此刻的沉默是对那种状态的纠正。在没有找回妥当的说话方式前，他是不会张嘴的。

无人说话的四个人的空间显得局促而尴尬，我想打破这种窘境，特别是这窘境很有可能是他带来的。我宁愿自己是这个窘境的制造者，而不是他。我心疼他，这一切不应该由他来承受。

我都不知道自己是如何开了口，总之，我滔滔不绝，讲了很多。显然，他对我忽然表现出的谈话热情感到吃惊。她们也是如此。我主动讲了一个恋爱故事，故事的主人公是我，这是让她们感兴趣的唯一原因。气氛再次变得欢乐而兴奋，充满黏稠的气息，她们把注意力都集中到我身上，而忘了他。我的含糊其词让她们不满，也被视为不真诚的表现。她们一再表示抗议，要我说出更多，而他则微笑着不置一词。我忽然感到不安，怕他以为那些故事都是真的，他会相信的。他已经相信了。

　　可我已经顾不了那么多，只想结束这一切，把这个故事讲完，然后离开。跟他一起离开。我们还有一些独处的时间。他会把我送回家的。在回家的汽车上，我们或许还会做爱。如果我们做爱了，那就表示一切都没事了，所有不好的事情，都会被原谅和遗忘。做爱表示我们还处于恋爱之中，这也是我喜欢和他做爱的唯一原因。只有在那种时候，我才能感到他的爱，他以全部身体爱我，呼唤我，占有我，没有丝毫杂念。

　　终于结束了，我穿上外套，第一个从包厢里出来，小艾和小麦紧随其后，而他大概去前台买单了。我们在电梯口等他，我希望此刻是我一个人在等他，这样当电梯来的时候，我就可以挽着他的胳膊走进去。从二十三楼到一楼是一个漫长的坠落的过程。有他在我身边，我大概会觉得容易一些，不再那么害怕。

　　自从爱上他后，无论做什么事情，我都想让他在我身边。没有别人。我只要他。我只想和他在一起。我无法忍受和他在一起的同时，还有别人。电梯下行的时候，他就站在我边上，同时他也站在那个叫小麦的女孩身边，似乎还对她笑了笑。

要结束了，这个晚上马上就要结束了，我安慰自己，这没有什么，他们依然是陌生人，她们不会爱上他的。爱不会那么容易发生。爱一旦发生了，很快就会结束。我羡慕所有能成为他朋友的人，永远可以和他交往的人，比如眼前的这两个女孩，但我不在此列。我很明白自己不在此列，我已经没有退路。我爱了他，除了爱，剩下的就是死亡。

我感到自己随时可能死去。死对我来说是容易的。如果没了爱，剩下的就是它了。

她们是自己打车回去的。他没有坚持要送。我如愿坐上他的车。我坐在副驾驶座上，他的手没有如往常那样放在我的大腿上。我们的身体隔得很近，而他的心还需要一些时间才能回来。或许永远也不会回来了。

此刻，街上车辆稀少，行人全无。他的车子比往常开得慢，他的心思根本不在驾驶上，每到一个拐弯，他便显得猝不及防，不知该去往何方。终于，他把车子停到公园门口的树荫下。这一刻终于来了，确定无疑地到来了，这个夜晚太难熬，可还是结束了。我的眼泪下来了。我为自己终于熬过这一夜而欢喜，而无限感慨。

这一路上，他都没有说话。她们谢绝了他开车相送的好意，他也没有坚持。如果我不在场，或许她们就不会谢绝，而是接受。今晚的场景不可能再出现了，她们也不会再和他相遇、交谈。人的兴趣说没就没了。

我们还能回到今晚之前的日子吗？还能像从前那样亲密无间吗？对此，我已经不抱什么希望了。最好是这样。任何希望都不要有。显然，他的心还没回来，还在宴席上逗留，还在那两个女孩身上流连。他绝不承认自己缺乏魅力。这一切，只因为我的在场，我是罪魁祸首，我成了他施展魅力的阻碍。

黑暗中，他发动引擎。车子离开树荫，一直往前开，它开在一条没有红绿灯的道路上，它开过田野，开到郊区。周遭没有高楼，没有立交桥，也没有灯光。只有仪表盘上的红光在他的脸庞上闪烁。我希望他永远开下去，随便开到哪里，一直开，不要停下。他似乎也有此意，车子行驶带来的风和速度让我们暂时遗忘了一切。

尖锐的刹车声忽然响起，我身体一震，脑袋差点撞上前面的挡风玻璃。他也被此吓了一跳。面前是一堵高耸入云的墙，深绿色的防护网围着一个正在施工中的建筑工地——它们的出现，硬生生地将道路拦腰斩断。他低声咒骂着什么，一连串污言秽语从他嘴里不断地冒出来。他还觉得不过瘾，熄掉引擎后继续谩骂不休。

他亲自撕碎了三个月来，在我面前所勉力维持的斯文形象。他根本就不是一个斯文的人，从来都不是。现在，他终于变回真实的自己，他舒服了，无所顾忌了，那样似笑非笑地看着我，似乎在等待我的反应。

很多年后，当回想起这个夜里所发生的一切，我对自己的想法看得更加清晰了。人们通常以为欢乐、激情、彬彬有礼才是爱情的模样，拼命地去追逐那种东西，殊不知，爱情的面目往往隐藏在光亮背后的阴影里，或者说，它的出现从来都是携带着阴影而来。

回去的路上，我感到自己比出门时自由了很多，他应该也有同感，但愿这不是幻觉。

明月夜

　　这个夜里，朱曼妮坐在餐桌前，独自饮酒。隔壁屋里好似有模糊的声响传来，那个小男孩，他在做什么？也和她一样孤独地饮酒吗？他与她虽只隔了一堵薄墙，却好似隔着一个国度那样遥远。或许，一墙之隔的地方并没有什么人，一切只是她的幻觉。他根本就不存在，即使在，也不会来敲她的门了。

　　这是她早就知道的事。

　　窗外，风也像个醉汉，跌跌撞撞，无休止地吹刮着。秋天的风这样迅猛、强劲，实属罕见。曼妮在心里嘀咕着，却毫无刨根究底的意思，对很多事情，她早已习惯于接受。这天是中秋节，一大早，姐姐就喊她一起吃晚饭。她撒了谎，说早就与同事小玫约好了。其实，自那次饭局后，她们再也没有联系过。

她要在自己家里吃，她要独自一个人吃。今晚的饭菜是精心准备的，一对阳澄湖大闸蟹，半斤基围虾，白灼秋葵，脆皮豆腐，装菱角的盘子里蓄着一层亮汪汪的葱油。酒是青梅酒，还是去年冬亲手酿造的。这几年，为了促进睡眠，她开始少量饮酒，常常感到无法克制。

酒液在她的口唇与颊齿间充溢，慢慢转换成另一种滋味，她含着它们，品咂着，舍不得将它们快速咽下。她饮下很多，逐渐感到脑袋昏沉而涨，四肢的无力感随之而来，一种酸涩的液体在全身的血管与经络之间，逐渐漫溢开去，进而控制住了她。

几案花瓶上插着数枝从月河花鸟市场买回的香水百合，花枝呈斜面切口，尽可能增大吸水面积，并加入维生素片以保证营养，这是她从植物书上学到的知识。书上还说，普通百合科花瓣上的斑点，在香水百合上是见不到的。

她喜欢香水百合，只是很少买。此刻，已进入微醺状态的曼妮，从餐厅转移到客厅的双人沙发上。百合那略带些甜味的香气拥塞在客厅和餐厅相通的空间里，挤挤挨挨，由于前后窗户都半敞着，倒不至于让人感到透不过气来。灯光下，她的左侧脸颊上似有隐约的笑纹浮现，光影遮掩了倦意，瑕疵也被完好地掩藏，整个人看着勉强还可见出三十几岁时的轮廓。她的手脚是瘦长型的，身体也是，尽管这二十几年来缩短了好几公分，大致意思还在。

一时间，她只感到陷于软窝中的身体被拖曳着往下坠，轻飘飘地下坠，但有一个东西托着她，厚实绵软的东西。或许是只靠垫。当再次睁开眼睛，墙上时钟显示八点一刻，她一阵失望，以为睡了很久，把整个晚上轻松地睡过去了。

经过短暂睡眠的洗礼，饮酒带来的昏沉感消退了。她脑子空空，醉酒之前留在里面的东西似已忘记了大半。窗外天上的云层已经化开，絮状物晕散开去，云絮中露出的那点蓝，格外耀眼，像是发光体。或许，月亮就在这云层后面躲着，随时飘移出来，与众生相见。

那边屋里静悄悄的，窗帘缝隙里透出的微光让她确信他就在里面，和她一样，他也没有别的地方可去。

自参加工作、住进这间由单位分配的房子里以来，曼妮便再也没有挪动过。二十多年过去，房子也像一个脆弱、经不起折腾的人，老化得厉害。外墙所贴的浅蓝色马赛克剥落近半，内墙壁很薄，隔音效果差，而下水管道老是堵塞。这些年，同事们陆续搬走，本来，曼妮也可以搬走。当年她相中一套位于市郊的高层单身公寓，首付款都准备好了，可到最后关头，她又犹豫了。

她去看过那个房子，她看到的是菱形铁丝网，交错搭建的脚手架以及墨绿色的细网格，想着自己从此之后也要被塞进某个格子里，一个人用余生去填满那个孔隙，她哆嗦着改变了主意。

朱曼妮眯着眼，把屋中陈设一样样，慢慢看过去，暗自欣赏着。这个七十多平方米的居室是她在人间的天堂，全部按照自己的喜好来设计和布置。墙壁被刷成淡绿色，窗帘是同色系略深的棉麻布，屋内处处都是那些费心淘来、半新不旧的东西，每一样都于她的审美相契。

这是她自己的空间，只属于她一个人，就像身体肌肤那样亲切。

隔壁是单位公房，供新来的同事暂住。曾经有个时期，她和几个单身女孩打得火热，秋天登高赏菊，春天白云寺踏青，雪夜喝酒闲谈，什么好事都不舍得落下。那时候，她们年轻、活力，浑身上下有使不完的劲儿。无论看到什么稀罕事儿，都想大叫一声。再后来，她们一个个陆续搬走了，好像是一下子走掉的。

这个夜晚，朱曼妮的脑海中浮现出其中一两位的脸，可怎么也记不起名字。那些人大都已经调走，也有辞职走掉的。时间过得太快，她仍然记得自己第一次来单位报到的情形，那天天气很热，总务将她领进阴暗潮湿的楼道里，将钥匙递给她后便走开了。屋子很凉，一进门便有凉意扑面而来。屋里没有任何装修，灰色的水泥墙面，地面和梁柱也是灰色的，充满着简陋的被遗弃感。她花了很多时间，一点点，搬进很多东西，做了很多改变，才慢慢将这个屋子变成一个温暖的家。许多时间和精力都花在这上面了。朱曼妮不太敢想关于时间的事，她度过的所有时间都藏在自己的身体里，一清二楚，可以随时调出来查阅。

遥远的天际，云朵玉兰一样舒卷、绽放，形态分明。晚风送来隐隐的桂香。没有月亮，月亮仍隐在薄云后头。

阮老师教信息技术，朱曼妮的电脑中了病毒打不开文件，还有一次忽然黑屏，都是请他帮的忙。自去年八月进单位后，他一直住在她隔壁。一开始，失眠的时候，她会想他是离自己最近的人，如果发生什么意外，或许可以向他求救。

她叫他小阮——有一种形似月琴的乐器也叫阮——当她这么叫他的时候，心里好似含着一种怜惜，像是那种古老乐器发生的声响在心里头荡漾。

新教师的欢迎仪式上，她一眼就看出这个男孩的与众不同。小阮高个儿，大概有一米八几，却习惯性地低头、曲背，好似要把自己深藏起来。两人楼道里遇见，他总怯怯地叫一声，朱老师。高大的身体尽管缩了又缩，还是塞满了整个楼道。她很想去摸摸他的头顶，告诉他不要紧张。其实，他也不是紧张。他眯眼、敛笑的神情给人的感觉是过分乖巧了，比女孩子还要乖。

他当然是安静的，除了傍晚时分在厨房间炒菜；他几乎天天炒菜，那烟油里散发出的食物香气，通过厨房间的窗户一股脑儿跑到她的屋子里来。

此刻，朱曼妮斜靠在阳台栏杆上想起男孩的模样，一种无法言说的感觉涌上心头。那边屋里静悄悄的，可她更强烈地感到了他的存在。今天，他一直待在他的屋子里，没有出门，也没有访客到来。

如果没有发生那件事情，她一定会请他一起过中秋，顺便再叫上一两位单身同事作为陪衬，想必他也是愿意的。她还为此查过菜谱，列过菜单，并试做过一两样，其中有传统名菜，也有她刚从电视里学来准备推陈出新的。

事情发生在一个月前，同事小玫请客，请了她，还有两位新分配来的男同事，其中一位就是小阮。小玫说要把小阮介绍给她的侄女，另外，她侄女还会带单身闺蜜前来。事情这么安排，是能让人充满期待的。可是临了那个在外企上班的女孩有急事来不了，闺蜜自然也不能来。本可以改天再聚，或者干脆取消，可小玫不肯，说包厢都已经订好了，一定要聚的。尽管只是个小包厢，可四个人吃饭未免显得空荡，两个男孩落座后，都有些心不在焉的。她们有事来不了了，下次吧，下次再聚啊。小玫的解释显得潦草，好像这事是假的，根本就没有什么女孩会来。面对一桌美食，男孩们闷头吃饭，偶尔抬头凝望，眼神干巴、躲闪，一副无聊相。小玫却不管不顾，一直在笑，大声劝酒，干杯。唇上沾着干巴巴的玫红唇膏，色彩形状都颇显突兀，好似硬生生地涂抹上去，随时可能剥落下来。瘦削凸出的颊部一片白腻，白上沁出一层油光，任厚重的粉底也遮掩不了。当小玫把那只涂着红色蔻丹、青筋微突的手搁在小阮身旁那男孩的肩膀上——一个看似随意的动作，好似那肩膀只作为椅子扶手而存在，没有任何别的用途，那男孩的反应未免让人吃惊。他忽然起身，抬起胳膊，机敏地敬酒，来来来，我要敬阿姨一杯，谢谢阿姨热心款待。

朱曼妮低着头，悬垂的心脏跟着往下沉。她当然是看见了这一幕。那只老去的旁逸斜出的胳膊，就此失去了安放地。

阿姨这么厉害啊，酒量这么好，叔叔怎么受得了哇，是那个男孩的声音。他是新来的音乐老师，长着一张港台明星的脸，油光光的脸和头发，小眼睛，瘦削下巴，不像个老师，倒像个街头混混。朱曼妮浑身发抖，比她自己受了屈辱还难受。小阮就坐在她对面，她看到他也在笑，笑意被拙劣地掩饰着，眼镜片都抖动起来，一个劲地弯身往盘子里吐鱼骨头，嘴巴都快贴住托盘了。

那男孩不可能不知道小玫是单身，他们都知道。什么都知道。可小玫并不恼，装作什么也没听见，照旧喝酒，干杯，那神态就像一个无酒不欢的醉鬼。她们是师范里的校友，前后分配到这所学校，这些年，留守不动的就她们俩了。之前，她总觉得小玫的情商有问题，不会权衡和妥协，对于不喜欢的男人无论对方如何优秀，她一概不要，对追得厉害的还要横加羞辱，而对无意于自己的人倒是疯疯癫癫、穷追不舍。

在黄金时间都没找到人生伴侣，现在更不可能了。这几年，小玫索性将全身心往佛教上靠，去七星镇精严寺做义工，在家盘腿打坐，在固定时间内茹素，兴兴烈烈做着这些，并让所有人都知道她在做着这些。

小玫劝朱曼妮一起去寺庙做义工，她去过一两次，后来就懒得去了。七星镇太远，坐公交车要换乘两班，很不方便。周末家中要晒洗衣物，还要补觉，这些都是她放弃的原因，但也不完全是。

自从小阮搬到隔壁，她的消遣方式又多了一样，他给她介绍的影片和英美剧，多得看不完。

朱老师，你看完了告诉我噢，我好给你推荐别的。他的 QQ 头像是一条娃娃鱼。他们在 QQ 上说的话，比在现实中要多。他总是耐心地对她的"无知"进行种种解释——好似一个乖巧的儿子回答一个娇气母亲的问询，尽管她很不愿联想到这一点。

他父母的年龄，应该和她不相上下了。或许吧。

遥远的天上，不知何时起，那个圆形物已全部凸显，明镜一般，镜内映照出一些影影绰绰的事物，看不真切。这与她小时候见过的月亮一模一样，透明、温润、饱含深情。一天大风，终于刮走了乌云。现在，明月朗照，凉风习习，她的身体沐浴在月的清辉里，过去五十多年里，她无数次置身于这样的微光中，从来没有如此倾情投入，别无半点念想。

某一刻，她感到天地之间除了自己，便是那些怎么也无法忘掉的人，她决定与他们和睦相处。

那年中秋前夕，也是在这样的月光下，她住进那个男人家附近的旅店里。趁着假期千里迢迢赶去，他却没有完整的时间陪她，只在访亲会友的间隙里找她，带食物给她吃。在那个楼道尽头的房间里，墨绿色窗帘垂挂下来，锅炉房的声响整夜轰鸣，他指缝里夹着烟，把她死死地抱在怀里。事后，在他匆忙离开之后，她也走出那个房间。他告诉她那附近有个公园，她就是想去那里透透气。马路上硝烟弥漫，一地鞭炮屑，尘灰中带着硫黄味。迎亲的队伍刚刚过去。她站在一棵银桦树下，贪婪地呼吸着那气味，感到无来由的欢乐。连鞭炮的气味都让她感到欢乐。

她并不孤单，他的气味仍留在她的身体里，那么美好。

可他们还是结束了，是她亲自结束了一切。

我有心脏病的啊，我不能结婚的。当热心人要为她介绍，她总这么说。

心脏病人完全可以结婚的呀，她们劝慰她。

可我不能生小孩呀。

现在科学那么发达，这些都是可以解决的呀。

我身体不好，不能起夜，带不了小孩。

她们就说，小孩嘛，可以请保姆带的呀。她仍说不行的，既然生了就得负责到底。她的心脏确实不好，一直定期体检，麝香保心丸随身携带，可也没有坏到那种程度。她知道自己并没有坏到那种程度。似乎她只是需要一些理由，心脏病是一个，小孩是另一个。至于那个真正的理由，她们不知道。连她自己也不完全清楚。那关键的一步，她总是跨不出去，后来，她居然会庆幸起自己没有跨出那一步。

或许，让她庆幸的是，这么多年过去，她依然完好无损地坐在这屋子里。也只有在这屋里，在一个人的时候，她才找到某种短暂的可以称之为安宁的东西。一年年，那些痛苦早已像石子一样被磨平了，成了碎末和齑粉，没有一点痛的感觉了。只有她自己知道究竟费了多大劲才做到这一点。

那一年中秋，她是在火车上看的月亮。闷热的车厢，异味扑鼻，天南地北、焦灼无序的方言在耳边炸响，最难熬的时候她甚至感到自己会猝死在异乡人的怀抱里。

她收获了三枚烟蒂。它们被装进信封塞进行李箱，作为某种永久的纪念物，在以后的岁月里从未被打开过。

　　这个夜晚，她恍惚闻到烟草的气味，那种干燥、独特的气息被回忆之城缓慢而艰难地召唤回来。在此之前，她以为自己已经将它们遗忘。

　　禁区的门一旦打开，某种消失已久的东西就源源不断地回来。过去日子里的青烟从眼前飘过，往事化作灰烬中的光点，将她指引到那光亮所在的地方。夜晚变得漫长，没有尽头，不知何时，她又站到这满月覆盖的阳台上。天地之间，是半透明的玉石一般的夜色，树影摇曳，月影婆娑。

　　她坐在椅子上，坐在那里喝酒。玻璃壶里的酒液，一种看不出颜色的液体，兀自流入她的口腔里。一种浸泡过黑枣的黄酒，入嘴甜丝丝的，好喝极了。她变得贪婪，眼珠子在黑夜里发光。这是她身上唯一明亮的器官，她能感受到它的明亮，衰老还未来得及毁坏它。

　　月光透过水泥栏杆照在她的后背上，一种局部被关照的感觉，在她身体里逐渐蔓延开去。肤浅的沉醉重新使得她晕乎乎的。手脚的舞动里，透出的却是欢畅与满足。她慢慢起身，手扶栏杆，想要看到更远一些的地方，可她看到的只是阴影，这巨大的阴影好像是她身体的辐射物。甜丝丝的液体不断涌入，在黑暗里燃烧，照得某个区域明晃晃的亮，表面上却什么也看不出。她全身滚烫，却仍止不住去啜饮那黑色液体，那架势好似要把整个夜晚一股脑儿吞入体内。

水线通过花洒喷溅在她的肌肤上，什么也挂不住地往下流淌，跌落。破碎的水线连续不断地从她体外滚过，悉数流入下水管道里。她太热了，浑身发烫，只想让身体落到水里，与水触碰，让水来浇灭体内的焰火。

她想起小时候跟随母亲去浴室里洗澡，氤氲的水蒸气中，白花花、粉彤彤的肉体忽隐忽现。她蹲在角落里，缩着身体，任母亲怎么拖她拽她，就是不肯起来。到了青春期，她仍将自己裹得严严实实。寒冬季节，站在没有取暖设备的白色瓷砖上，寒气凌厉，她不得不将颤抖的身体，缩成一团。

十六岁的夏天，她穿一件白色半透明连衫裙，盯着镜子里的自己看。后来，她穿高领毛衣，戴 A 罩杯文胸，镜子里的脸灰暗、冷淡。连独处的时候都裹得严严实实，青春期发育后的裸身成了罕见之物，除了自己，不允许被这个世界上别的眼睛看见。她向人群轻易地展露心脏疾患，而裸身成了禁忌。

那不曾完好发育、也未被生育毁坏的身体，还处于蓓蕾的沉睡期。好多年了，她不再打量它，尽力忘了它。好像一旦自己认真凝视了，那是比别人更为严重的冒犯。这是她无法容忍的。

黑暗中，朱曼妮擦干身体，将赤裸的自己快速藏进宽大的浴袍里。这几年，她原本就空荡的身体日益松弛、干瘪，风贴着肌肤吹拂而来时，有种硬质的冷飕感，好似直接刮在骨头上。

她还是想饮酒。身体里布满深渊和空洞，只有甜润燃烧的酒液才能填充它、满足它。黑暗里，她闻到酒香，因此感到亢奋，被层叠衣物所裹藏的身体像突破网兜束缚的大鱼，奋力游向大海。

透明的酒杯就搁在床头柜上，触手可及。今晚，只有这种液体能让她止渴。她想起来了，其实从没有忘记过，那年盛夏，那个年轻男人几乎每天出现在她的公寓里。他们一起喝酒，有一次把所有的存酒都喝光了，包括厨房间里的料酒。事先，她并不认识他，从来不知道这世上还有这样的人。她从网上购来一款单人沙发，而他是送货员。这沙发有点问题，她不喜欢那颜色，色差相当大，是她不能接受的。她定制的是暗红色，是灯光下葡萄酒红到暗黑的那种颜色，而送到家里的却是玫粉色。太轻佻了，她从来没有喜欢过这种颜色。按惯例，网上定制的东西是不能退货的。可她实在不喜欢那颜色。当沙发的外包装逐渐剥开，完全展露在她的视野之内，她确定自己永远也不会喜欢那种颜色。

那个年轻的送货员马上就察觉到了。他脸色苍白，好似非常害怕将这重物从五楼重新搬至一楼车上。原封不动地搬回去会要了他的命。从他的表情里，她看到了那种艰难，年轻身体在重物压迫之下的反应似乎被她全部看见了——肌肉僵直，牙关紧咬，汗液在身体表面蜿蜒流淌，每走一步都像是最后一步。

后来，她将那沙发搁置在阳台角落里，并在上面罩了布巾。她看到的是布巾的颜色，而非沙发的本色，她坐在那上面晒太阳，打盹，随意想念一些无关紧要的人，长时间地为自己的行为感到羞耻。这种羞耻像灰烬里的火苗，一旦微风拂来，便有可能火势再起。

外面热浪滚滚，体内赤焰燃烧，而她和他所待的地方，一片昏黑，清凉如斯。她不活在世上，不居于人群中，而是沉在海底或位于星空之上。她借助他的身体，突破森严的堡垒，看见枝条在风中摆动，云朵擦过湛蓝的天穹，变化的天空和坚定的树给了她激情。而这一切又像是幻觉。

那个盛夏，她成了一个只有身体的女人，一个让自己感到羞耻的人。她想起水果内部缓慢蠕动的虫蚁，隐秘的欢乐和甜润让它们甘愿藏匿其中，不想出来。

那张沙发外头披罩着深蓝色、缀满白色马蹄莲图案的棉麻布巾，她喜欢坐在那里，对那段短暂时光的回首几度填满她疲乏、冗长的人生。

即使是身体最充实的时候，她依然无法将自己完全敞开，像头顶上的星空，或脚下的大地那样敞开自己。她不能，做不到。

那年盛夏的末尾，她大病一场。秋季开学之前，那个年轻人哭着离开她的公寓，她表情冷酷，让他滚，永远都不要来找她。他遵循承诺，从此消失于人群之中。她准备尽快忘掉他，她以为自己可以做到。

新学期，学校被一个教育集团收并，她和几位要好的同事去了分校。新校址位于山脚下，教师办公室在一块坡地上，与教学楼和食堂隔着一片小竹林。每天午休时间，她们拉上厚重的遮光帘，各人躺在各自的折叠床上，闭上眼睛，讲那些隐私。一开始大家支支吾吾，谁也不愿多讲。后来，有胆大的带头讲，讲到细致入微处，听的人感到惊心动魄，也渐渐放开了讲。他们叫她也讲，她胡乱说了一个来搪塞，说和一个男人通信，通了三年，却没有见面，最后不了了之。她们相信这是她的风格，也是她一直独身的原因。她们放过她，自己讲自己的，越讲越肆无忌惮。黑暗中，她躺在那张折叠床上，僵直着身体，不能翻身，不能动弹。脑子里尽是那些画面：那个男孩躺在她的床上，这个比她小十几岁的男孩，蜷在被子里哭，求她不要抛弃他。

你走吧。我不想再见到你了。

她害怕，再和他这样……鬼混……下去，要是被人知道，那就完了。她的人生完了。被毁了。那是比独身还可怕一千倍、一万倍的事。

那人坐在她的房间里，迟迟不肯离开。其实是想不明白，以为自己哪里做得不对，招惹了她。等气头一过，就好了。以前每次都这样。在她面前，他一向谨慎而卑微。就因为这样，她越发觉得羞耻。她引诱了他，她的行为如此卑贱，连自己都不能容忍。她要他立刻离开，永远消失，她再也不要看见他。她以为他会纠缠她，向她要钱，或干脆勒索她。可是，他并没有那么做。一旦想起自己买的衣服可能仍穿在他身上，她就如坐针毡，好像那衣服是他们之间仍存有隐秘牵连的证据。

这个晚上，她再次想起那具年轻的、充满活力的肉体。这么多年，她从未停止过对它的幻想。她再也不可能得到它了。从前是害怕，现在是彻底没有这个可能性了。她侧着身，抽抽噎噎，预想中的泪水并没有到来。她眼角生涩，泪腺干涸，早就不会哭了。

酒精的热力促使她衣衫褪尽，浑身赤裸，她以这种方式来感应他的存在——她身体里的秘密只有他一个人知道。

　　后来有一次，路过一家沙县小吃，隔着窗户，看见一个熟悉的身影坐在里面。她停了脚步，那个人很像他。或许，就是他。

　　她奔跑着快速离开，根本不敢前去辨认。

　　那张沙发最终被搬到阴暗潮湿的车库里，而她本来是想处理掉的。棉麻布巾下的玫粉红已经被太阳晒得褪了色，看上去不再那么突兀。

　　第一次看见阮，她就想到那个男孩。是不是那个男孩回来了。那个给过她致命的欢乐的男孩。忽然，她的心脏跳得厉害。她听到了那模糊而疲惫的跳动声，好似中风病人的脚步声，缓慢而艰难，随时可能停止不跳。那个柠檬黄药瓶里就放在床头柜的抽屉里，里面装着她的救命丸。只要含着它，几分钟之内，她就可以化险为夷。

　　她迟疑着，要不要这么做，让自己继续活下去，继续忍受孤独的折磨，可以预见的事情将一一发生。没有人可以帮她，没有什么能够慰藉她……这是一个机会，一个让自己结束的机会。这个过程不会持续太久。她应该牢牢抓住它，不让它溜走。

　　明天上午，最多到傍晚，他们会推门而入，将她弄走。警车和救护车会一起抵达。她的房子将留给姐姐的女儿。至于她的物品，他们不会感兴趣，值钱一点的或许会被送到二手市场卖掉。其余的书籍和物品，姐姐会叫收垃圾的来收走。

　　可她赤身裸体，什么也没有穿，一想到这个，她心急如焚。

剧烈而揪心的痛从心脏部位放射而出，枝状闪电般滚过她的全身。她想要起身，疼痛却像钉子一样把她钉在床上，动弹不了。她快速将药丸塞进嘴里，含在舌下，闭上眼睛。一点点，疼痛离开她，放掉她，走远了。她不疼了。心脏复归体内，如常运转。

百合的香气环绕在床边，她再次沉沉睡去。

天亮之前，她醒过来，发现自己全身赤裸，四肢柔软如绸布，知道自己仍然活着。她闭上眼睛，泪水从两侧眼角滑落。

隔壁屋里一片寂静，那个男孩熟睡了。他一个人在黑暗里睡着了。之前，她一直疑惑其从不与同龄女孩交往，却没有往那上头想。那次饭局上，那个人说得有鼻子有眼，时间地点，证据确凿。浮现在他脸上的那种"妩媚"表情，她一直将其解读成羞涩和某种贵重的天真。

那是一个更加孤独的人，甚至比她还不如。这是她之前没有想到的。天随时可能亮起来，万物在刹那间变得清晰的感觉，再也不会让她惊奇。无数次失眠的经历，让她对这一切早已毫无感觉。

她的身体陷在绵软的床榻里，温暖而舒适，一种莫大的安慰。至少，她对此刻的容身之处是满意的，她睡在自己的床上，这屋里的一切永远属于她。到生命的最后一刻还是她的。

很久以前，六七岁的时候，母亲叫她去给祖母送饭。祖母的小屋位于村口的大枫树下，石窗很小，屋里很黑。祖母坐在角落里织网，看到她，不起身，不说话。她踮着脚，小心翼翼地把饭盒推到木桌里面进去一点。

她没有立即走开，而是趴在石窗外偷看。祖母坐在竹椅上，梭子穿越网孔的声响清脆可闻。她知道再过一会儿祖母就会起身去吃掉那些食物，然后继续坐回竹椅上，织她的网。自祖父去世后，她一直这样。那么多年，除了吃饭、睡觉、织网，她什么都不做，对什么都不感兴趣。

黑暗中，朱曼妮感到祖母就坐在这屋里，离她如此之近。那几年，父亲叫她看住祖母，怕她乱来。他们全家都怕，前去送饭的人一旦发现屋里没人，就怕得什么似的，到处找。祖母蹲在茅厕里吸烟，一张泛青的老脸，皱纹密布，上颌处尤其明显，就像一团揉皱的卫生纸。那把竹椅子，长年累月被坐着，生生地把泥地轧出深深浅浅的凹痕来。

有一次，她从那屋里出来，照例趴在石窗外偷看。祖母停下编织动作，抬头看见她，拧了拧眉毛，笑了。很久以后，她还能想起那笑，她觉得祖母什么都明白，什么都知道。

后来，如家人所愿，祖母寿终正寝。棺木上停着轻盈的纸鹤，好像她本人正是驾鹤而去的。

那些年，他们一直看着她，就像狱卒看管着囚犯。那时候，她只是好奇，一个人到底能活多久？祖母真的不会死吗？他们不让她死，她就真的不会死吗？

祖母死后，她再也不用为其送饭，感到轻松不少。

后来有一天，母亲打电话来，说祖母的老屋要拆了，屋里有一个旧衣橱，油漆尚鲜亮，问她要不要拿去。她想也没想，就说不要，祖母的东西她都不要的。

现在，那个衣橱不在了，祖母所有东西都没了，被收破烂的收走了。朱曼妮想到那张沙发，它还在这世上某个角落里存放着。她想从床上爬起来，马上去丢掉它。她不能留着它。她挣扎着，却毫无起身的力气。体内残存的酒精使得她的身体仍处于乏力与眩晕交织而成的状态。放弃之后，她再次闭上眼睛。屋内漆黑一团。她分不清楚，这是同一个夜晚的延续部分，还是另一个夜晚的开头。黑暗中的她被某种东西指引着，去了那个遥远的夏天，星星悬挂树梢，无尽的海水在屋顶奔跑、流淌。

世界悄无声息。有人来到这屋子里，在她耳边低语，说一些黑夜里才能说的话。

此刻，这个世界上唯一给过她欢乐的人，被她的意念带回身边。

窗外，天空逐渐发白，变亮。晨曦穿越薄雾来到她的床前，安详宁静，悄无声息，好似隐形人发出的脚步声。

她微笑着，在真正的光亮到来之前，再次安然睡去。

我是格格巫

1

　　这幢楼里的人谁也不知道她叫什么，男人姓张，一起打扫卫生的人就称其张婶。有一天清晨，清洁工张婶对着那面玻璃墙自言自语起来。同事吴妈正低头整理纸板，没有理会张婶的反常行为。过了一会儿，吴妈的活儿干完了，抬起头，漫不经心地瞥了张婶一眼，张婶还在念念叨叨。吴妈撇了撇嘴，没有吭声。过了很久，张婶忽然沉重地蹦出一句，我该做点啥？张婶把这句话重重地摔在地上，摔在吴妈的耳边，把吴妈吓了一跳。她从来没有见张婶这样生气过。发生什么事了？吴妈第一反应就是，上次两人合伙把仓库里的铁块卖掉，被主管发现了，问她都是谁在整理仓库，吴妈说是张婶。从此，她做了贼似的，再不敢和张婶眼睛对眼睛说话。

吴妈怔怔的，停了手里的动作，望过去，张婶在掰自己的手指头。

张婶继续喃喃着："这可怎么办呢？他们不好这样的。"

"谁？你说谁？"吴妈下意识地接了话茬，这话茬皮球似的在她手上虚飘飘地弹了几下，又回去了。只见张婶一副痴呆呆的神情，好像受了什么刺激。

吴妈见状，想了想，很认真地说："你媳妇不是让你回去带孙子吗？也好回家享享福了。"

张婶把脸一板，气吼吼地说道："享福？带孩子累死人了，有什么好带的？晚上根本睡不好，年纪大了，吃勿消的。"

吴妈神情讪讪的，嘴里说着："那倒也是，那倒也是。"

见张婶这副样子，吴妈就不好多说什么了。她重新整理起硬纸板来，那是一些废报纸呀，牛奶盒，鞋盒子什么的，黧黑而枯瘦的手指在这些无用的东西中挑挑拣拣，似乎是她活着的最大乐趣。

张婶忽然冒出一句："他们怎么能这样呢？"

吴妈愣了愣，下意识地问："谁？"

张婶说："那个熊科长和张秘书……"

吴妈眼睛一亮："他们怎么了？你看见什么了？"她暗淡而

枯黄的眼睛由此获得了活力，双手神经质似的抖动着。

张婶说："他们的办公室是我打扫的……"

这事吴妈知道，她们是有分工的，分属不同的楼层，她在三楼，张婶是五楼，熊科长和张秘书就在五楼，一个是501，一个是503。可他们之间能有什么事呀？

张婶继续嘀咕着："他们怎么能这样啊……"

吴妈竖着耳朵，等了很久，也没有听见什么。耳边只有微微的风声，它们似乎从很远很远的地方吹来。吴妈觉得奇怪，这风是从哪里来的？抬头一看，只见张婶正在擦拭楼道右侧的玻璃，她举着那杆子，孩子涂鸦似的上下、左右胡乱移动着，一副漫不经心的样子。她平常干活还算麻利，可今天怎么失魂落魄的，到底发生什么事了？

那些玻璃已经老了，老得与灰尘长在一起，没得救了，就像这个城市上空的天色，整日灰蒙蒙的，好像一个人被蒙住了眼睛。张婶想要拯救它，把它变得干净，可是她的魂灵早飞到了玻璃之外，连吴妈叫她，她都没有听见。

清洁工吴妈有些生气。张婶今天这是怎么了，阴阳怪气的，虎着脸，也不理人，有什么了不起的，大家还不是一样的人，谁比谁强多少。

吴妈暗自嘀咕了几句，就去别处忙活了。

张婶还在擦拭那面巨大的玻璃墙，她的动作显得粗鲁，越来越沉不住气，她发现自己的擦拭没有任何效果，那抹布上的水在经过玻璃表面之后，迅速蒸发了——它们只是原封不动地蒸发了，没留下任何被吸收的迹象。甚至在抹布经过之后，它们更显肮脏和黯淡了。张婶心一沉，加快了手中的动作，干净，干净，她要让玻璃变得干净，就像它们刚刚被制造出来的样子。就在几年前，她自信还能把这个世界打扫干净，她对自己的工作是满意的。可是最近，事情变得越来越糟糕，她发现再也无法从劳动中获得乐趣。那些灰尘也不知道从哪里来的，那么多，无孔不入，无论她怎么努力，也无法彻底赶走它们。它们太强大了，无时无刻不在聚集，似乎要把世界彻底弄脏，要毁了它。

现在，逆光看去，许多条纵横交错的水渍在玻璃的表面游移着，它们没有明确的驿站和归途，就像密集的蛛网。在阳光的照射下，那些玻璃变得暧昧极了。张婶摇摇晃晃地走过玻璃墙，进入熊科长的办公室。

她穿着布鞋，步子很轻，像猫。她的头永远低着，只留意脚下的尘灰。那是她的势力范围，也是她唯一的关注对象。当一天过去，这屋子里的尘灰又重新积聚了，张婶便充满恐慌。她甚至觉得不是时间的流逝，而是她的恐慌让灰尘堆得更快、更高了。

张婶她们进办公室是不必敲门的，这是大楼里不成文的规定，似乎她们只是一阵风，一道光线，无须让人知道她们的到来。可是，那天下午，当张婶轻轻推开那栗色铁门时，吓了一跳，一个女人坐在熊科长的腿上，他们坐在沙发上，背对着她。张婶脸色惨白，心脏狂跳，快速把迈开的步子弹簧一样弹回去，在过道上狂奔起来。她的心似乎要跳出胸口了，完全不知道该怎么处置自己！他们有没有看见她？有没有？天哪，她吓得半死，一想起就冷汗直冒。

当她再次进入那个办公室，熊科长连头也没抬，不小心瞥到她，也是快速地滑过，没有任何眼神上的聚焦，似乎她是一个司空见惯的物品，平常得激不起任何感情的涟漪。她颤抖着从纸篓里把垃圾拎出来时，不小心踢翻了篓子。她赶紧将它扶正，风一样，倒退着走出来。他没有叫住她。她心里暗想，可怜的人，他不知道自己的秘密已经泄露了。

可是，她守口如瓶。早晨差点说漏嘴了，还好，刹住了。现在，她又进入这个办公室，自从那次之后，她每进入这个空间，脑子里就快速浮现出那一幕，她条件反射似的朝沙发那里看去，即使那里干净得连一粒灰尘都没有沾上，她还是像看到了什么似的，心里一颤。

她径直来到垃圾桶前，麻利地把那黑色袋子一扎，好像束紧一个正欲张开翅膀的秘密。熊科长在打电话，他嗓门很高，简直声嘶力竭，似乎听筒那边的人是个严重的重听患者。那声音让张婶感到难受。她忽然觉得不能在这里待下去，这里的一切让她难受极了。她皱着眉头，在那张庞大而笨重的老板桌上快速地抹起来，有些地方是要踮着脚才能够着，今天她没有去够那些地方，昨天已经够过了，那上面还没有明显的积灰。离开那张老板桌，张婶的手在窗台上、茶几上、椅背等处一路摩挲过去，一遇见尘灰，她的抹布就激动起来，迫不及待地想要抹净这一切。她整个人也无来由地兴奋起来，她要让今天和昨天一样，看不出任何破绽。外部的时间轰轰地流淌着，而在张婶这里，时间是静止的。

从前，她在一个公园里做保洁员，每日清晨天蒙蒙亮，就要从家里出发，她怀着严重的洁癖之心去清扫过去一夜的废弃物品。瓜子、果皮、口香糖，甚至还有避孕套，起先她并不知道那白乎乎的东西是什么，有一日，她看见儿子家的床头柜上也有这种东西，才明白过来。她红了脸。那次，她甚至还拿起那个东西仔细端详了一番，见有人来了，才急匆匆地扔掉。大清晨扫到避孕套的感觉，让她很不舒服。她觉得自己没有把这个世界打扫干净。她恐惧那些叫不出名字、没有来历的废弃物，它们随时会出现，这让她感到难堪。

后来，她就来到这个写字楼里工作，姐妹们都说，写字楼最干净。写字楼确实比公园干净，那些在楼道里走来走去的人，衣衫整洁，皮鞋锃亮，一尘不染。他们脸上的表情也很干净，不挂一丝多余的笑。可时间一长，她就觉得不对劲，这里有些东西怎么也打扫不干净，不是尘迹斑斑无法清扫的那种，而是，有些东西会忽然出现在一个不可思议的地方，让她百思不得其解。她对那些东西的出现，感到手足无措，就像多年前出现在公园草地上的避孕套。

现在，张婶在熊科长办公室里擦那张会议桌，她擦拭着可能存在的手印，汗渍，污垢，她想象着它们在她的一擦一抹下消失无踪，就像它们从来没在这世上存在过。但有些东西怎么也无法抹去。这样一想，她心里就涌起一阵悲哀，就像隔夜的宿食从喉咙口泛了上来。

　　她想把它们全部抹去，她要把世界变回昨天的样子。回去，回去，她在心里对万物下了指令，可是，她马上就绝望了。她忽然看到沙发缝隙里夹着的那一绺头发，它们藏得很深，似乎深深地嵌进沙发的肉里。明明在昨天，它们已经被清除了，此刻怎么又出现了？她不知道这些头发是怎么来到这里的，由谁带了来，其实她知道。她什么都知道。她脑子里再次涌现那一幕，沙发上肉体交缠的那一幕。那个声音忽地坐了起来：我该干点啥？我该干点啥？她被它弄得焦躁不堪。

　　张婶手里举着那绺头发，在门口差点撞上一个人，张秘书肉滚滚的身体像一座小山似的向她撞过来，一股浓烈的香水味随之撞向她，她忍不住连打了好几个喷嚏，她被自己的喷嚏声吓了一跳，为自己发出如此巨大的声响感到难堪，她们在这楼里通常是没有什么声音的，当然也没有气味。张秘书狐疑的目光从背后射来，让她的心怦怦乱跳，她会不会看出什么来了？

　　张婶心里一震，伛着背，马上悄无声息地溜出去，她跑到自己在这个楼层的工作间里，那是一个只有三平方米的杂物间，一进门，就颓然跌坐在地上，和纸板、饮料瓶、废报纸坐在一起。她惊恐未定，双手抱膝，紧攥住涤纶裤子的一角，抓得膝盖上的肉生疼，眼珠子定在一处，好久也没有转动一下。过了一会儿，她赫然发现自己还紧捏着那绺头发，它们已经被她捏出汗来，她赶紧松了手，把它们丢进垃圾桶里。

2

回家路上，张婶要经过一座铁路桥。当火车在她头顶轰隆隆地开过时，她就恐惧无比，怕那座桥会坍下来，把活蹦乱跳的她埋了，她拼了命踩脚踏车，那车子慢如蜗牛，她冷汗涔涔，腿脚发软，当终于通过那可怕的地方时，复活的感觉电流一样穿过她的身体。可这天中午，当经过那里时，她故意在桥底下停留了一会儿，有意识地观察了一下那地方，她冷静无比，一遍遍问自己，坍下来会怎么样？结果是，他们将听不到她的叫声，她甚至没来得及发声，就被一声巨响掩埋了。什么也没有了。

她在桥底停留的时候，火车来了。她没有跑，她让那个声音跑过头顶，她等着，等了一会儿，当它过去了，她才起身，往洞外骑去。

张婶在家门口就听见了孩子的哭声。那声音一颤一颤的，好像一个倒悬的瓶子里的水，瓶盖一会儿堵住，一会儿松开，那水被完全控制住了，那孩子的哭声也是，好似有布条在他的嘴鼻之间挪移着。张婶感到诧异，迟疑了一会儿，还是推门进去了。孩子被保姆抱在手里，她白胖的手紧紧地箍住孩子的上身，露出一只黄灿灿的金戒指，张婶揉揉眼睛，看见孩子握着玩具枪，表情有些奇怪，紧绷着，满脸严肃。他还不会说话，可是他握枪的姿势还挺正确，嘴里发出类似子弹射击的砰砰声。

张婶看了那保姆一眼，点了点头，问，孩子没事吧？

保姆有些不高兴了，说，能有什么事呀？

张婶说，我刚才好像听到哭声了。

保姆说，是吗？那肯定是别人家的孩子，你看，我们家小宝多乖呀，怎么会哭呢？

张婶说，可能我听错了。

保姆说，你肯定听错了。

张婶不说话，她进厨房去弄菜。自从这个矮胖的女人来家里后，张婶就浑身不自在，好像自己成了这个房子的租客，而那个女人才是真正的房东。这种感觉让她不能坐下来，一坐下来就难受，一难受起来，就喜欢清理杂物，扔东西，一不小心还会把重要的东西当成垃圾来扔掉。这样做的结果是，媳妇与她说话的次数越来越少，如果不是每月主动上交工资，她都不知道自己能不能在这里住下去。

这个世界不是垃圾场，它们是有用的，你扔掉的恰恰是最有用的东西。她一直这样对自己说。

张婶把做好的午餐端上来，一荤一素一个汤。孩子已经睡着了，她把孩子放在小床上，在他身上盖了一床薄被，那孩子只露出一个脑袋，变得更小了。张婶想，孩子真可怜呀，好像随时可能消失。张婶被自己的想法吓了一跳，她怎么能这么想，孩子又不是东西，怎么可能随时消失。她狠狠地掐了下自己，把自己掐疼了，掐得恶狠狠地想要笑出来，才作罢。

她和那女人坐在西餐桌的东西两头，中间隔着长长的桌面，那几碟小菜就像是大海上漂浮着的小船，她们的筷子努力靠近对方，身体却离对方远远的。女人虽然是个保姆，却一点儿也不客气，她食量惊人，毫不礼让。这天，张婶的心思不在饭菜上，只扒了几口饭，慢腾腾地嚼着，也不挟菜。没几个回合下来，菜盆就见了底。女人放下饭碗，娴熟地剔牙，她忽然对呆坐着的张婶说，你还不知道吧？

什么事？张婶放下筷子，警觉起来。

女人慢悠悠地说，莉莉要给我加工资，不让我走了。

张婶的脑子嗡嗡地响着。莉莉是她媳妇，他们原本商量着等孩子满一岁了，就由她带着，不请保姆了。

张婶感到不开心，可她仍笑着说，那应该的，现在什么都涨了。

女人说，是呀，这样我就可以安心在这里做下去了。

张婶想不明白，为什么媳妇不让她带孩子，她有手有脚的呀，还爱干净，她会把孩子照顾得很好。

吃完饭，女人就搬个凳子坐到电视机前，跷着二郎腿，一副志得意满的样子。只要孩子翻个身，弄出轻微的声响，她就丢下电视，迫不及待地跑进去，过一会儿，她出来了，把手指放在嘴边做出"嘘"的手势，低声说着，没事呢，有我在，小宝很乖。

女人频繁地出入房间，向张婶报告孩子的一举一动。她神情夸张而怪异，似乎在传递什么重要情报。张婶脸色铁青，忍了很久，不便发作，默默地洗碗去了。

她想破脑袋，也没想明白，媳妇为什么不让她在家带孩子。难道嫌弃她的工作，天天和垃圾打交道，不干净？她做的饭菜可是全家都爱吃的呀。难道觉得她老了，带不动孩子？还是怕她累着，体贴她？她可不需要这样的体贴。

生活其实不需要问这么多为什么，她每天的工作已经累得够呛，除了在那幢大楼里当清洁工，还要管好家里的一日三餐，做家务，洗衣服，样样都来，儿子媳妇工作很忙，保姆除了带孩子、看电视，什么也不管。

保姆的身世挺惨的，老公与别的女人跑了，女儿在外面打工，除了钱，什么也不给她。儿子呢，娶了媳妇，忘了娘，干脆和她绝交了。渐渐地，她喜欢上了看电视，她从电视里看见了远去的女儿、儿子，还有老公。他们原来生活到这个黑匣子里去了。

他们换过好几个保姆，各有各的问题。直到这个人来到她家后，媳妇才舒了口气，说，终于找到一个懂得怎么带孩子的人了。

张婶不明白媳妇怎么会看上这个老女人。她连自己家的孩子都没管好，有什么资格出来管别人的孩子？

张婶斜眼看着保姆，一种说不出来的东西堵在胸口，让她闷得慌。

为什么不能离开一会儿？为什么不？如果消失一个晚上，他们会怎么样？这个想法让张婶慌乱不已，又蠢蠢欲动。

说干就干。这天下午，她早早下了班，搭上一辆城乡公交车，赶往她过去生活的村子里。一路上，她惴惴不安，想着各种回家的理由，来应对可能遇见的熟人。

当她下了车走在乡间小路上，双腿抖得厉害，她看见有人过来了，走近了，那是一个年轻人，瞄了她一眼，就往村口的小卖部走去。张婶有点失望，怎么村里还有她不认识，也不认识她的人？张婶想了半天，也想不出那个后生是谁家的孩子。怎么那么没有礼貌。见了大人一定要说说他。张婶继续走着，现在她不怕遇见熟人了，如果遇见了，她还会大大方方地和他们打招呼，聊家常，告诉他们在城里的那些事，当然不能说实话。要不然，她和他们都会难受的。

一直到她来到那个熟悉的院门口，还是一个熟人也没遇上。她忍不住叹了口气，不知道村里人都去了哪里？这时候，天黑了。她进屋，开了灯，准备生火煮饭。米缸里满是虫子，她一条一条地把它们捉尽。就着昏黄的灯光，她吃完一碗饭，然后又吃了一碗。她吃着吃着就哭了。她倒在老家的床上和衣而睡，梦见死去的亲人站在杂草丛生的院子里，问她为什么回来了？那些问题恰是她悉心准备好的，她一个个无比耐心地作答，就像电视里的新闻发布会。她还梦见与小时候的儿子在院子里玩一种叫搬石头的游戏。一会儿，儿子变成了孙子，孙子变成了死去的老公，直到梦醒。

醒来的刹那，张婶有点晕，闭上眼定了定神，直至确认了自己的所在。她一阵紧张，离家足足二十四小时了，不知道他们急成什么样了，没有了她，谁来洗衣、做饭？这下他们知道她的好处了吧？这会儿肯定报警了吧，警察都在找她了，一个五十几岁，中等身材，穿藏蓝上衣、淡青裤子的女人，从单位下班后，就没有回家，最后一个见到她的人是单位传达室里的门卫。

她叫什么？她不叫张婶。她叫王桂兰，那是娘家带来的姓和名。可是，当他们到处打听一个叫王桂兰的五十几岁的女人的下落时，她就觉得好笑，他们肯定找不到这样一个人。在人群出现的时候，她不叫王桂兰，而叫张婶。这么多年里，她一直是张婶。张婶。她恍惚听见有人在叫自己，她低低地答应了一声，哎。

张婶越想越兴奋，似乎看到儿子媳妇一夜未睡，站在她单位附近的路口，逢人打听，你们看见一个中等身材，穿藏蓝上衣、淡青裤子的女人，那是我妈……她下班后，再也没有回家，你们看见她了吗？他们拿着她的照片，就是上次拍全家福时照的那张，她笑得过了头，龅牙也拍出来了，她回家换了一身，再找摄像师重拍，那个人也没收她的钱。那张照片她挺满意的。一会儿，那张照片变成遗照，挂在墙上，对着她静静地笑。

她躺在床上胡乱想着，想着，或许已经上电视，登报纸了，全世界都在找她，谈论她离家的原因，猜测可能发生的事，他们肯定会想到这事，儿子媳妇为什么不让她带孙子，却要请个保姆？熊科长和张秘书肯定也知道了她……一想到这里，她猛地坐了起来，她简直不知道该如何面对这么多探询的目光。

她从来没有这么被重视过，这个场景，这么多人……越想越害怕，越想越幸福，她忍不住笑了，哗地拉了被子蒙住自己的脸，在这虚无的温暖的弱光中，她躺着，躺了很久，好像有一辈子那么久。周遭一片寂静，彻底的静，没有任何声音，她渐渐觉得这静的可怕，她马上坐了起来，推开门，走了出去。外面的世界更安静，等她走完整个村子，也没遇见一个熟人，那些房子不是门窗紧闭，就是租了出去，几个带异地乡音的人在指手画脚地说着什么，她一句也听不懂。

她想随便找个熟人，打个招呼，只要打上招呼，她就可以爬上村口的公交车离开这儿。她必须要跟人扯上几句，好证明自己来过了。这个念头越来越强烈，特别是当她有意识地寻来找去，却一无收获时，她怎么也不肯离开这个村庄了。

她一家一家地敲门，喂，有人在吗？当她敲到第八家时，有人开了半扇门，扶门立着，你找谁呀？那个人觑着眼看她。这个睡眼惺忪的老头看上去很老了，他从哪里来？什么时候住到这里？

你知道我是谁吗？

我为什么要知道呀。那个人不客气地说。

张婶笑了笑，说，我是三十年前嫁到这里来的。

那个人说，这和我好像没什么关系吧。他不怀好意地盯着她看，看了会儿，不想看了，干脆把剩下的半道门也掩上了。

不远处，阳光像银币那样跃动着，向张婶发出召唤。张婶感到身子骨发冷，不知不觉地后退，后退，可无论怎么努力，就是无法让自己暖起来。那些变凉的骨头在她肉里，硌得她疼痛不已。一群老人（她一个也不认识）坐在祠堂外晒太阳，一个五六岁的孩子嘘嘘地追赶着一群鸟。那些鸟因为被追赶，无奈停到不远处的楝树上，过一会儿，趁人不备，它们还要飞回来。

她摇摇晃晃地爬上了开往城里的公交车。

<h2 style="text-align:center">3</h2>

她在车上想了半天，决定还是先回家。

无论怎么颤抖着害怕着不情愿着，她的脚还是把她带到熟悉的小区门口。远远地，一群人围在商铺外面的空地上。马路对面那辆白色的警车头上有大灯频闪着，她本能地想到了自己，一阵激动，她跑了起来。她穿过人群，空气中传来沉闷的嗡嗡声，她上了楼，足底生风，在风声中看到台阶一格格上升，惊恐地抓住了两边的铁栏杆。

到家了，她掏出钥匙插进锁孔，似乎看到满屋子的人都竖起了耳朵。她义无反顾地推门进去，那一推，太猛了，差点让自己栽倒了。保姆正坐在沙发上看电视，无声的影像，她看得入迷，甚至没有发现张姊回来了。似乎从昨天到今天，她一直这样坐着，在看电视。

那么静，孩子肯定睡了。可是，兵器从那个匣子里跑出来，在保姆一夜苍老的脸上进行着无声的厮杀。张姊感到有股力量扼住了她的咽喉，把她拖入一个巨大的旋涡里。她原地站着，似乎站在二十四小时之前的时间里。这里的一切都没有变。

好久，她的喉咙里才蹦出一句，我回来了。

保姆这才抬起头，快速瞥了她一眼，又马上缩回到那个匣子里。

张婶问保姆，孩子没事吧？

保姆头也没抬，说，能有什么事呀。

张婶又说，我刚才好像听到哭声了。

保姆说，是吗？那肯定是电视里的孩子在哭。

张婶又说，我确实听见哭声了。

保姆干脆说，你肯定听错了。

……

说到这里，两个人都愣住了。

张婶对保姆说，你看电视吧，我去看看宝宝。

保姆愣了一下，啪地关掉电视，说，我去看！

孩子的哭声就在这时候响起来。听到这熟悉的声音，张婶忽感如释重负。时间回来了。保姆变成了一个合格的保姆，手忙脚乱起来。她一会儿帮孩子把尿，一会儿朝张婶嚷嚷着，快帮我去找条裤子，宝宝尿尿了。

张婶满心欢喜地接受了这个任务。她找到裤子递给那个女人，并帮她给宝宝穿上。她一直等着保姆问她，你昨晚去哪里了？可是，保姆一心扑在宝宝身上，一会儿给他吃水果泥，一会儿给他拿玩具，一刻也不闲着。

张婶还是忍不住了，问，莉莉呢？

不知道啊。

我儿子呢？

不知道啊。

她还想说，你知道我昨天晚上在哪里吗？却终于憋着没有说出来。

保姆在照顾孩子，张婶插不上手。她的身子陷在沙发里，骨头也变得绵软。昨天下午到现在，就像做了个梦，不为人知的梦。

离开电视匣子的保姆，也迅速迟钝下来，看上去木呆呆的。孩子已经不哭了，被她搂在怀里吮吸着奶嘴。

张婶在屋里走了一圈，各处查看一番，没有发现任何异常。她进到自己屋里，躺下，瞥见案台上的钟，不知何时起它已停止了走动。她伸过手去，摇了摇，那些指针忽然走动起来。她不相信地盯着那钟面看了很久，它们还是没有停下来的意思。张婶捧着那只钟，热恋似的，它在她的枕头底下滴答着，永久地滴答下去，她聆听着具体的时间流逝之声。而她的昨天就这样过去了，连时钟都不知道。

这样躺了一会儿，张婶渐渐忘了这个事。她忽然想到上班的事，她要去上班了。她必须马上回到那幢大楼里去。她半天没去了，不知情况如何了？

张婶在玄关换鞋的时候，保姆忽然问了句，你昨天晚上怎么没出来看电视？那电视真好看啊。

张婶心里一惊，难道她整晚都在看电视？嘴上却淡淡地接了句"是吗"，就推门出去了。一出小区，走到街上，她马上被汹涌的人流和车流吞没了。谁也没有注意这个消失了一天的人又回来了，回到这个城市的某幢大楼里，继续她在那里的职责，为了让今天的世界和昨天一个样。

张婶被人流推着，下意识地来到昨天离开的地方。她惴惴然地走进大楼，门房手里拿着张报纸，遮住了下面的半边脸。他没有看见张婶，张婶加快脚步来到工作的楼层，一路上都没有遇见同事，也没有碰到领导，心里着实有些庆幸。可当她走在空空的楼道里，望着一无遮挡的落地玻璃窗，心里还是无端地紧张起来。这天下午的阳光惶惶地，照在玻璃窗上，反射开去，在张婶眼里有些异样。她加快了脚步，脚底心全是汗。

张婶战战兢兢地进了熊科长的办公室。熊科长趴在桌上轻轻地打着鼾，鼾声让这里的一切变得昏昏欲睡。张婶蹑手蹑脚地进了屋，不等脚步完全着地，就提了上来，下一步也是如此。她让自己变得轻飘飘，等同于一股空气或一阵风。

张婶还是碰翻了那杯茶，她赶紧上去扶正，但已经来不及了，杯身侧倒在桌面上，茶水流了一桌。她呀地叫出声来。熊科长睁开眼睛，嫌恶地看了她一眼，继续趴着。张婶低着头，嘴里喃喃着，对不起，对不起，快速地在桌面上擦拭起来。

擦拭完毕，张婶站在屋子中央，蜡烛似的，站了很久，想象中的斥责之声一直没有来。这幢大楼严格的作息制度，任何人都得遵循。谁一旦迟到早退都会被记录在案，以作为莫名的惩罚之依据。

办公室再次响起轻轻的鼾声。张婶恍如置身一个荒凉的陌野，前后无人，无论她做了什么事，都没人知道，她甚至可以在那个杯子里下毒……她被这个想法吓了一跳。她又看到了那些头发，它们嵌进沙发的缝隙里，嵌得很深，似乎不愿意被她发现。这次，张婶有些恨恨地看着它们，她恨自己为什么总能发现它们。这对世界来说，毫无意义。

　　她走在过道上，好像走在一个注定会消失的空间里，那明晃晃的玻璃墙，在她身边闪烁着，就像一道隐匿的人墙，把她与周遭的世界隔开。

　　张婶回到休息室，直到与满室的纸屑、硬纸板、废报纸待在一起，才找回在这座大楼里的尊严。她恢复了往常的自如，在垃圾堆里忙活着，分门别类，兢兢业业，她知道它们将成为另一事物的原料，成为货架上崭新的商品。张婶有个姐妹在造纸厂工作，她说过那里面的事情。

　　张婶第一次知道这样的事情时，心里有种永恒感。哪怕是做一张纸，也是好的。呵，想到这里，张婶笑了，她当然不是一张纸，她是有名字的，她叫王桂兰，可是，他们都叫她张婶，她张姓老公都死了十几年了，这名字却天天跟着她。想到这个事，张婶有些愤愤地，还不是怪吴妈，谁让她们是同村，她这么叫她，别人也跟着叫。一来二去，大家都把三楼清洁楼道的那个女人叫张婶。

　　张婶决定去五楼找吴妈。她在楼道里看见一个扎辫子的女孩，大概五六岁的样子，穿着红衣服，绿裤子，连鞋子也是红的。那女孩在张秘书办公室的门口踢毽子，那羽毛毽子还没起飞，就掉了下来，她一个也没踢着。张婶替那女孩可惜，她太小了，还学不会踢毽子呢。她心底的柔情一下子涌了上来，与早晨的梦忽然接通了。

张婶从女孩面前走过，忽然问了一句，你知道我是谁吗？

女孩奶声奶气地说，我干吗要知道你是谁呀？

你不知道我是谁，会很危险的。张婶平日素无幽默感，这天不知说出了哪个电视剧里的台词。

女孩说，无论你是大灰狼，还是格格巫，我都不怕。

张婶一边走，一边丢下一句话，我比他们都可怕，谁让你不知道我是谁呢。

4

临近年底了，大楼要举行新年联欢活动，员工可以带家属来参加，很多人都带了孩子来，那么多孩子在楼道里奔来跑去的，工作的气氛一下子被削淡了。

这天，张婶她们这些保洁员都躲在休息室里聊天，草草地把一天的活儿都干完了，就不愿动弹了。既然他们都在狂欢，自己稍稍偷点懒，又有什么罪过？

她们在聊一具尸体。准确地说，是一具无人辨认的女尸，他们发现它的时候，它已经在郊外的庙宇里躺了三天了，因为天气寒冷，没有出现太恶心的事。这个人到底是谁？这是一个必须得弄清楚的问题。一个人当他活着的时候，我们可以不知道他是谁，一旦死了，这便是一个迫切的问题。

但死人不会说话，尸身上也没有任何能表明身份的东西。通常的判断是，这是一具外来乞讨者的身体，事实上，在满城大打招领广告无效之后，他们就是这么处理掉的。但是看到它的人都说，尸体很干净，衣衫整洁，没有落魄的迹象。有人甚至说，她的子女就在本城，但是事态已经发展到这个程度，谁敢出来辨认？

这个说法马上遭到吴妈的反驳，既然是本地人，怎么会没人认识？

新来的廖阿姨马上接口道，这也是有可能的，可能刚从乡下出来，平时很少出门，朋友也不多，再说了，一个人死都死了，谁会那么仔细地去看啊。

吴妈跌足大叹，这多可怕，这怎么能够啊。

旁人七嘴八舌的。

这家里人可真狠心哪。

谁说不是呢。

哼哼……

张婶没有说话，脑子里全是那具无人认领的尸体，绿头苍蝇绕着尸身嗡嗡地飞着，还有逐臭而来的野狗，在不远处抻长了脖子。

楼里的音乐声变轻了，若有若无的，像一支烟，能被一阵风刮跑。张婶一阵恍惚，定睛一看，屋子里的人都不见了。她揉揉眼睛，像从一场梦里醒来。张婶似乎看到有人在向她招手，那人说，你来，你来。那人很眼熟，她不由得就跟了上去，她在楼道里行走，从这面玻璃墙折至另一面，脚上虚飘飘的，好似在迷宫里穿梭。隐隐的狂欢的场面就在这新年的空气里荡漾着。她在玻璃墙里看见了自己。她忽然想到那张死去的脸，那么清晰，好像镜子里的自己。

她竟然在自己工作的楼层里迷路了，怎么也走不回那个工作间。这很奇怪，好似有某种力量在拉着她离开，离开。当她看到那个女孩在楼道拐弯处踢着一个什么东西时，显然松了口气。鲜艳的红衣绿裤在空气中飘扬着，好像某样突然降临的神圣事物。她一阵激动，向那个孩子跑去。

现在，整个空间里只剩下她和那个孩子。节日欢乐的气氛远去了，那个孩子像一个突然降临凡间的天使，在这个尘灰弥漫的空间里，哼唱着，蹦跳着，歪着脑袋，问这问那，还不时地俯身做亲吻状。那断了一只脚的模型青蛙，越拉越长的绒线绳，会发声的玩具熊，过时了的，被扔的，全被她搜罗进那个箱子里，成为宝贝，她没想到有一天能派上用场。她有的是对付孩子的办法。现在，机会来了。

女孩问，你是谁呀？

张婶抿着嘴，没有吭声。

女孩忽然说，你的鼻子好可怕呀。

张婶下意识地注视着自己的鼻尖，忽然，她上身前倾，做捕捉状。

女孩大叫一声，啊，你是格格巫——

张婶脑子里嗡嗡地响着，格格巫是谁？谁是格格巫！

女孩做出奔跑的动作，双手罩着脑袋，不停地叫嚷着，格格巫来了，我怕呀。过一会儿，她好似想到了什么，又忽然安静下来。

你有魔法书吗？孩子坐在她腿上，盯着她的鼻尖。

什么东西？张婶灵机一动，马上说，当然有啊。

在哪里？我想得到它。

不准离开这里，你就能得到魔法书。

在她的要求下，女孩同意玩捉迷藏的游戏。按照游戏规则，女孩得找个地方躲起来，由她来找，在找到之前，不许出声。只有不出声，才能进入下一个环节。这样，魔法书就属于胜利者了。

游戏开始了，女孩躲好了。她慢腾腾地原地踏步，嘴里故意发出奇怪的拖音，你在哪里呀？我找呀，找呀……就是——找不到。在这个逼仄的充满尘埃与杂物的空间里，张婶一眼就发现了女孩的藏身之处。蛛网暗结的角落的旧报纸堆里，那隆起的孔隙里隐隐露出女孩黑亮的毛发。孩子真乖，她一动不动地遵循着游戏规则，只为了那本根本不存在的"魔法书"。

张婶已经很久没有享受这样的欢乐时刻了。那个叫格格巫的人带给她一种全新的感觉。她的心怦怦地跳着，动作夸张，故意让自己找不到那孩子。这让游戏越来越逼近高潮部分。那个埋在报纸堆里的小小身体的起伏，也愈加厉害了。随着时间的推移，孩子的不耐烦已经快要爆发出来，那个小小的脑袋干脆从纸堆里耸立起来，眼睛眨呀眨的，看着她。

孩子没有出声，游戏还在继续进行。她忽然转了个身，向门外走去。屋子里即刻响起窸窣声，孩子已经站起来了，当她再度转身的时候，那孩子忽地矮了下去。她又在屋子里装模作样地找起来。连她自己也对这游戏感到厌倦了，可一想到那根本不存在的"魔法书"，她的嘴里又念念有词了，你在哪里呀，我找呀，找呀，就要找到了——。就在这时，一个女人的喊叫声从楼道外传来，囡囡，你在哪里？囡囡，我们要回家了……快出来……囡囡……你在哪里？

是她。张婶脑海里马上浮现出那个肉滚滚的身体，还有沙发缝隙里的头发。女孩的脑袋已经完全从报纸堆里耸立起来，黑亮亮的，是海面上隆起的礁石。她的小嘴茫然地张开着，但没有发声。张婶把门一把拉上了，屋子里顿成漆黑。女孩没有说话，牙关紧咬着，快要哭出来了。

好了，现在千万不能出声，我们躲起来，和你妈妈玩捉迷藏，好吗？

她把食指举到嘴边，发出"嘘——"的声音。女孩一动不动地看着她手指上的那点白光，宛如魔法显影。

黑暗中，女孩眼里闪着惊恐的光芒，那光在她眸子里一点点增大，她不由得蜷缩着身子。寻女的声音渐渐移近，就在屋子外面砰砰地敲击着。囡囡……囡囡……你在哪里？空气剧烈地震动起来，一波波，涌动不息。

门外女人的声音急促，陌生，恍惚，一下一下，穿过门缝、墙体，孜孜地渗进来，在她耳际形成一股声音的旋涡。她坐下来抱着那孩子的头，轻轻拍打她的身体，像潮水拍打堤岸，不是有一下没一下的，而是如此规律、齐整，连她自己也觉得讶异。这是在哪里？孩子已经不再嚷嚷，她睁着大眼睛，似乎小小的身体上长满了眼睛，只要一晃动，那东西就会像果子一样纷纷坠落。她完全地安静下来。在这个暗而密闭的空间里，光线艰难地穿过门缝，丝丝缕缕地渗透而来，融入纷扬的尘灰里，又被更广大的黑暗覆盖了。

　　张婶的身子渐渐地暖和起来，好似有阳光沐浴在身，融融轰轰地，触得整个人都痒酥酥起来。她坐起身，试图把那女孩从安静的状态里摇醒，孩子蜷在她怀里，半闭着眼，呓语着，不愿挪移，浑身散发出婴孩才有的馨香。

　　门外女人的呼唤声一声声骤然急促起来，又无来由地远去了。整幢大楼尽是狂欢的人群，往日肃整的工作场所被布置成气球和鲜花的海洋，人声鼎沸，人们脸上泛着幸福的油光，新年要来了，一切都将变得美好起来。空气中尽是甜味，让人忍不住想舔一下。再舔一下。

　　这个五十几岁的女人和一个孩子待在即将来临的新年的旧屋子里。她抚触着孩子绵软的手背，滑滑的面颊，那么温暖，清香，就像许多年前，她晨起劳动回来，看到果园里第一朵打开的姜花，蝴蝶一样，振翅欲飞。

　　她不由得抱紧了孩子，两片干燥的嘴唇轻轻触碰着，那模糊而颤抖的嗓音，像两片新叶，从她喉管里长了出来，连自己也不能相信，她竟哼唱起了二十年前的曲子，那么流利、优美，竟然全部记得！

在歌声里，她和这个双目微闭的孩子，几乎睡着了。就在此刻，木门忽然被推开，光线哗的一下，从折叠的状态回正，肆无忌惮地进来了。女人已经立在屋子中央，她体形庞大，几乎占去大半个空间。随着她的到来，屋内的空气也跟着震动起来，孩子睁开眼睛，看了来者一眼，转而望向这个把她拥在怀里的人，瞪大了眼睛。

女孩扑闪着黑亮的睫毛，幽幽地问，你是谁呀？

张婶咧了咧嘴角，偏着脑袋，稚气十足地答道，我是格格巫呀。

女孩眯眼笑了，奶声奶气地回话，你不是格——格——巫。

张婶也笑了，说，我就是格——格——巫呀，格格巫就是我——

女孩被强行拖走时，手里的毛线团散落开来，那线绳滚了一地，越拉越长，一头攥在女孩手里，另一头，则被张婶紧握着，好似牢牢地长在她的手掌心里。

阳光透过玻璃窗，洒在长长的楼道上，那么温暖、干净。

她龇牙咧嘴地笑了。

墙上的画像

时间流逝，父亲离我们越来越远了。

在他刚刚离开那会儿，我们却不是这样想的。我们阖家三代人，祖母、母亲和我，等着盼着，怀着难以言传的激情，以为过不了多久，父亲将重返人间，以独特的方式回到我们身边。我们全家怀着如此可笑的信念，实在是因为那年夏天，父亲走得如此突然，不给我们一点准备的时间。

自我懂事起，家里还没有死过人，我爷爷不是死去了，而是消失不见。六十年前的清晨，新婚的爷爷穿着崭新的棉布袍、棉鞋子，欢天喜地地去城里走亲戚，却再也没有回来。他们都说他被捉了壮丁，或者去了台湾，或者死在哪个战场上了。但我们谁也不会真正相信这种话，说不定，哪一天，青年爷爷将风尘仆仆地从时光深处回来，把我们吓一跳。

起先，在重大的节日里，我们全家在祠堂祭祖时，也没有爷爷的份。后来，爷爷开始在祖母的梦里哭诉外面的日子不好过，总是没钱花，祖母才决定把纸钱也烧给他一份。在黑幽幽的祖先的宗祠里，爷爷作为祖母的诉苦对象存在了很多年，她埋怨生活辛苦，我妈对她不好，她不断走下坡路的身体老是跟她作对，祖母嘀嘀咕咕，就像一只饶舌的麻雀。

对于爷爷，既然我们没有亲眼见识过他的死亡，那他一定还活在这个世界上。总之，我们固执地认定，一个人死了绝不会像风一样被刮得无影无踪。同样对于已经停止呼吸的父亲，葬礼不是结束，而是新的开端，父亲肯定会以另外的形式重返人间。

那天，一列吹吹打打的队伍，把父亲送进火葬场的焚尸炉里，我看见那一堆白骨被碾成灰，装进木匣子里，然后放入那小小的墓穴里，这一切做下来，我们都安安静静地，没有人流泪，没有人歇斯底里，我们似乎干着一件与父亲毫不相干的事，干完后就回家了。

父亲不在的第一顿晚饭，四把椅子空了一把，祖母给那把空椅子披上父亲的旧衣服，垫上靠垫，母亲把滚烫的白米粥放在与那把椅子对应的桌面上，碗上还不忘搁双筷子，然后，我们还是一家四口，低着头，闷不作声地吃起来。和往常一样，吃饭的时候，我们不太喜欢说话。屋子里只有稀里哗啦的食粥声，牙齿与菜梗的摩擦声。饭毕，照例是母亲收拾碗筷，当她端起那个纹丝不动的碗，瞅着碗里完好无损的米粥，出人意料，她没有任何情绪的流露。这一切如此正常，正常得让她没有任何诧异之情。

她甚至对着那碗粥微微地笑了笑，然后，把它端至壁龛前，那上面贴着一张过年时留下的红纸，红色已经洇开了，纸上是模糊的神像，可能是土地公，也有可能是谷神，管收成的。我睡到后半夜偷偷爬起来，进到灶台间瞅上一眼，一点异常都没有，又悄悄地退出去。第二天早晨煮饭时，母亲旁若无人地把它倒进锅子里，和别的剩粥一搅和，不动声色地被我们吞进肚子里。

父亲离去半个多月了，可我仍时常发现他的衣物出现在房间的各个角落里，有时现身于母亲的床头柜上，有时晒在阳台外面的竹竿上，下雨的时候，则被搬进屋子里，挂在天花板下方的钩子上，底下接个脸盆，水滴打在上面叮咚响。我在父亲的衣服底下钻来钻去，好像父亲也在这屋子里，正观察着我的一举一动。

有一天，母亲忽然说，我敢肯定你爸还没有离开这里！他在看着我们呢。

我半信半疑地看着她，完全信了她的话。

母亲又得意地告诉我，我上次听人说，人活着是有一股劲儿的，这劲儿没用完就死不了，即使死了还会回来，你爸现在肯定被卡在哪个地方出不来，一旦想到好办法，他就会回家。

那他到底什么时候回来呢？

母亲不理睬我的话，自顾自往下说，那个人还说，只要我们一直想着，想着，不停地想着这个事，你父亲就会回来。

这样的话，她几乎每隔几天就要说上一次。说的时候，她脸上是混杂着好奇、兴奋、天真等表情，就像一个纯洁的、不谙世事的少女，没有一点点悲伤。

自从父亲离开后，我们没有在家里接待过任何一个成年男人，就是说父亲坐过的椅凳，还没有被别的屁股占领过。母亲的大床，尽管左侧空荡荡的，但她的身体仍坚守着在这床上应有的地位，不越雷池半步。她经常抱怨睡不好，腰酸背痛，睡觉好像打仗。我也不敢直说，你现在可以放心大胆地睡了，反正边上又没有别人！

在我们小镇，每死去一个人，家里的墙上就多一幅遗像，死去的人在白墙上怔怔地望着每一个看着他的生人，充满着永远也不可能活过来的哀伤。

父亲的遗像随着灵位捧回家的那天下午，就被祖母摔坏了。随着砰的一声响，木头像框摔倒在地，很快就散了架，碎玻璃溅得到处都是。母亲捡起黑白照片，把它塞进抽屉里藏好。任我如何翻箱倒柜，怎么也找不到。

我们家的墙壁是另一个仓库，长短不一的钉子上悬挂着簸席、斗笠、旧蓑衣，应有尽有。在这些乱七八糟的东西中，隐藏着一幅画像，那当然是父亲的。许多前，一个走南闯北的民间画师绘下了它。画作完成后，我祖母蠢蠢欲动，也想画一张来着。画师在父亲的画像完成不久后就四处游荡去了，害得祖母后悔不迭，认为错过了一生中唯一认识自己的机会。

父亲的画像在他活着的时候从来没有被好好关注过。镜面积满尘灰，镜中人似乎也在尘灰里睡着了。可不知从哪一天开始，这蒙尘的镜面忽然被擦拭一新，端端正正地悬挂在我们家的墙壁上。

画中的父亲眼睛瞪得老大，看着我们吃饭，睡觉，拌嘴，默不作声，又似乎随时可以站出来发表意见。

他都看见了，我们的日子过得挺难的。家里只有母亲一个人上班，在纺织厂里给机器换梭子，梭子可不长眼睛，弄不好就会搞得头破血流。有时候她一大早去上班，半夜三更才回来，家里常常是清锅冷灶的，祖母除了织网，什么也不会。她像只蜘蛛，织啊织，还用花花绿绿的布头做记号。祖母织网的时候，仰着头，目光穿过墙壁，穿过人群，谁也不知道它最终落到哪里。

祖母看上去很老了，皮肤皱缩，下巴干瘪，齿牙脱落，说起话来都漏风。现在，她除了织网，什么也不做。这张庞大密结、天衣有缝的渔网，似乎网住的不是鱼，而是她自己。

以前，祖母在巷口摆摊卖香烟和针头线脑，我们的日子还挺好过的。自从父亲消失后，她就在屋子里织起网来，寸步不离地守着这个烂摊子。母亲多次劝她重操旧业，但她毫不听劝，威逼利诱都没用，母亲整日骂骂咧咧的，只希望有一天能把她骂醒。

有一次母亲说得狠了，把祖母都说哭了。祖母一把鼻涕，一把眼泪地哭诉，求母亲放过她这个瞎眼老太婆，有人在墙上看着呢。

母亲抬头看见父亲的画像，马上停止了咒骂。

家里的气氛变得紧张，好像一张紧绷的弓，随时可能断掉。可我们好好的。无论母亲说什么，祖母从不顶嘴，甚至还笑嘻嘻的。就因为祖母的装聋作哑，才没有被母亲扫地出门。

那天放学后，我火急火燎地赶回家做饭，进门时，差点被一截木头绊倒。黑暗中，一个身影向我挪过来，是祖母。说过多少遍了，叫你开灯开灯，就是不听，你以为自己是住在坟墓里啊。我学母亲的口吻，对祖母骂骂咧咧的。祖母却一声不吭，低着头，坐到廊柱后面去织网了。

我们家房子朝南，本来光线挺好的，自从父亲离开后，邻居就挨着我们家新造了一幢朝东的三层楼，把射向我们家的光线全部截走了。从此开始了我们暗无天光的日子。

晚上，我们要开灯，大白天的，我们家也要开灯。我们的电表就像时钟一样不分昼夜地走个不停。光是电费，就够我们受的。母亲气得不行，哼，要是我们家有男人，就不会被欺负成这样了。

每当她说这种话，我就莫名地伤感，看到墙上的父亲仍然什么也不知道地看着我们，露出他的招牌笑容，我的伤感便像夜色一样深沉了。

邻居们都在背后议论我妈，说没有男人的女人都有点神经兮兮的。我知道他们在说什么，不要以为我什么都不懂。母亲过得实在太苦了，她的脾气一天比一天暴躁，一回到家就摔盆破碗，摔完后就哭，她后悔啊，再这样摔下去，我们家吃饭的东西都没有了。就在这个时候，棉纱厂竟然倒闭了，厂长和情人卷款私逃，母亲没有了工作，不得不把祖母的香烟摊重新张罗起来。

母亲本可以在我们睡着的时候，搭上早班车，偷偷地溜掉，到大城市里过吃香喝辣的生活。她还年轻，有点姿色，不乏追求者，那些常在我们家巷口转悠的男人，是她逃离苦难生活的接应者。有一个晚上，她没有回家，可第二天上午她又回来了。

有一天，我似乎弄明白了她没有走的原因，就是因为墙上的那幅画。不知什么时候起，它被挂在正对着饭桌的墙壁上。画里住着父亲的四十岁。每当看到这幅画，母亲便成了一个弱智的少女，啊，你看，画得多像啊，就像你爸活了过来。她的话让我毛骨悚然。

我不得不承认，这幅画在我们家确实占据了重要位子。就连我这么个大大咧咧的人，有时候冷不丁瞥见它，鼻腔里也酸酸的，眼角立时泛起泪花。其实，我很想对她们说，行行好，把爸爸藏起来吧，藏到一个箱子里去，他要睡觉了。他一直不吃不喝地看着我们，怪让人心疼的。

她们才不管这些呢。即使说了，一定是拿这句话回我，小孩子懂什么呀。奇怪的是，祖母似乎也看得见这幅画，有几次，她还拿着抹布，煞有介事地在那上面擦着。我开始怀疑她的瞎眼全是装出来的，为了不用做家务，为了怕我们赶走她，为了博得我们的同情，简直像个潜伏的特务。

我要赶在母亲回家之前把饭做好。可是，这顿饭我怎么也做不下去。刚才，祖母忽然对我说，你妈要带个人回来吃饭，叫你多烧几个菜，说不定还要过夜。

"吃饭，什么人？"我一听就警觉起来。

"还能有谁？"祖母头一回在我面前阴阳怪气起来，"肯定是个男人了。"

什么？不可能！母亲有时候寂寞难耐，不免和街上的男人拉拉扯扯，但我知道她和他们只是逢场作戏，好过一阵，马上就分了。她从来不带他们回来吃饭，更不用说过夜。可是这回，她竟敢把男人带回家。怎么办呀，我心不在焉地摆弄着油盐酱醋，恨不得烧出一桌子毒食来。

即使父亲离开很久，且没有任何回来的迹象，我也没有做好迎接另一个男人的准备。我想祖母也是如此，甚至比我还要愤怒。

母亲回来了，那个男人就跟在她后面，头发乱糟糟的，像个鸡窝，牛仔双肩包鼓鼓囊囊的，肩带抠进了肉里，不知道装着什么破烂货。他全身上下没有一处值钱，更恐怖的是那双鞋，已经看不出本色来，右脚趾堂而皇之地露在外面，像一截烧焦的黑炭。他一会儿挠挠头，一会儿挖挖鼻孔，先是瞅瞅我，再瞅瞅我们家的房子，忽然发现祖母坐在阴影里织网，吓了一跳。当他回过神来，看见墙上的父亲正对着他"微笑"，马上大喊大叫起来，那是谁呀？他像个女人那样大惊小怪。我们谁也没有理他。

男人背着牛仔包，站在屋子中央，东看看，西瞧瞧。

"还愣着干什么，快吃呀，肚子饿坏了吧？"当母亲说出那个"坏"字时，我忽然想哭，自从父亲离开后，她对人还没有这么温柔过。

男人很快就把一盆猪肉吃光了。接着，他又专心致志地对付那盆鸡爪。他不停地往桌上吐骨头，越吐越开心，嘴里发出啧啧的声音。我急得要叫出声来，那可是我最爱吃的啊。母亲笑眯眯地看着他，过一会儿就问：要不要添饭？要不要再添点？

好不容易听到那个男人嘀咕了声，那就再来一碗吧。母亲高兴得什么似的，把碗在我面前一搁，快，盛饭去！我恨不得把手中的勺子扣在他脑袋上，叫你吃，吃，吃，在别人家这么不客气。

等那个男人一吃完饭，母亲马上把他领进她的房间。我躲在外面偷听，可什么也没有听见。

原本一声不吭的祖母忽然说："在家里，别鬼鬼祟祟的好不好？"

我吓了一跳，白她一眼："别大声嚷嚷，我还不是为你好，看你以后怎么办，弄不好，我们都会被扫地出门。"

"这是我家，我死也要死在这里。"

"别死呀活呀的，放心吧，你现在还死不了。"我没好气地说，"眼下最重要的是，我们要搞清楚，我妈为什么要把他弄回家。"

祖母眼垂头丧气地说："还不是她受不了一个人过了。"

"不对，"我闭上眼睛想了想说，"事情好像没有那么简单……"

"那你妈为什么要把他搞回家？"祖母的眼珠子滴溜溜地转着，既天真又狡黠。

"我也不知道，"我叹了口气，说，"不过，我们会有办法知道的。"

自从这个男人来我们家后，祖母忽然复明了。她不再整日整夜，像只蜘蛛似的只知道织网。我们结成坚固的同盟，互通情报，在重要事情上达成默契。

一天吃过晚饭，他们又像往常那样躲进房间里去，把门一关，只留下我和祖母傻愣愣地大眼瞪小眼。他们越来越过分了，一吃完饭就过起二人世界来，特别是母亲，从前还问问我学校里的事，以确定自己的辛苦钱有没有打水漂，现在好了，自从男人来了后，她女儿也不要了，生意也不做了，拿回来的钱越来越少，下个月的午餐费还没给我。我越想越害怕。遇上一个不理智的妈，比没有妈还可怕。他们躲进房间未久，往常只有深更半夜才发出的声音，这时候已经弯弯扭扭地从门缝里跑出来了。

我不知哪来的勇气，砰砰砰地上前敲门。门开了，母亲披头散发地出来，怒气冲冲地说，你这丫头片子不想活了？说完，又砰的一下把门关上了。过了一会儿，她整整衣服出来了。

"说，什么事？"她双手交叉抱着肩，一副趾高气扬的样子。

我害怕得发抖，哆嗦着说，我想要十块钱。

她啪地把钱包扔在我脸上，我正要低头去捡，她马上抢先拾了起来，从那个干瘪的夹层里摸出两张五元纸币甩给我。

我还想说什么，她已经转身进了房间，随后房间里又传出那种压抑极了的呻吟声，像锯子一样在我脖子上拉来拉去，拉得我浑身发抖，喘不过气来。

自从这个男人住到家里后，母亲再也不说"要是我们家有男人"这种话了。她现在经常挂在嘴边的话是：要是我们有钱就好了，要是有了钱，我就如何如何……好像这么说着说着，这钱就自己跑过来投奔我们了。

有一天，在餐桌上，母亲忽然兴奋地说："我们要时来运转，发大财了。"

自从父亲离去之后，她还从来没有那么高兴过。

"是的是的，如果这事成了，我们肯定要大发一笔。"那个男人随声附和道。

我瞪了他一眼，忽然发现他在我们家没几天，却被我妈养得白胖了。我妈说什么，他就附和什么，简直就是个跟屁虫。

从不主动插嘴的祖母，忽然一脸崇拜地看着母亲："你们要做大买卖了？"

"您老人家可说对了，我们干的可是前无古人的大买卖，要是我们发了，您以后就不用像蜘蛛那样一天到晚织网了，我们要让您吃香的喝辣的……"母亲一高兴，就开始胡乱允诺，好像她已经是个大富翁了。

"没错，再穷也不能穷孩子，再苦也不能苦老人，要是我们有了钱，第一件事就是换个大房子，让老人住得舒服点，哪个人不老呢，连神仙也会老啊……"男人言辞滔滔，把祖母感动得都要哭出来了。

"行了，别给我们描画了，快说说你们的发财计划吧。"我很想知道他们有什么法子可以搞到钱，这样我就可以在同学面前抬起头来走路了。

"这个，怎么说呢，就是我们要搞一台吞钱的机器，让他们乖乖地往里面扔钱。"母亲眉飞色舞地做着收钱的手势。

那个男人在一旁痴痴地看着她，不住地点头。

"什么机器那么厉害，能让他们乖乖地往里面扔钱？"祖母大惑不解。

"说了你也不懂，我们反正有办法。"母亲对那个男人挤眉弄眼。那个男人马上附和道："对对，你老人家就别管那么多了，嘿嘿，您老就等着享福吧。"说完，他们很快又躲到房间里"密谋"去了。

祖母仍喋喋不休："你说什么机器那么厉害，能让人乖乖地往里面扔钱，我活了大半辈子，还没见过这种奇事。"

"你活了大半辈子还不如人家活一天呢。"我揶揄道。

"你说这是什么宝贝啊，那么厉害……"她翻来覆去就这一句。

"没有什么宝贝，他们这是诳你呢，亏你还信。"我对她撇撇嘴，懒得多说什么。

"你说什么宝贝那么厉害啊。"她还在说。

过一会儿，她又问："你说什么宝贝那么厉害啊。"

"闭嘴。"我真想冲过去，掐住她脖子，让她说不出话来。

第二天，祖母竟然拿出父亲的中山装给那个男人穿。那套衣服很新，父亲只穿过一两次，当初他们不舍得把它烧了，似乎已经预测到它要在今天派上用场。男人很高兴有新衣服穿，他的表情就像一个孩子得到新年礼物。他蹦蹦跳跳地穿上父亲的衣服和裤子，在镜子前一照，走上几步，再甩个手，竟变了个人，连举止也不同了。明明还是以前的那个人，可怎么看，都已经脱胎换骨了。好像父亲留在衣服里的魂灵，进入了男人的身体里。

连母亲也说，你穿这身真合适。

祖母只说了一句，像，太像了。

我感到伤心，有东西堵在喉咙口，什么话也说不出来。

衣服只是开始。从此之后，这个男人开始穿我父亲的鞋子，帽子，用我父亲的烟斗，座椅，扑克，当然还有女人。这件事是征得我祖母同意的，甚至是在她的默许之下，这使得他更加肆无忌惮了。反正那些衣服放着也是放着，那些凳子闲着也是闲着，那些帽子，没有人戴也会蛀掉的。与其放着、闲着、蛀掉，不如让它们派上用场吧。现在，这些东西正派上用场呢，这有点像，一个死去多年的人，忽然借尸还魂活了过来。

那天早晨，当那个男人穿上父亲的衣服，戴上父亲的帽子，使用父亲的茶杯，在家里唾沫横飞地议论时局时，祖母忽然大吼一声，闭嘴！男人马上闭了嘴，吃惊地望着祖母，转而又用求救的眼神看向母亲。母亲低下头，假装什么也没看见。一番察言观色后，男人马上乖乖地，什么话也不说了，果真"闭嘴"了。

祖母笑了，母亲暗暗地舒了口气，我心里实在高兴。作为一个住我父亲房子、穿我父亲衣服、睡我父亲床的男人，我们可不喜欢他胡言乱语，多嘴多舌的。

一个月过去了，男人完全变了个样，脸变圆了，下巴缩进去了，脸色也好看多了，更重要的是，他走路的样子，一摇一摆，很像一个人，我们非常熟悉的一个人。他四处游说他的发财计划，拉赞助购买发财机器，但没有人听他的。不是不相信他的话，而是大家都穷，没有钱。他晃晃悠悠，逢人就说，过程是艰难的，道路是曲折的。他还说，只有笨蛋才自己找工作，聪明人都是让工作来找自己。

他用我母亲的钱，吃我亲手做的饭菜，在祖母的梭子声中呼呼大睡，全家人都在尽心尽力地伺候他、讨好他，不让他有一丝一毫的委屈。用母亲的话说，我们家来个男人真是太不容易了。祖母也表示默许，尽管这个男人与她没有任何关系，既不睡她的床，也不叫她妈。我相信她们肯定是盲从了某种迷信力量的召唤，就像那些中了邪的人乖乖地把自家的猪羊拿出来献给神灵。母亲变得更加吃苦耐劳了，为了赚到更多的钱，很晚了还守在摊子前，祖母也在默默地奉献精力，通宵织网，以换取更多的钱财。我们精诚团结，努力侍奉这个家中唯一的男人。

自从购买发财机器的梦想破灭后，那个穿着我父亲衣服的男人就开始游手好闲起来。我们尽力忍受他的懒惰，只为了在吃饭时间看到他准时坐在那个空位子上，与墙上的画像成近距离的呼应。我们和他平安无事地处了一段日子，直到那个清晨，祖母以砸碗的方式，宣告了这段和平日子的结束。

"我们这是养了一头猪啊，猪还能大卸八块，饱餐一顿，你呢？你能干什么？"祖母忽然大发雷霆。我们被吓了一跳。她老人家从不敢在我们面前大声说话，自从这个男人来我们家之后，她的脾气像个鼓胀的气球，一日日胀大，现在终于爆炸了。

男人不知所措，不知哪里出了问题。这一切不都好好的吗？今天和昨天没什么不一样啊？他穿着一样的衣服，坐在相同的座位上，在差不多的时间起床，吃饭，没胡乱发表看法，可怎么就挨骂了呢？

他一脸无辜地看着母亲，母亲也不知所措。

祖母怒气未消，指着男人的鼻子："说，你在这个家能干什么？你今天不给我交代清楚，我就是拼了这条老命，也要把你扫地出门。"

母亲慢腾腾地起身，祖母也慢腾腾地坐起来，然后是那个男人，他试图挪动一下自己庞大的屁股，可没有成功，他用双手死撑着身体，才缓慢地站立起来。他跟在两个女人身后，三个人走到母亲的房间里，关了门。等出来的时候，他们已经换了一副表情，各自踌躇满志，似乎达成了什么重要协议。

男人在我祖母房间里待的时间越来越长，他们叽里咕噜的说话声，从锁孔里传出来，但我什么也听不见。

母亲依然早出晚归，她对祖母把男人留在房间里的行为置若罔闻，难道这件事情根本就是她的安排？

祖母把男人留在房间里干什么呢？他们……我不敢想下去，也不像啊，每次他从那个黑漆漆的房间里出来，神情实在不像是做了那种事。

有一个晚上，晚饭过后，一家四口无聊得剔牙，男人忽然拿出把那把尘封已久的二胡，这是父亲的遗物，被祖母锁在一个红漆剥落的旧匣子里。我们差不多已经忘了它的存在。现在，这个男人手持二胡，对着一张破旧的琴谱试音。他拉的是父亲的保留曲目《牧羊女》。他摆弄这个东西显然不在行，声音毛糙、空洞，听了真叫人难受。即使如此破败的声音，在我们家也是甘露一样，久违了。这让我们再次想起父亲在世的日子，这种触景伤情的联想真叫人难受。没办法，有时候人们的记忆就像老人一样容易受人摆布。

男人眉尖紧蹙，脸部肌肉剧烈抖动着，似乎要把那几根锈迹斑斑的弦拉出血来。他咬牙切齿，似乎怀着什么深仇大恨，他的屁股占了椅子的一道边，随时都有可能腾空而起。他恨不得把那些声音吞下去，最好是把那架发声器官也一起吞下去。他的身体成了那架弓背蜷缩的二胡，磨损，破败，心事重重。

有一次，他拉着拉着，忽然打了个盹，睡着了。声音消失了。琴弓跌落在地。屋里传出一声钝响，祖母连同那把靠背椅也一起摔倒在地。随即，祖母的震怒声似乎要把屋顶的瓦片也掀翻了。男人一下子醒过来，脸色苍白，冷汗直冒，立刻把那断了的声音续上。

他拉得越来越好，越来越接近父亲的音色，本来嘛，这种事情就是熟能生巧。

有一天，母亲不在家，男人和祖母在房间里争吵起来。我听到玻璃碎裂的声音。他冲出门来，从厨房里拿来一把菜刀，强行塞到祖母手里，嚷嚷着："今天，你要给我来个痛快的！"

"不，"祖母大叫一声，"你吃我的，喝我的，不能这么没良心。"

"我受够了。"男人怒吼着，发出可怕的声音。

"就算我求你，求求你了，你再坚持一下，可怜可怜我。"祖母老泪纵横，半跪着身子。

男人匍匐在地，呜呜哭起来，像一头受伤的野兽。

当母亲到家的时候，男人已经不哭了。他用自己的笑脸来迎接母亲的笑脸，两张微笑的脸庞，一样黯淡，一样疲惫不堪。就像世上所有丈夫和妻子的脸。

祖母又在角落里织网。她面对着昏暗的墙壁，就像那只逼近绝境的蜘蛛，忙着给自己编织裹尸布。

天黑了，月亮上来了，屋子恢复了安静。母亲和男人在房间里卿卿我我，我和祖母躲在角落里苦思冥想，以此打发漫漫长夜。

男人有了自己的工作，他被安排在父亲以前待过的车间里，这还是托关系说进去的。母亲和厂里的人说他是我父亲的弟弟。谁也没有对父亲凭空多出一个弟弟感到意外。有一天下班回来，男人告诉母亲说同事对他非常友好，还把家里带来的红烧肉分给他吃。他说等厂里放假了，他想和同事们一起出去玩。

"去哪里玩呢？"母亲笑眯眯地问他。

"青龙山，那里空气好，凉快，他们说的。我也不知道在哪儿。"

"玩什么呀？"

"游泳。"

她听明白了，他说他要去青龙山游泳。她心头一震，没想到这一切来得这么快，但她马上就掩饰了过去，"你是怎么想的呢？"

他兴奋地说："我已经很多年没有游过了，不知道能游多久。"

"哦，在去之前，你要想想好，要不要去。"她冲他笑了笑。

"我想，我还是应该和他们打成一片，以后需要他们帮衬的事情太多了，在这里，我谁也不认识。"

她还是这句话："你自己要想想好啊。"

他感到愕然："这个不算什么啊。你放心，我不会乱来的。"

她点了点头，说道："是的呢，是不算什么，可你还是要想想好的。"

全家人都知道那个车间里的人准备邀请他去青龙山游泳。

每天下班回来，我们都会小心翼翼地问他许多问题。可是，谁也没问，你什么时候去游泳啊？在一件事发生之前，他们照例要做许多事。比如打打牌，喝喝老酒，谈谈女人。男人们在一起，总少不了这些。他经常下了班也不回家，喝得烂醉被人抬回来。

他把脏物吐在母亲身上，那令人作呕的气味在屋子里一夜不散。可是，我们都原谅他了。既然，他总有一天要上青龙山，要去游泳，今天发生的这一切又有什么要紧呢？

它总会过去的。

那一天终于来了。他回家了，跌跌撞撞，满脸通红，浑身酒气，就像很多年前，我的父亲也以如此蹒跚的步态走进家门口。第二天清晨起来，男人大声向我们宣布：今天厂里放假，我们约好去青龙山，去游泳！

母亲躺在床上，脸色苍白，额上冒汗。她生病了。祖母待在角落里一动未动，就像一只沉睡的蜘蛛。那些网已经织好，庞大的收尾工作即将结束。

她正等着收网。

那个男人，一会儿看看手表，一会儿摸摸母亲的额头，不时询问道："你没事吧？你看，我这约好的事儿，又不能反悔的，怎么办？急死我了。"

母亲对他笑了笑，既不说没事的，你去玩吧，也不说，你留下别走了。

男人进退两难。不过，最后，他似乎想到了什么，还是说了声，我该走了，他们肯定在等我了。说完，大踏步出了门，头也不回。他的脚步声马上消失了。我和祖母面面相觑。

他走后，母亲腾的一声从床上坐起来，她在屋子里走来走去，一会儿撞倒椅子，一会儿踢翻瓷盆，一个劲儿地甩手，嘴里喃喃着：这可怎么办呀。当她与祖母目光相触，马上低了头，一声不吭坐回床沿上。

屋子里安静极了，此刻没有任何事情可做。祖母为了打破寂静，试着拿起一支梭子在那张漏洞百出的渔网上忙活起来，可没过多久，她的梭子就掉在地上了。祖母开始述说发生在那年夏天的事，但母亲一句"你又来了"，封住了祖母之口。

我们一家三口低着头，各自想着当年的场景，当年噩耗传来时，全家正在亲戚家做客。我们丢下一桌子热腾腾的饭菜，奔跑在回家之路上，汗水和泪水在我们脸上交汇，它们就像命运纵横交错的道路。

现在，这个相似的盛夏，窗外知了声声，如火如荼。祖母走向那个蒙尘已久的相框，手掌抚过黯淡的镜面，灰尘纷纷坠地，画像里的人脸忽然亮了，他对着祖母微笑。

随着祖母展露笑颜，我看见母亲的脸上也露出了久违的笑容，看到她们笑了，我也舒了口气。

木器

爷爷老了，大概快一百岁了，一个人不是皇帝，却活那么久，这简直自取其辱。爷爷眯着眼，坐在院子里晒太阳，一片树叶落在他的肩膀上，另一片落在他的脚边。

爷爷连眼睛也不眨一下。

树叶落完后，爷爷忽然问我："我是不是活得太久了？"我微张开眼，抬头看了眼太阳，又瞅了瞅地上的落叶，连连摇头："不，比起太阳，您活得一点也不久。"爷爷忙说："当真？"我只好哄他："那还有假！"

爷爷笑了。爷爷一笑，牙床上仅剩的两颗大黄牙，暴露无遗。阳光照不到他嘴里。当那些牙齿还好好的时候，也没有被照耀过，这真是一件悲哀的事。

在死这件事上，爷爷的态度太不严肃了。有一次，他摔了一跤，跌断了小腿骨，躺在床上不能动弹，哭哭啼啼地对奶奶说："我快要死了，赶紧去把孩子们叫来见最后一面吧。"奶奶也是经久沙场的人，根本不信他的话，相反还顶撞他："你好吃好喝在床上躺着吧，等真的死了肯定会有人来把你抬出去，不抬也不行啊，太臭了。"奶奶边说这话，边装模作样皱起了眉，似乎那尸臭味正源源不断地释放出来，在她的鼻子底下直打转。爷爷继续使用苦肉计，动不动就哼哼唧唧，奶奶除了一日三餐，别的从不搭理他。实在憋坏了，他就躺在床上大骂，说自己昨天还有翅膀，怎么今天就没了呢。一会儿又埋怨被墙压得喘不过气来，哎哟哎哟地叫起来，像女人那样嗲声嗲气。如此过了三个月，爷爷能在村街上行走自如了。奶奶看他优哉游哉的样子，故意问道："怎么还没死啊？"爷爷笑嘻嘻地说："要我死啊，没那么容易。"说完，他甩着胳膊，大摇大摆地往前走，一副神气活现的样子。

有一次，爷爷从外面回家，一脸悲伤地躺到床上。奶奶叫他起来吃饭，他两眼一闭，说："我要死了。"奶奶说："拜托你吃完饭再死吧。"爷爷说："死都要死了，还吃什么饭啊？"奶奶就不管他了，稀里哗啦把自己那份吃完了，看见爷爷还躺在那里，眼睛直瞪着天花板，有点大义凛然的味道，才发觉事情有点蹊跷。奶奶懒得问他，叫来我大姑。大姑来的时候，爷爷还直挺挺地躺在床上。我大姑比我奶奶脾气好多了："爸，你这是怎么了？赶紧起来吃饭吧！"爷爷忽然老泪纵横："我就要死了，一个要死的人，怎么吃得下饭啊。"我大姑一怔，忙说："好好的，怎么说起这些话来？"爷爷起先不肯说，而且一说就哭，根本无法说清楚，大姑费了很大劲才弄明白事情的真相。原来，爷爷在村口遇见一个穿皮鞋、背挎包的男人，那个男人看见爷爷在垂头丧气地锄地，就上前与他搭讪，问他去哪里哪里的路该怎么走？爷爷用手胡乱一指，说，一直往前走，根本就没理他的意思。那人见状，吞吞吐吐地说："有句话不知当说不当说……"爷爷看了那人一眼，没好气地说："有话快说，有屁快放。"那人压低了嗓音，鬼鬼祟祟地说："这位大叔您印堂发黑，很快就有麻烦上门了。"爷爷生气地说："你哪里看出我印堂发黑？你才发黑呢。"那人若无其事地走开了，临走时不忘丢下一句："不相信就算了……"爷爷这才有些急了，想叫住那人又搁不下这个脸，急得直掉泪，回家一照镜子，果然整张脸像是描了炭笔，一片黑焦焦。大姑听说这事，忙安慰道："原来是这事，那还不简单，我去找那人来问问不就结了。"爷爷一听，不哭了，叹了口气说："哪有那么容易啊，这既不知道名字又不知道来历的……"大姑说："你先吃饭，吃完饭长力气了，我们一起去找。"没想到爷爷哭得更凶了："我不去找，我不去找……要找你们自己去。"大姑哭笑不得："好好好，我们去找，那你快起来吃饭吧。"爷爷压低嗓音对我大姑说："我不能去吃饭，我一吃了饭，你们就不去找了，我不上这个当。"大姑没办法，回头寻我奶奶，奶奶早就躲出去了。大姑问："真不吃了？"爷爷说："不吃了。"大姑叹了口气说："好吧。"大姑走了，也不知道有没有去找那个骗子，总之，过了几天，爷爷看自己还没死，就偷偷摸摸地起来吃饭了。

奶奶看到爷爷狼吞虎咽的样子，毫不客气地说："你不是死了吗？死人怎么还要吃饭啊？"

爷爷支支吾吾说不上来，过了很久，才梗着脖子，冒出一句："我这不是还没死吗？"

村里有些人睡着睡着就没了。有些人洗洗衣服忽然栽倒在河埠头。也有得病的，脸渐渐黑了，腰板渐渐歪了，声气一点点轻下去，是疼死的。死亡到底是怎么来的？它就像月影，不声不响地跟过来，一会儿带走这个人，一会儿那个人没了。除了意外，很多死亡肯定是从体内出发的吧？它是疾病吗？那些疼死人的毛病又是怎么来的？

爷爷没想那么多，或许他想了，但他说不出这些。他只觉得跟了他多年的身体，越来越不听他的话了。如果有一天，那个身体什么也动不了，他也不会感到奇怪，似乎那是迟早的事，可是这和死亡有什么关系啊？一旦他把身体的不能动弹与死亡联系在一起，他就有些难以理解，明明那个身体的事与自己无关，可只要它不能动了，那他就是死了。怎么能这样啊？爷爷感到很气愤，也很无奈。

有一天，爷爷眯着眼睛想着想着，忽然想到身体的事了，他就一阵战栗。怎么才能知道那个身体的处境呢？从外面看什么也看不出来，在它的里面呢？在那个黑漆漆的世界里，它们都还好吗？这么多年了，对那个世界，他一无所知。

说来奇怪，那年冬天，爷爷全身皮肤忽然出现严重的裂缝，起先是漫不经心的细瓷纹，起了泡，有皲裂的细节，以为是干燥季节特有的征象，不想那瓷纹样的缝隙一日日增大，首先是从手足开始，然后再慢慢蔓延至四肢、躯干，到最后，全身所有的皮肤都出现了轻轻一剥就能撕开的现象，爷爷每天都要撕扯身上碎裂的老皮，他是个急性子，常扯得血肉模糊，明明有些皮还未到达撕开的程度，他就迫不及待地撕上了。我抢着帮爷爷撕皮，就像给新土豆剥衣，这种感觉可真好。在这件事情上，爷爷可不喜欢我帮忙。他要慢慢地一点点在太阳底下给自己更换新衣般，一层层剥开自己，他好奇地打量着新出现的一层，那通常是更嫩、更粉的另一层，有跳动的毛细血管，蓝色的地图样弥漫的经络，只需拿针来轻盈地一挑，就能涌出血丝来。

爷爷每天起床的第一件事，便是查看身上有哪些皮肤可以撕掉了，每发现一处，他就惊喜地大叫。我不知道，爷爷要撕开它们的目的何在，他是不是要打开自己的身体，看看那些工作了一辈子的器官都长什么样？说实话，我对自己的身体也很好奇，为什么跌跤的时候，有时候是流出血来的，有时候却是乌青。后来，他们告诉我，乌青不是不流血，而是血流在里面出不来。既然流的都是血，为什么看上去却如此不同？就像我很想知道，为什么天空有时是蓝的，有时是灰的，更多的时候却是不灰不蓝的？难道天色只是宇宙透明的皮肤，那它的身体里到底藏着什么呢？

　　而爷爷最想弄明白那些白饭进了嘴巴，怎么就变成黄灿灿、臭烘烘的粪便排出了体外，它们又多么宝贵，被运到庄稼地里，滋养着蔬菜瓜果，那些蔬菜瓜果又通过人嘴，进入那个黑暗的人体的洞穴里，进行着化学分解，好的存留，坏的排泄，如此循环往复，一个人的身体就会慢慢地变老，变迟钝，走下坡路，直到自己也不认识自己。

　　爷爷当然想认识自己，那个住在自己身体里的神灵。爷爷相信每个人的身体里都住着一个神灵，这开裂的皮肤或许是个预兆，难道神灵要显形了？

　　还是奶奶英明，她手持梭子掷向爷爷："什么神灵显形，你是毒气太重了！而且，你又不是蛇怎么能蜕那么多皮？"说完，奶奶低头察看自己的手掌，她那里好好的，一点破皮的迹象都没有。

　　奶奶请人把爷爷的手反绑着，把他的衣物脱个精光，在他全身上下涂满软膏，那像鼻涕一样微黄的胶状物黏附在爷爷身体的表面，就像打了一层蜡，闪烁着莹亮的色泽。这让爷爷看起来像一个长成丝瓜样的变异的南瓜。涂满软膏的爷爷一脸痛苦，似乎那些黏稠的胶质样的东西，把他的神灵之路给堵死了。

　　爷爷哭哭啼啼地向奶奶求饶："把我放了吧，我再也不剥自己的皮了。"奶奶笑了，说："狗改不了吃屎，等你的皮不能剥了，再放了你。"

　　奶奶给爷爷喂饭。爷爷把一口饭喷在奶奶脸上，奶奶气得把整碗饭泼在地上喂了狗。她气呼呼地走了，撂下一句话："如果我再给你喂饭，我要拗断一颗牙给你看！"发了毒誓的奶奶一阵风似的跑了。饿了好几天的爷爷已经不知道什么是饥饿了，到最后，他只喝水，不吃饭。爷爷的皮下组织越来越薄，经络分明，血管依稀，隐隐可见里面的脏器，特别是那颗拳头大小的心脏，它比往常跳得更欢了。爷爷让自己的手掌贴近那里，他要让它在自己的掌握之下跳动，就好像自己的生命能完全握在自己的手心里。

在奶奶的干扰下，爷爷开裂的皮肤终于封死了，不再有缝隙，连风也吹不进去，慢慢地，它们变得和从前一样了，甚至更为密实了。就像一个没有门窗的房子，本来还有墙壁间的缝隙，现在连这些间隙也被填死了，彻底地消失了。爷爷觉得自己的身体成了一个黑漆的房子，是个牢房，那些脏器就是暗无天日的犯人。这让他感到别扭。只要一躺下来，他就会出现幻觉，好似那些脏器在喊叫，天黑了，难受死了，快放我出来吧。那叫声在爷爷耳边嗡嗡地响着，他一刻也躺不住了，他坐起来，一会儿打开窗户，一会儿拿着锤子东敲敲西捶捶，弄得整个屋子咚咚响，全家人都睡不安生，怨死他了。

有一个晚上，奶奶起来夜尿，看见一个人影站在窗前，一动不动，她吓了一跳，大喝一声："谁？"爷爷回过身，举着锤子向她走去。奶奶拔腿就跑，一边跑，一边喊："我的妈啊……快来人哪……"

奶奶怕爷爷一时失误把自己捶死，那些锤子啊，铁棒啊什么的，总是很容易找到。有一天，爷爷不知从哪个角落里找出一把锈迹斑斑的锯子，那锯子实在太旧太破了，可能还是爷爷的爷爷用过的。

爷爷说："给我一段木头。"

他好像在对空气说话。过一会儿，他从柴房里抱出一段樟木，樟木的一端已经腐烂，另一端却还新鲜，淌出一些乳白色的汁液来。阳光照在木段上，暖烘烘的，木头的表皮开始出现皱裂的迹象。

爷爷一刻也离不开太阳。他抱着那段樟木，满院子地追赶太阳。樟木被去了皮，裸露着，在光线中，像一截亮闪闪的骨头。谁也不知道爷爷要拿它做什么，一开始他只是抱着它，怕冷似的抱着它，似乎那是他的另一个身体。

当阳光长足而安静地洒落在院子角落里时，爷爷手持锯子在那根木头上装模作样地拉来拉去，那些生锈的锯齿如大提琴灵活而倨傲的弦，一开始，它们只停留在木头表面，它们擦破了木头的一点点皮，发出悲怆的呜呜声，再也舍不得深入下去……这是爷爷的意愿，还是锯子的？锯子显然想要锯断那根木头，而爷爷却模棱两可，他的动作有些迟疑，锯着锯着，就停下了，丢开它，坐下来发呆。过了很久，忽然想起了什么，又抖擞着精神上来了，继续刚才的拉锯战。

段状木头横躺在青石板上，散发出陈年樟木的清香，他要拿它们做什么？是像往常那样扔进炉火里烧成灰烬，还是制出一两样家具来？我记得爷爷曾给我做过一个书架，那东西可真丑，四根木段，两横两竖，硬生生组合在一起，连树皮都未褪净，摸上去还扎手呢。连最简单的凳子，爷爷也做不好。它们总是东倒西歪的，一不留神坐上去，就要仰面跌跤。

有一天，院子里沉寂了很久的拉锯声又响起来了。爷爷找来更多的木头，它们是杉木、柳木和松木，那些木头真好啊，粗壮，结实，充满着木头特有的宁静与馨香。爷爷打量着它们，好似打量一生未竟的事业。

爷爷找来更多的工具，凿子啊，刨子啊，墨斗啊，木锉啊，满满放了一地。他不满足于这些，还在屋子里寻寻觅觅。

一个天气晴朗的日子，爷爷终于开工了。他一会儿做出裁缝给人量体裁衣的架势，一会儿又像伟人那样抽着烟斗，沉思起来。他磨磨蹭蹭地摆弄着那些木段，最先拼出的是一个北斗七星的造型，马上他又把北斗星变成一张回形的床。他东看看西瞧瞧，忽然又不满了，把床给"拆"了，木头又重新变得孤单。

爷爷开始使用刨子。他略略俯下身，围着木料推赶着，小跑着，他的样子有些严肃，又滑稽得很。他念念有词，叽里咕噜，似乎在对木料施法。很快它们就变得平整，光滑，宛如新生。而刨子所经之处，刨花像波浪一样翻卷着，坠落在地——是白花花的木头的魂灵掉了一地。

奶奶在偷偷地观察爷爷的一举一动。有一天，她在看过爷爷的工作后，惊喜地对我说："你看着吧，他是要给我变出一张桌子来呢。"我撇撇嘴，什么也没说。心里却想，谁知道爷爷会做出什么东西来呢。

在这件事情上，奶奶表现出了足够的耐心。她大概觉得奇迹马上就要发生了，既然已经等了一辈子，也就不在乎再多等一会儿。

有一天吃早饭时，奶奶实在忍不住了，用筷子敲得瓷碗叮咚响，指着那张破桌子大声嚷嚷："老头子，这张桌子就像你一样，快要散架啦。"

爷爷对奶奶的话置若罔闻，他站起身，一声不响地返回工作场。一看到那横七竖八的木料，他马上恭恭敬敬地蹲下，用干枯的手指抚弄它们。那些木头在得到这个老人的抚慰后，集体安静下来。

爷爷激动得一阵干咳。

全家人都在默然等待着这个奄奄一息的老人如何把一根根木头，变成它最终的样子。我以为爷爷会做一扇窗，这个想法没有任何依据，简直可笑。要一扇多余的窗户来干什么？可我就是喜欢这个家多一扇窗，哪怕没有一个地方可以容下它。如果多了一扇窗，我们家的很多事情就会大变样。或许，爸爸就不会老是出去赌博，妈妈就不会三天两头和他吵架，奶奶也不会半夜三更起来骂人。

时间一天天过去，爷爷在木料前敲敲打打，每天都会出现新情况，每当我以为他最终完工的是一扇窗户时，他随之添加的细节，就会打破我的妄想。

奶奶也留意着爷爷的动静，经常躲在门后偷看。她的眼神一刻也没有离开过爷爷的工作台。那些木头已经变得无比光滑了，似乎经过了无数眼神的抚摸。它们也在等着，是成为一条桌腿，还是窗户的框架？全由爷爷说了算。

随着最后时刻的来临，爷爷越发镇定自若，他花在木料上的时间越来越多，白天的时候，他一刻也不离开它们，似乎他不能确定在离开的时候，它们会发生什么改变。他对它们的存在越来越不放心。

那一天终于来到了。当爷爷把最后一个榫头钉进木料内部时，我们看见一个长方体，底部有凹槽，两头削尖的物体赫然立在院子的泥地上，它看上去分明像一艘船，它就是一艘船！会飞的船！它是多么笨拙、多么害羞，它立在那没有水的地方，对自己的处境充满了无奈之情。

不仅奶奶，连我也呆掉了。我们忘了各自的私欲，对那艘船发出了由衷的赞叹之声。似乎这才是我们真正盼望的！现在，爷爷在涂抹桐油，他手中的刷子不厌其烦地进入船体的每一处缝隙，每刷一次，那艘船就亮一下，最后它拥有了黄金般耀眼的金黄色，通体散发出大地成熟的气息。它简直要飞起来了。

爷爷的嘴巴张得老大，好久也没有闭上。奶奶笑着对我说："你看你爷爷，那嘴巴——可以吞下一只青蛙了。"听完奶奶的话，我也笑了。

奶奶又说："根本就没想到，会做出一艘船来，竟然是一艘船！"

不用说，爷爷也对此充满了惊喜。直到这一刻，他才知道自己想要得到的是一艘船，一艘古老的可以在水上行走的小木船。

等着桐油晒干的日子，爷爷无事可做。我和奶奶对着那艘船指指点点。奶奶说，用它来放稻谷不错。过一会儿，她又说，或许还可以用来腌制咸菜。我则想着躲在里面睡觉，肯定很舒服。我们都不知道爷爷要拿这艘船派什么用场，在我们村庄，早就没有人坐船出门了。

桐油一天天干尽，那院子中央立着的物什，逐日接近水中运载物的体态。我能想象它被水的浮力所举时，那一往无前、晃晃悠悠的样子，可是这世上哪一条河才是它的归宿？

一个阳光灿烂的日子，爷爷向我发出邀请："来，帮帮我，让我们一起抬着它去河边吧。"奶奶吃惊地看着我们，都忘了说话。她没想到爷爷要让它在水里"游"起来。

我们祖孙俩抬着木船，去寻找河流。我知道村子前面有一条小河，不久前我还去过那里。可眼前的景象让我们大吃一惊。河水马上就要干了，只有东一个西一个的小水坑，几条小鱼在水坑里跳啊跳，一不小心就会跳进旁边的淤泥里。好像这个世界马上就要消失了。

我们站在河岸边，看着眼前荒凉的景象，有些手足无措。

"那些水呢，它们怎么不见了？"我哭着对爷爷说。

爷爷眯着眼，嘴巴微张着，阳光照在他嘴角，金灿灿的。爷爷沉思了片刻，忽然对我挥了挥手，然后他蹲下身，抬起那船头，简直是拖着它走进那条几近枯竭的河床里。

就这样，我们抬着船，一前一后踏进河床。我的脚被淤泥吃进去，又被吐了出来。我们好像被一样神秘事物操纵着停不下来。我们走了很久，力气耗尽也没有找到一条满满当当的河。在上游的沙滩上，我们坐下来。那条干巴巴的船就停在身边。当我再次打量它时，忽然觉得它已陈旧不堪，似乎经过了若干年的水中行走，对自己的命运已然厌倦。

我们全家很快就把那艘船给忘了。它成了容纳杂物和灰尘的器皿。爷爷越来越老，在茅厕里一蹲就是半天，我们以为他掉了进去，过去一看，他正坐在那里打盹呢。爷爷可能再也不会制作出什么木器了，哪怕一条站不稳的凳子，他都做不出来了。那艘闲置的木船或许是他留给我们最后的礼物，而这样的礼物除了占地方外，一点用处也没有。

有一次，我们全家去亲戚家喝喜酒，要过一夜，奶奶给爷爷留了饭菜，叫他热着吃。可当我们回来时，爷爷还躺在床上，一切还是出门时的场景。爷爷居然什么也没吃。他好不容易睁开眼睛，看了我们一眼，又闭上了，你们是谁啊？

竟然连我们都不认识了，看来他真是老年痴呆了。

谁也想不到，有一天，爷爷竟然重操旧业。他拖着虚弱的身体，把那个废弃的木船移到黑咕隆咚的房间里。他坐在那里面东看看西瞧瞧，迟迟不能决定到底该对它做点什么。谁也没去理他，我们早已习惯他神神叨叨的举止。只要他上厕所的时间不要太长，每天按时吃饭，我们就心满意足了。可是那天清晨，当爷爷把整个身体都贴在船舱底部时，我的眼角忽然有点潮润。我假装没看见，推门出去了。

谁也不知道爷爷要把它改编成什么，这种两头翘起，底下空空，腹部凹陷，有储物欲望的木器，除了适合在水上行走，我真想象不出它还能在地面上前进。我认为这不过是爷爷的另一样恶作剧罢了。难道他要造一架飞机出来？一艘会飞的船？

我们全家观戏似的期待一艘飞船的诞生。与此同时，我们发现爷爷在制造木器方面有无穷的聪明才智。与上次不同的是，这一次，爷爷更加投入，手艺也大有长进，对摆弄刨子、墨斗、木锉等逐渐有了自己的心得。他一样一样，有条不紊地添加新木料，把它们削弄成他理想的模样。他在黑咕隆咚的房间里点灯，昏黄的灯光照在木器底部，阴影处似乎有无数双手在活动着，它们一起来协助他完成这件浩大的工程。

陈年木料的清香充盈着整个房间，它们一定是从爷爷年迈的身体里弥散出来的。

那件木器被抬到院子里时，我忽然一阵眩晕。爷爷在木器上东摸摸，西瞅瞅，还拍得那样东西叮咚响，还手舞足蹈。我一点也不知道这是什么东西，不是飞船啊。当我疑惑万分之时，爷爷忽然跨出右腿，一脚踏进那件木器的腹部，旋即左腿跟上，稳稳当当地躺了进去，不大也不小。天哪，我吓了一跳，这不是那个东西吗？这件木器的确就是寿材，它看上去虽然怪了些，可是作为一具寿材，它已经够标准的了。

从此之后，爷爷再也没有从那件木器里爬出来。谁也不知道，他要在那里躺上多久，才能活着出来见我们。或许，再也没有那一天了。因为谁也说不准，当他出来时，我们是否还在这个人世。

锦衣

1

坐在餐桌前，她下意识地，漫无目的地咀嚼着。牙齿忽然像生锈的刀片，鱼肉在口腔里散发出腐败的气息。她一阵恶心。它们已经沿着食道，一路溜滑着抵达鼓胀的胃囊里。她略略直了直身，透口气，只见男人正在对付那半条剩鱼。他眼睑下垂，低旁若无人地举箸，那过分专注的样子像是在抽泣。自从隐约知道那件事后，她就千方百计避开他的目光。此刻，他娴熟地剔刺，吐刺，进食，似乎这些骨刺是对他反应能力的一种训练。

就在他可能抬头之际,她快速地将目光移到窗外那棵石榴树上。树上光秃秃的,没有果实。什么也没有。她忽然想到音乐。这会儿,要是有音乐该多好,无论什么样的曲子。音乐是一切,是两个人之间相处的魂灵。

他们生活在一个小镇,一个外地游客不断闯入的小镇。全家靠兜售旅游产品为生,男人还捏一些泥人,是祖传的手艺。泥人栩栩如生,好像只要吹上一口气就能活。

不知从什么时候起,她与这屋子里的人,与这对母子,有了轻微的隔膜。说不清楚是什么,或许并不很严重。她听不懂小镇方言,连猜测都很难。这里离家乡太遥远。当他们用方言谈论某件事情时,她故作毫不在乎,心里却难受得要死。时间久了,她不得不这样想,他们正在谈论的这事不想让她知道。这种感觉非常不好。孤立?歧视?她承认自己想多了。除了没有共同的方言,她与这个男人,还有他的母亲,关系还算融洽。

一开始,从早到晚,她都在泥人作坊里流连,看男人变戏法似的变出春牛、老虎、寿星、大阿福,泥人身上的红、绿、白,红得鲜,绿得娇,白得净,如此好看。她寸步不离,看得痴傻过去。这种感觉很奇怪,好像她可以一直这么看下去,看到老,也不会厌倦。经常有游客光顾泥人作坊,叽叽喳喳,挑三拣四,最终挑走的只是一些世俗讨喜的玩意儿。

有些人一来,就咔嚓咔嚓地照相,照完泥人,又问,能不能和做泥人的师傅照一张?他通常是微笑着谢绝,偶有一两次遇见投缘者,也会欣然同意。不过他的眼睛从来都不看镜头。

他的目光是涣散的，好像一束疲惫的光，总是聚不拢，逐渐黯淡下去的样子。

在作坊里待久了，她也出去走走。最初，男人陪着她，两人一前一后，谁也不和谁说话，就像两个完全陌生的人。有一次，他为了什么事，竟把她丢在街上。后来，她就独自出去，像个游客似的，对什么都好奇。

有一天，她推开那扇木门，一下子就被里面充满江南气息的老绣衣迷住。她一件件试穿着，红橙黄绿青蓝紫，有一种把古镇、老街以及旧时光穿在身上的感觉。

傍晚来临，坐在葡萄架下吃盐水花生，月光倾泻了一地白软的光影，她忽然想起远方的亲人。离家太久了。少年的时候就出来乱跑，到过许多地方，南来北往，直到遇见他，和他来到这里。

异乡的集市上，她第一次看到他。他旁若无人地摆弄那些泥人。那头柔软的亚麻色头发覆在脸上，紧锁的眼睑，闭合的唇，一甩头发，整个人就像要飞起来。那种亦男亦女的气息，让她着迷。她并不喜欢一个纯粹的男人，就像她害怕阳光的直射无碍。可她喜欢他，要了命的喜欢。她喜欢有些柔软有些颓废的男人。是他梦游般的眼神打动了她。

他总是说，你是一棵植物，就种在我家的后花园里吧。

她喜欢他说这些话时的语气。可现在，他几乎不再说话。他在想什么？是不是后悔带她来这里了？

那些陈旧、沧桑、充满暗夜气息的绣衣，以芥末绿、孔雀蓝、杨桃红以及江户紫这样俗艳的色彩呈现时，她似乎闻见了它们之间的厮杀声。那些让人疼痛的花朵、树枝、蝴蝶，此刻正要穿过她的灵魂。

她从不掩饰对衣物的喜爱，是那些美丽的衣服，就像鸟儿的羽毛，见证了她身体的青春期。那一刻，她觉得自己在飞。他曾经看她的眼神，也让她觉得自己在飞。

此刻，她又走在去往裁缝铺的石板路上。

这条小路，即使大热天也是凉的，好似古镇的精神纽带，遥遥地与过去、未来相连。她想着他，从来没有停止过爱他。他是她的过去，现在和未来。她愿意与这个男人待在一起。

刚才出门的时候，他已经吃完饭，坐在前厅铺子里捏那永远也无法完工的泥人。那台木头收音机在边上唱歌。偶尔会有嗦噜嗦噜的声响传出，在换台或信号不稳时才有那种声音。她喜欢那声音，有点人物就要出场了的神秘感。有时候，她就立在门后痴痴地看着，听着，幻想着，脸上浮现出一抹不易察觉的笑意。

她喜欢远远地打量他，这个成为她丈夫的男人，其实还是个孩子。

那天，她吃惊地发现，那些未及出售的泥人统统消失了。她偷偷留意了好几回，那一回，总算被她逮着了，他把它们放在火上烤，火苗孜孜地舔着，发出迷人的碎裂声。他竟嫌它们消失得还不够快，要用火去炙烤它们！

那一刻，她无比震惊。

2

从裁缝铺返家的路上，她发现婆婆在跟踪她。她当然有理由认定婆婆是在跟踪，因为她平常从不在此刻出门。

再说，除了旧戏台，婆婆哪里也不去。从家到那里，只需穿过一条笔直的观前街。戏台是修真观的附属建筑，道观已经毁损，戏台仍然存留。好几次，她看见婆婆蹲在旧戏台前，望着飞檐翘角，歇山式的屋顶，倾颓的梁柱和木雕，说不出的伤感。

每隔几天，婆婆就会在那里出现一次。通常是黄昏时分，一个人悄悄地来去。

古街很窄，狭窄处只容一人通行，她在曲曲拐拐的路径里行走，一会儿看见自己，一会儿丢了自己，鲜艳的衣物在斑驳、灰暗的街巷里跳跃着，往常惯熟的窄路忽然有了迷宫般的内心。她立在阴影里，心跳不已。一个擦身而过的影子让她心跳不已。

月白对襟上衣，藏青阔腿裤，黑色搭扣布鞋，婆婆从她藏匿的身边擦了过去。婆婆没有发现她。她简直不敢相信自己的眼睛。

她屏住呼吸。很长一段时间，她没有呼吸。只要一想到这件事，她的口鼻就像被湿抹布蒙住了似的，喘不过气来。

男人日复一日地捏制泥人，他捏得很多，售出极少。他把它们放在火上烤，又不动声色地继续造人。有一天，他竟捏出一团烂泥来，没有形状，没有轮廓，只有两个深亮的黑洞，是泥人被挖掉的眼睛。

她假装什么也没有看见。

秋天来临的时候，她和婆婆坐在楝树底下剥毛豆，择芹菜，把烂菜叶扫进花圃里，那里除了月季，还有韭菜和丝瓜，岁月静好，它们将永远如此下去。

她又站在那架古老的穿衣镜前，桃红上衣鲜丽旖旎，胸前一块柠檬黄棉布上绣着淡玫红雏菊，裙子也是桃红，却嵌着米白糯糯的蕾丝花边。她欢喜无边，宛如望着梦境里的自己，恍惚不知身在何处。

她们一起整理家中橱柜里纷乱的毛线，又把旧毛衣拆了，在蒸汽里将它们重新拉直。那些黯淡的旧线绳，时间和频繁的使用并未折损它们的光泽，古旧的红、绿、粉、蓝，具备超越织物本身的韧性，并有试图建立新世界的野心。

在那些冗长的午后，她们开始编织毛衣，织了拆，拆了织。有一天，婆婆竟渐渐编织出一件花团锦簇的童装来，小胳膊小领口，小小的衣身对应着一个小巧玲珑的身体，欢喜异常地举着它："你看，多好看哪。"

她心知肚明，却惶恐不安，难道她要生出一个像男人那样忧伤的婴儿来？

午饭时，她打破一口碗。白色碎片崩裂在屋子各处，她匍匐着寻觅，看见男人日渐枯索的下肢，紧紧勾在桌腿上。

在梦里，她低头找碗的情景演变成穿着绫罗绸缎、叮叮当当穿过没有月光的小镇石皮弄，她摸不到自己，也看不见自己。修真观的戏台前，婆婆长袖善舞，古老越剧的唱词咿咿呀呀地从她苍老的身体里流泻而出。瞬间，那锦绣美衣幻变成暗夜深处的袈裟，搅作一团，罩住她的嘴鼻、身体。洪水漫过台阶，而她的身体还在台阶之下。梦里，男人将头埋在她胸前，哀切地哭泣。

3

　　黄昏来了，天一点点黑下来，有步骤的黑，似乎要把天地之间的事物深埋。男人坐在硬木板凳上，板凳很矮，他双腿蜷曲着，头部低垂，微微侧着身，是一个人在回忆时常有的表情。

　　他在听收音机。

　　木头收音机上两根触须似的天线，一直伸到他的脑门上。她站在屋子的另一头，倚着东窗，一只眼瞥向窗外，另一只落在那台收音机上。一段劲爆的音乐过后，响起一支笛曲，轻扬，忧伤。女孩和人偶的故事被娓娓道来。

　　患了自闭症的女孩躲在阁楼上做人偶娃娃，还做娃娃住的房子，穿的衣服，坐的椅凳，以及娃娃所需要的一切她都给它们做。下雨了，她给娃娃撑雨伞。天黑了，她让娃娃打灯笼。她喜欢的糖果也做给娃娃吃。精美的玩具也做给娃娃玩。她通宵达旦地做，一样东西做上无数遍还不满意。女孩越来越瘦，越来越沉迷其中。阁楼上堆满人偶娃娃，它们和主人一样形体纤瘦，眼睛大而无光。

有一天，女孩的隔壁住进一位年轻的琴师。琴师会使用多种乐器，笛、二胡、琵琶、古琴等都操练得很好。做人偶的女孩，在琴声中看见月光、河流、森林、小鹿和迷津。自从琴师来了之后，女孩的人偶越做越美，越做越生动。她一天也离不开这琴声。他们请她下楼玩，她也不去。女孩尽管一日日听着这琴声，可一次也没有见过琴师。不是见不着，而是不愿意见。琴师常常下楼去对面的逢源酒楼吃红烧羊肉，还和女孩的父母说准备开琴馆招生，请他们代为介绍。母亲为了将女孩从人偶的世界里拯救出来，要她跟着琴师操琴，却被拒绝了。女孩暗恋琴师的声音，却不愿接触真实世界里的他。有一天，女孩在听到琴声的同时，还听到一个姑娘的声音，如春天的柳枝一样欢快的笑声。那根缝制人偶衣服的针头戳在女孩的手指头上，星星点点的血迹溅在人偶胳膊上，宛如开败的桃花。没过多久，琴师搬走了，阁楼恢复了往常的寂静。一切又回到从前。没有了琴声，女孩依旧待在阁楼上，一日日做着人偶。可她的人偶里渐渐出现琴声、月光、河流、迷津，甚至还有大海。

日复一日，做人偶的女孩创造了一个虚拟的世界，一个阁楼上的世界，那里的一切无不美轮美奂。

音乐停止，故事结束，她扑进男人的怀里。做人偶的女孩站在房间里，钻进她的身体里，置换了她的血液。美比所有的感觉更牢固地攥住了她。她觉得自己美着，同时感到悲伤。无边无际的悲伤。他也感知到了她的悲伤，紧紧抱着她，好像下一秒钟，她就会和那些悲伤一起消失。他们从来没有如此渴望过对方。她的丝绸衣物在他脸上抚过，凉意深沉，他忍不住发出低吟。黑暗中，那织物闪烁着蓝绿光泽，正在刮开男人深锁的眼眸。他因这阵蓝光刺激而无比兴奋。

男人忽然说："你看见了吗？光线正从窗外进来，它落在地板上，噢，还有写字台上，你看，它正移动着，当它停在我们的结婚照上，你会发现照片里的人有多美。"

她一脸愕然，转头去看墙上，如男人所言，光线正好落在金色相框上。男人痴痴地追问道："是这样的吧？"

她点点头。

他似乎承认了日渐衰弱的视力，但又不是。这让她无比震惊。不知已经到了何等程度，从他刚才对光线走向准确无误的描述中，似乎比任何一对正常的眼睛都要敏锐。

她打量着男人，男人的脸却看向遥远的地方，"现在怎么样，你看见什么了？"她暗暗着急，却无可奈何。

男人的嗓音里带着毫不掩饰的夸张："简直美极了。我看见院子里的芭蕉叶轻轻晃动着，还有梧桐，它太高了，我都望不到树梢，阳光刚刚离开它们，此刻要进到我们屋子里来了，我听见它轻轻走动的脚步声，它走得慢极了，流连着每一处，但没有一个地方永远属于它，真是太遗憾了。"

她依着男人坐下。阳光正以他预测的节奏，穿越房间，穿过空气和尘埃，离开灰蒙蒙的结婚照，蛛网暗结的墙角，缓步离他们远去。她像吸盘一样紧紧吸附在男人身上。很快，黑夜如被，罩住了他们的身体，只露出眼珠子，是眨动的星群。黑暗中，她听见男人的嘀咕声："你今天真美，那些红和蓝搭配在一起，真好看。"

她睁大眼睛，半晌没有说话。

那啼鸟、花朵和孔雀，那银亮的纱，闪烁的珠片，此刻在她身上全部复活了。她紧紧抱住自己，一阵寒意沁透了全身。

4

她频频光顾裁缝铺，着了魔一样。从前，她对衣物是挑剔的。这样做的结果是，她完全被它们征服了。她不厌其烦地照镜子，还请人拍下大量的背影。那些鲜艳而潮热的背影，就像一匹匹壮丽的织锦，在古镇的巷口旗帜般飘扬。

如果不是碍于情面，她每一分钟都想换衣服，随时随地。她的穿衣风格已经大变。她对色彩的感悟在经历了黑暗的洗涤后，已经脱胎换骨。同时，她的惶恐无以复加，不知道他还能看见多少。

在她的要求下，他们开始玩这样的游戏。

当黑夜降临，绸布蒙上两个人的眼睛，一个领着另一个在屋子里寻找事先藏好的东西。那通常是一条塑料蛇，一只绸布蝴蝶或一本诗集，男人很轻松地寻到了。她则一无所获。

有时候，她蒙上男人的眼睛，马上去换了一身，请他猜此刻穿了什么。他慢慢蹲下身子，右手捏着女人的手，左手在她身上抚摸着，动作清澈、缓慢，有时干脆伏身亲吻着。他调动着全身感官，来做她的谜题。他的回答总让她惊喜。那些锦衣在他的描述中似乎又鲜艳了一次。

他的开头总是这样：让我想一想。

短暂或长久的思索之后，他开口了，诗一样的语言："我看到磨碎的珍珠粉，月光一样的颜色。我还看到暗紫的凤凰，斑斓的鳞羽，和深褐的梧桐枝，它们已经够好了，竟然住在一个不存在的世界里。"

他把淡粉的珠子描述成珍珠碎片，把刺绣花朵说成被雕刻的云，这根本不是眼睛所见的世界，而是用"心"在看——她怀疑他已经不再借助眼睛视物。

她说服他丢下工作去外边走走，都已经半年没出门了。经她再三央求，他同意出行："白天人太多了，到晚上，我们再出去吧。"

她盛装出行。

暗粉色中袖上衣，胸前一朵手绘白莲花，前襟处嵌着暗红深绿的小块苗绣，底下是针织棉裙，镶着深蓝浅蓝层层褶褶，如微漾的水波，最底下续补着一块窄麻布白边，华丽而腼腆。

那天晚上，月影朦胧，星光淡淡。他们像很久以前那样出门。他提着一盏灯，走在她前面。她没告诉他，因为旅游开发，这镇上到处点灯。这一路上，他匀速前进，每经过一个路口，他都要略略停一下，侧转身，似乎在回忆，又似在等她。他带领她穿过整个小镇，就如几年前，他从遥远的异地把她领到这里。

他们走过古戏台。让她吃惊的是，戏台正在整修，边上的修真观也在建造之中。月光下，绿色防护网围着一个新鲜的仿古建筑，怪兽一般突兀。她忽然想起婆婆好久没有出门了。

"我妈喜欢这个戏台，年轻的时候在上面唱过戏。"他捏了捏她的手，告诉她。

意外发生在最后一刻，她还未来得及说出，他已迎面撞上了。那堵新修的墙，成了他与新世界的阻隔。

回去的路上，她紧攮着他的手，穿过石皮弄、廊街、古桥，穿过茫茫夜色、水中的行船，心里充满着尘埃落定的、淡淡的悲哀。

5

停电之夜，一家三口。

男人首先打开话匣子，他说："我已经，怕是，永远也看不见东西了……"

她愣了片刻，哇地哭出声来。在这之前，她还怀着侥幸，或许是可逆的，还有回转的余地。黑暗，让那哭声显得更加庞大。他们任她哭着。他们对她的哭表现出了异乎寻常的冷静。

她终于哭完，连抽泣声也停止了。彻底地，不想哭了。

男人接着说："之前我一直准备着，想着怎么告诉你……现在，我很高兴这一天那么快就到了。我终于，可以睡个好觉了。"

黑暗中，她似乎无意识地笑了笑，那微笑所带来的震颤，在屋子里弥散。她不知该说什么，所有的话在此刻都显得多余。

"不用担心，我仍和以前一样爱你。我害怕过，非常非常怕。现在，一切都过去了。"他似乎舒了口气，身体也随之缓缓下沉。

他就坐在她边上，伸手可触的地方。她很想扬起手，去拉拉他。可黑暗里，她只是略动了动手指头，张了张嘴巴，什么也没有说。

过了很久，角落里响起一个苍老的女声："孩子，告诉你吧，我们全家都患有进行性视物模糊症，随着年岁增长，一点点丧失视力，直到什么也看不见为止。你没发现我从不出远门，只在熟悉的路上走。"

她怎么可能没有发现，只是谁会往那方面去想？这屋子里的一切都那么干净，井井有条，好像万物都长了眼睛。

"好在我们不是一下子丧失视力，我们是有记忆的，凭着经验和记忆来对付日常事务并没有太大问题。"

她想说什么的，却发现什么也说不出。即使闭着眼睛，她也能回忆这屋子的摆设。干净，空无，永远等着被填充，就像虚空中的魂灵。

她不知道自己要去往哪里，几次试图起身活动筋骨，都无济于事。她索性将身子往椅背上一靠，闭上眼睛。

"别担心，时间一久，你也会和我们一样，这个病就是这样，只在亲密者之间互相传播。"她似乎听见婆婆的笑声，从胸腔深处发出的笑，以无声的形式在一所孤立隔绝的屋子里扩散开去。

黑暗中，她深吸一口气，又缓缓吐出。

6

修真观已建好，新戏台也随之落成，人群往来，古镇的夜晚愈发热闹了。她沿着街巷走，往廊檐下走，往水边走，向黑夜深处走去。

她的新裙子简直美极了。深胭脂红的老缎子衣身，绣着暗黄与古绿的牡丹及枝叶，袖子是暗淡的锈红色，下摆为淡玫瑰红与寂静的靛青之拼接，同为真丝质料，大朵淡色绣花隐约密布其上。

灯影晃动，水波轻摇，又有喧嚣之声，隔着屋檐、戏台和牌坊或近或远地传来，形成密集的声音的涡流，环绕在她身侧。她眯眼走在其中，干净的石板路面，隐约的风，近处的水声，永远是异乡，慢慢将脸转过去，长久地寻觅着，想望着。她在一堵崭新的青砖墙体前停了脚步。

一闭上眼睛，屋里的两个人瞬时浮于眼前。

男人日复一日地捏制泥人。常常是抟土于手，稍一思索，瞬息而成。所有的泥人都同一模样。相似的眉眼，嘴角，修长的手，神经质地紧握成拳，置于灯光暗影之中。

那些个泥人都是他自己呀。

睡觉的时候，他也将自己蜷缩成一团，婴孩一般钻进她怀里。他的嗅觉变得灵敏。每当她换了新衣，他都有所反应。特别对暗红与墨绿，柠檬黄与靛蓝，翡翠绿与葡萄紫搭配而成的衣物，他都会抱之以一个目盲者恰当的兴奋表情。

　　有时候，他们会一起莫名地大笑。笑声在空荡的屋宇里回荡。她为他沐浴，更衣；他目光紧锁，神情宛如少年，一个逐渐老去的少年。

　　屋子里的另一个人，不知从哪天起迷上了织网，耽溺于梭子穿越网孔的嚓嚓声中，这视力低下者也能完成的劳作，让她找到了归属感。

　　只有她，在这个夜晚，穿戴整齐，华衣美服，飘飘然，出门去了。

　　她去找一个叫平先生的人。平先生是古镇奇人，喜欢云游，隐于名山大川，最近，他回镇上老宅暂住。

　　镇上传言平先生大概有四五百岁了，平常只在山中修行，几十年也不下来一趟，可世上之事他几乎全都知道。她想问问他，屋子里的这两个人，到底怎么回事。

　　平先生不见人，除非你有幸碰见他。或许，镇上之人天天碰见他，碰见了也不知道，他实在是一个平常的人，据说戴着一顶破草帽，帽檐遮住眼睛，外表看，与普通镇上之人毫无两样。就是说，她要去找的这个平先生虽为奇人，其实并无奇异之处。她不能刻意地找，只能去遇。遇见了，认出了，便是了。

　　一路上，她锦衣夜行，环佩叮当，想着人们所说的话，这个平先生尽管有四五百岁了，看上去却非常年轻，头发还是黑的，胡子还很茂盛，眼神里还藏着光芒。一路上，她碰见好几个人，其中几位带有异相，可一说话，就知道他们不是平先生。平先生不可能说这样的话，平先生也不可能有异相。

没有平先生，只有一只野猫，半路蹿出，跳上雕花窗棂，将她吓了一跳。天已黑尽，古镇的街巷也被她走尽。她怀疑这世上根本就没有平先生，这灯红酒绿的镇上绝不可能藏有他。当然，也有可能被她错过了。

想象中的平先生正站在一扇木门前，笑吟吟地看着她，告诉她这世上之事不可问，不可说，就如这观前街前的流水，总有一天会水落石出的。

回去的路上，她穿过石皮弄、廊街、古桥，穿过茫茫夜色、水中的行船，她锦衣飘扬，环佩叮当，好像刚刚从遥远的异乡来到此地。

后记

这十五个短篇小说写于 2011—2020 这十年间。一晃，十年时间过去了。写作的时间过得飞快，且悄无声息。烂柯山上看仙人下棋的樵夫，回到家中，不知几世几代过去。近来，我也常常有这种感觉。这些年，我在狭小的房间里，在自己的作品中待得太久，对外部世界越来越缺乏敏感和兴致。

如何回顾过往，让记忆焕发出超越记忆本身的光芒，是我在这些年的写作中经常思考的问题。在不同的文本中，我表达了对时间和记忆的感受。那些过去的时间以碎片的形式被拼接成另一个整体。在这个过程中，一切形象和事件被重新想象和虚构，是想象和虚构之光照亮了记忆，"我们的记忆中有一些微缩胶片，它们只有接受了想象力的强烈光线才能被阅读"（法国哲学家、诗人加斯东·巴什拉）。

从写作诞生之初，记忆便被不断地修正和改变，它们与幻想、思想和想象交织在一起，我们因接受文本的真实，而逐渐远离现实的真实。从某种意义上说，因为虚构，我们离现实的"真实"更近了。

当然，我们无须分辨文本的真实与现实的真实之间的差异，写作者只能以直觉、训练和自身禀赋去抵达它，而不是以任何理论和教条。我还能想起过往路途中，那些磕磕碰碰的行走，在黑夜里，在雪地上，在虚无而寂静的旷野里。所有的文字都是过去光阴的投射，但与真正的过去总隔着什么。任何闪念都可能让过去发生翻天覆地的变化。下雨天和晴天写下的字，都如此不同。在文字的世界里，黑暗和光明一样宽广，伟大与渺小存在于同一时空中。在人的心灵中，从来没有微不足道的东西。任何简单的形象只要是全新的，就能打开一个世界。文字的宫殿便是如此，一点点，从无到有，各种结构、造型，明暗比例，阴影变化，人性幽微，腾挪跌宕，慢慢建造，其乐无穷。

在这些年的写作中，我越来越感到"命运"这个词语对我施加的影响。这种影响几乎是覆盖一切的。文学永恒的表达对象从来不是别人，而是自己，是心灵中最隐秘、最不堪，也是最迷人的部分。我们的写作与人生始终处于同一场域，从来没有另外的人生或另外的写作可以让我们安然泅渡过去。它是纯粹的，因为它性属过去，没有实际用途，就像茫茫星空、皑皑白雪，就像人的一生。而今，除了一天天在纸上劳作下去，我实在想不出更好的接近文学，接近"命运"的方式。

小说集题为《照见》，收录其中的故事，有温暖和热烈，也有溃败和黯然神伤。小说本为虚构的心灵的反映物，写作者从中照见自身，照见深渊和阴影，也照见空无中的有。

唐朝常建说，了然云霞气，照见天地心。

宋朝苏轼也说，水中照见万象空。

而所有的"照见"都从光中来，从遥远的记忆和时空那端来。愿故事里的光，照见每一位虚构者，照见林中树、枝头果，照见堂前万朵桃，照见古往今来、东西南北人。

2020.10.22